U0902325

大方
sight

单日 Yesterday 人

A Novel by

Felicia Yap

双日人

双日人

[英]
菲莉西亚·叶 著
熊亭玉 译

中信出版集团·北京

图书在版编目（CIP）数据

单日人，双日人/（英）菲莉西亚·叶著；熊亭玉译. -- 北京：中信出版社，2018. 8

书名原文：Yesterday

ISBN 978-7-5086-8836-7

Ⅰ. ①单… Ⅱ. ①菲… ②熊… Ⅲ. ①长篇小说-英国-现代 Ⅳ. ①I561. 45

中国版本图书馆 CIP 数据核字（2018）第 066787 号

单日人，双日人

著　　者：［英］菲莉西亚·叶
出版发行：中信出版集团股份有限公司
（北京市朝阳区惠新东街甲 4 号富盛大厦 2 座　邮编　100029）
（CITIC Publishing Group）
承 印 者：浙江新华数码印务有限公司

开　　本：880mm×1230mm　1/32　　印　　张：13.125　　字　　数：280 千字
版　　次：2018 年 8 月第 1 版　　印　　次：2018 年 8 月第 1 次印刷
京权图字：01-2018-2596　　广告经营许可证：京朝工商广字第 8087 号
书　　号：ISBN 978-7-5086-8836-7
定　　价：49.00 元

写给亚历山大和李韩施

contents

剑桥附近的村子
谋杀案发生的两年前

我有几个可怕的秘密告诉你。还是先给你看张照片吧。

这是很久以前的我。扁扁的胸部，一对招风耳。仔细看看，你会发现我的眼中有希望，我的灵魂里有激情。如今，希望没有了，激情也没有了。收容住院若干年，这两样东西都被抹杀了。

这是第二张照片。哦，你吓了一跳。可以理解。毕竟，这是你的照片。你不久前拍的近景照片，照片拍得不错。金发瀑布一样披在你的肩头、你傲人的胸部上。你知道吗？我要改变自己，要变得和你一模一样。我要漂染头发，要隆胸，弄得和你一样。

我看到你皱眉头了。你不明白是怎么回事，是吗？你在想：为什么我想弄得和你一样呢？

我来解释一下吧。我什么都记得。真的，我都记得。我是这个世界上唯一不会忘记过去的人。我全都记得。大多数记得清清楚楚。我没有开玩笑。就因为如此，他妈的，我真特别。

你不相信我，是不是？

这也是可以理解的。这世界上有五十亿的单日人，他们只能记住昨天发生的事情，你就是其中一员。每天早上，你醒来后，脑袋里只有事实，也就是仔细筛选过的信息，你的信息，还有他人的信息。从床上下来，你蹒跚地走向厨房，厨房的操作台亮晶晶的，你的电子日记就放在上面。你和过去之间微弱的联系，就靠这个电子设备了。昨晚你写下了一点点东西，现在你急匆匆地走过去，迫切想知道这些可怜巴巴的细节，急切地想要把这些东西加到昨日的记忆中，加到冰冷贫瘠的事实中，而这些事实就是你对自己的了解。

相当垃圾，是不是？

而你甚至已经习惯了，不是吗？十八岁那年，你的倒霉脑瓜子就关闭了，从那以后，你就过着这样的生活。这世界上还有些双日人，他们的短期记忆力要比你们单日人稍微强一点，你嫉妒他们，这也不足为奇。但你们都一样。

一样可悲。

反正你也要认识真正的我，我就再告诉你一个简单的真相好了。

如果你什么都记得，你也就记得别人对你做了什么（即使他们忘了，你也记得）。最细微之处，最阴森可怕之处，你都记得。如果他们真正伤害了你，而你什么都记得，你就会想要报复。我是说那种真正的、非常厉害的伤害。比如说，他们害你在精神病院待了十七年。漫长的夜晚，等月亮收起了温柔的微笑，猫头鹰也停止了啼叫，在那最黑暗的时段，你什么都记得，你就会想要把这些事情做个了结。

如果你什么都记得，那你做什么都可以不受惩罚。比如说报复这件事。

我操，真方便，不是吗?

这就是为什么我——索菲亚·阿莉莎·艾琳，会得手，会免受惩罚。

报复的滋味会很美妙。一想到你对我做过的事情，那滋味就更美妙了。这些年，你做过的那些事，所有的可怕的小事。每件事，我都记得。每件事都对我造成了伤害，所有的伤害加起来，憎恨就变得如此强烈。哦，是的。报复会是件容易的事情。

因为没有人会记得我要对你做什么。

只有我一个人记得。

幸福是一个过程，不幸福是一种状态。

——马克·亨利·埃文斯的日记

一

克莱尔

厨房里，一个男人正在低声抱怨。我的电子日记放在大理石台面上，显示灯还在闪着紫光，他正好挡在我前面。我瞥了他一眼。他抓着自己的左手，疼得脸都变形了。血不断地从食指上滴下来。他周围全是茶壶的碎片。

“怎么了？”我问。

“手一滑，茶壶掉地上了。”他说，嘴巴抿成一条线。

“我看看。”我一边说，一边绕过茶壶的碎片走了过去。走过去的时候，我看见他手上的金戒指闪闪发光，就像在嘲弄我一般。看到这东西，我脑中闪现出这些年积攒下的关于丈夫的主要事实。姓名：马克·亨利·埃文斯。年龄：45。职业：小说家，希望成为代表南剑桥郡的下一任议会议员。我们于 1995 年 9 月 30 日中午 12：30 举行的婚礼，地点是三一学院的教堂。有九个人参加了我们的婚礼。马克的父母拒绝前来。我在牧师沃尔特斯面前承诺：每天早上我都会对自己说，我爱马克。婚礼的费用是 678. 29 英镑。我们上一次滚床单是在 2013 年 1 月 11 日，晚上 22：34，两年多前。他六分半钟就完事了。

我记得丈夫的这些事实，我是因此感到不爽呢，难过呢，还是发疯呢，我还没想明白。

“本来想接住它，”马克说，“结果砸洗碗机上了，碎片跳了起来。”

我仔细看了看他食指上的口子，差不多有一英寸长。我抬起眼皮，望了望马克的脸，看到了他额头上深深的皱纹，还有扭曲的嘴唇。他的眼角周围都是细纹，流露出不安。我记得昨晚他在床上翻来覆去，好像梦里有什么东西在追赶他。

“看起来伤得不轻，”我说，“我去拿药膏。”

我转过身，急忙往楼上走。事实：急救箱在浴室镜子旁边的柜子里。伸手拿药箱前，我在镜子面前停了下来。昨天我看到的眼睛惊恐不安。今天不一样，瞪着镜中的自己，我看到她的双眸要清澈一些。然而双颊肿胀，眼皮浮肿。

昨晚我是哭着睡着的。白天，大多数时候我都在床上。

怎么回事呢？我使劲瞪着镜子里那张肿胀的脸，拼命回想相关的事实。可是，昨天痛苦的原因就像一只神出鬼没的蝴蝶，翩翩飞舞，难以触及。我只记得自己躲进房间，脸埋在枕头上哭泣，不肯吃东西。没辙了，我对着镜子做了个鬼脸，镜子里的那张脸也朝着我皱起眉头。昨天不高兴，原因肯定是前天发生的事情。但是，是什么事情呢？

我记不起前天发生的事情。因为我无法记住。我只记得昨天发生的事情。

我叹了口气，对自己说，丈夫还等着呢。我从柜子里拿出药箱，朝楼下走去。马克坐在厨房的桌子边，正在用右手护着受伤的左手手指。还是一副扯着嘴唇，痛苦的样子。

“让我来吧”。我一边说，一边打开了药箱。

我用药棉擦拭伤口的血迹，马克的脸抽搐了一下。伤口比我想的还要深。

“我要先给伤口消毒。”说着，我从药箱里拿出了抗菌药，拔出瓶塞。

“小题大做。”

“手指会感染的，这可不行。”

“只是个小伤口。”

我没理他。我在他的伤口上敷了不少药（他的脸又抽搐了一下），然后给他贴上了橡皮膏。他张开嘴想要说什么，但皱着眉头又闭上了嘴。

我吻了吻他的手指，从桌边起身走到了操作台面，拿起我的电子日记。我把右手拇指放在指纹识别按钮上，“立即了解昨日日记”的紫色显示灯熄灭了。打开日记，翻到了最后一页。昨天晚上我写道：

11：12：醒过来，感觉不好。知道太多了，觉得很沉重。在床上哭了一个小时。12：25的时候，看到马克在书房睡着了；我叫醒马克，虽然他的生日是一个星期后，还是决定把买好的礼物送给他。后来，我又哭开了，回到床上。家务一件都没做，连花园也没管。午饭和晚饭都没吃。马克一脸的愁容，不断来到房间对我说，等到明天一切就正常了。他说得没错。昨天的噩梦到了明天早上就会结束。21：15，我又起来了一次，吃了一根香蕉，服用日常吃的药，还喝了两大杯纯麦威士忌，然后就睡觉去了。

寥寥数语，但也准确记录了昨天发生的事情。可是，看完了，我还是不知道自己为什么哭。从这一页来看，是前天发生的事情引发了昨日的痛苦。是件噩梦般的事情。我翻到倒数第二篇日记：

雷暴雨，一直持续到早上9：47。雨过后，我带着刺头出去散步。13：30午饭，吃的是烤牛肉和土豆，我一个人在温室里吃的。马克想一个人在书房吃，好继续写作。16：50我到格兰芝路和艾米莉喝茶聊天，我们聊了好久，点心是松脆饼。一晚无事。马克到书房里继续写作去了。我把剩菜用微波炉热了热，窝在沙发里看电视。

看了这页内容，我失望了，甚至困惑了。本以为看看前天的日记，多少就会明白昨天的痛苦。可是前天的内容就这么简单，什么都没有。我又读了一遍，脑子还是一片空白。也许马克知道两天前发生了什么。他和我不一样，他是双日人，不仅记得昨天的事情，还记得前天发生的事情。正因为如此，他和我们大多数人都不一样。这也是为什么他会觉得自己高人一等。

“我记得昨天大多数时候自己都在哭，”我说，看到他还是一副眉头紧锁的样子，“但是，我不知道为什么哭了。”

我们四目相对。马克的双眸暗光一闪，我捉摸不透那是什么意思。是愤怒？是忧伤？或者是恐惧？

马克转过身去，盯着我种的蝴蝶兰，过了几秒钟，才开口说话。

“前天晚上，你忘记吃药了，”他说，“结果昨天就复发了。”

马克肯定是对的。事实：从 2013 年 4 月 7 日开始，我就开始服用阿登布鲁克医院赫尔姆特 · 容医生开的两种药。一种是依他普仑，另一种是去甲文拉法辛[1]。第一种药，每天两片，第二种药，每天一片。我伸手去拿药，脑子里开始过滤更多相关的细节。事实：2015 年 6 月 1 日，下午 2 点 27 分，我拿着容医生给的处方，来到纽纳姆药店取药，六十片和三十片，一个月的量。

我数了数瓶子里的药。应该是还剩五十片和二十五片才对，结果瓶子里还有五十二片和二十六片。

“你是对的，”我叹了一口气说道，“我忘记吃药了。”

马克嘟囔了几声，从椅子上起身。我感觉他紧绷的肩膀放松了一点。

“我来收拾。”他说。

马克拿着簸箕和扫帚在厨房里忙上忙下，我走向冰箱，拎出一瓶牛奶。我肚子饿得咕咕叫。朝碗里倒了一堆玉米片，我拿着勺子在操作台的一角坐了下来，然后打开了收音机。收音机传来一阵静电干扰的声音，接着就是音乐叮当作响，是汽车保险比价网站的广告。马克打扫干净茶壶的碎片，他还是想要喝茶。于

1 两种药都是抗抑郁药。——译者注，下同

是，他拿出杯子，扔了一袋伯爵茶的茶包在杯子里。

“早安，东英吉利[1]，”收音机里的男主播说道，“这是八点新闻。根据2011年的人口普查，我国人口中有百分之七十的单日人和百分之三十的双日人，议会计划鼓励单日人和双日人之间通婚，女王陛下已经御准。由于文化偏见根深蒂固，双日人和单日人鲜有通婚的。2014年，英国只有三百八十九对登记在册的混合婚姻。”

我偷偷看了一眼马克。他正在搅拌放进茶杯里的一块方糖，嘴唇翘了起来，有了点笑意，是那种最不易觉察的笑意。我知道他为什么高兴。他要竞选议员，这对他而言肯定是好消息。事实：二十年前，虽然他家人强烈反对，但他依然坚持要了单日人克莱尔·布歇。他是双日人，但他知道英国众多单日人的需求、希望和恐惧。他还娶了一位单日人。

“最近的科学研究表明，单日人和双日人结婚后，生出双日人宝宝的概率是百分之七十五。”

孩子。事实：我想要宝宝。我打心眼里想要一个宝宝，我想呵护他，爱他。可婚姻中的性生活已经枯竭了，我怎样才能有个宝宝呢？

“政府相信，人口中双日人的比例提高了，英国的经济竞争力和生产力也会增强，”主播继续说道，“为了支持《混合婚姻提案》，立法方面也对单-双日人的混合婚姻提供了税收上的优势。这一法案将在2016年2月15日生效。”

---

1 英国英格兰东部地区，包括诺福克郡和萨福克郡。

如果他们知道就好了。事实才重要。无论自己喜欢与否，我都强迫自己了解事实。

事实：单日人嫁给了双日人，时时刻刻都会感受到自己在记忆方面的局限。注定长期感到自卑。这很可能就是我多年来都在和抑郁做斗争的原因。离开这个男人？我想都不敢想。他可是冒天下之大不韪娶了我，要是我离开他，我的前景就更不妙了。事实：《死亡之门》是马克最成功的小说，他因此收到了三十五万英镑的预付版税。我们住在纽纳姆的一座宅院里，眺望剑河。有六个卧室，一个温室，还有 1.4 英亩[1]的花园。每年两次坐头等舱到加勒比海度假。如果我嫁给了单日人，我就还在校园蓝调做女服务生。

接着，收音机里的主播就开始喋喋不休地说着昨天英格兰和德国那场足球比赛的事情。

我叹了一口气，又往嘴里送了一勺子麦片；嚼着麦片，我满嘴都是糖浆的甜味。我的生活诗情画意，但这一切都只停留在表面。事实就是这样。如果我的生活中有个宝宝该多好呀。一年一年过去了，心中的空虚越来越大，我现在已经三十九岁了。如果我的记忆力和马克一样就好了。我俩记忆力的差距就是不可逾越的峡谷和深渊。

主播提到了剑桥。我竖起了耳朵。

“今天黎明，在剑河发现了一具中年女性的尸体，具体地点在纽纳姆村附近的一处自然保护区……”

1　1 英亩大约是 4047 平方米。

哐啷！我没听清主播接下来说了什么。我本来正盯着麦片，闻声抬起头来。马克失手打破了杯子。杯子碎了一地。他的脚下一摊茶水，还在冒着热气。湿漉漉的茶包就挂在他的脚上。

“剑桥郡警署的发言人说，警察觉得死者死因可疑，正在调查当中。”主播说道，“现在是天气预报，气象局说今天有风……”

我关掉收音机。随之而来的沉默让人感到双倍的不安。

“怎么了?”我说。

我丈夫没有回答。他眼神散漫，双肩紧绷。

“是女尸的报道?”

我的丈夫眼神闪烁。我肯定猜对了。就是与她有关。但是，为什么呢?

“我……只是听新闻吓了一跳。”他结结巴巴地说道，“他们很有可能是在天堂自然保护区找到的尸体，就沿着这条路往下。太可怕了。难怪我今天早上听到了警笛声。”

我仔细看着马克的脸。他咬紧了牙关。

“你干吗这么不安呢，我就不明白了。”

“我没有什么不安，”马克说，但是他双肩紧绷，分明就是不安，“我只是不小心。一开始是茶壶，现在是杯子。抱歉，我会打扫干净的。”

他转身大步离开了厨房。

我盯着碗里剩下的麦片，没有了胃口。

马克清扫了茶杯碎片，回到花园尽头自己的书房去了。我想带刺头去天堂自然保护区散步。公园部分地区很有可能已经围上了警戒线，但我还是有可能看到警察在干什么。

我给狗拴上了绳子，走进了屋外的阳光中。早上空气清爽，甚至有些凉意。走在人行道上，隐约可以闻到金银花的香味。我们朝着格兰切斯特草地尽头的小门走去。刺头嗅到附近有一两只兔子，它又蹦又跳。我拉紧绳子。小门吱吱呀呀地打开了，我们穿过小门，踏进了保护区。脚下的土地非常松软，有些地方甚至有点像沼泽。地上到处都是脚印，大多数都是新的脚印。一只有着斑点木纹的蝴蝶在我前面翩翩起舞，迎着阳光看过去，就是跳跃闪烁的一道剪影。

我们顺着森林小路往下走，旁边就是几棵老柳树和剑河一条幽暗的支流，这时我听到了含混不清的说话声。远处，可以看到黑色的头盔上下摆动。我走近一看，有几个人聚在铺了木板的人行道上，他们张望着一个地方。有三位警察在维持秩序，不准他们靠近。两棵树之间绑着黄色的警戒线，绳子的两头在风中飘荡。

我收紧了拴刺头的绳子，走到人群中。一个家伙穿着牛仔服，外面套着绿色的棉夹克，正在摄像。另一个人穿着西装，额头上的刘海很醒目，拿着话筒正在说话的是主播。大多数人都盯着河堤。我踮起脚尖，从人群的头顶上望过去。

“禁止使用智能手机。”其中一位警察对着一个男孩晃动手指。

看到眼前的场景，我失望了。我没有看到尸体，也没有看见装尸体的袋子。只看到两个人穿着白色的防护服，戴着蓝色的橡胶手套。其中一个正用塑料口袋封存什么东西。另一个人正对着悬伸于剑河之上的一棵大树拍照。好大的一棵树，主树干在水面上延伸了大约二十英尺的样子，再往上才是枝繁叶茂的枝干。

“怎么了?”我转身问一个男人，他穿着一双闪亮的橘红色跑鞋。

“今天早些时候，他们在河里发现了一具尸体。”

“没看见尸体呢。”

“他们把女尸抬走了，就顺着那条道抬走的。”他指了指那个方向，那是另一条树林小路，与我和刺头来的方向正好相反。

“场面肯定很惊悚。”

“我慢跑经过的时候，他们正好在装尸体袋子。是两个小时前了吧。金色长发，脸长什么样没看清。”

“他们怎么找到尸体的，你知道吗?”

“我是听那个人说的。”他用手指了指那个拿话筒的人，“一个慢跑的人看到她卡在了水草里，面朝下，浮在那里。就在那棵大树下面。”

“哦，我的天。”

“今天要是早点起床，我就第一个发现她了。”

“他们知道死者身份吗?”

“那个记者说，他们在死者的口袋里找到了驾驶证。但他没有提名字。”

我点了点头。

“我要走了。没什么好看的了。你的狗不错。”

他转身慢跑着离开了，透过树丛还可以看到他的运动鞋一闪一闪的。我看到主播放下了手中的话筒。摄像机也停止工作了。我松了松刺头的绳子，拉着它朝回家的方向走去，一路上风声瑟瑟，杨柳随风摇摆。

可怜的女人。她到底遇到什么事情了呢？

回到家，我没看到马克。他肯定还在花园尽头的书房里工作呢。我解开刺头的绳子，在它的碗里倒了好多狗饼干。它咔咔咔地吃着狗饼干，我换上工作服，戴上手套。从日记内容来看，我至少有两天没有户外劳动了。现在花园肯定需要修剪除草了。整个1.4英亩的花园有可能都需要修整一番。

我推开温室的门，再次走进阳光中。风大了。一条铺好的小路顺着斜坡缓缓而下，我丈夫的书房就在那个方向。我大步走在这条路上。前天清早的暴风雨给花园造成了一些破坏。吹落折损的枝条到处都是。一阵阵风刮来，漫天都是飞舞的落叶。花园小路的边上装饰着打磨过的黑白色鹅卵石，那场暴风雨甚至刮走了一些鹅卵石，留下一些没长草的凹坑。

鹅卵石到哪儿去了呢？我没看见。肯定是刺头衔走了。它一贯这样藏东西，我的日记上写的，上个圣诞节，我在它的篮子里发现了两个石头和一个又脏又旧的网球。虽然马克觉得我的脑子就那么回事，但我擅长了解这些互不相关的零碎事实。

我从花园的工具棚里拿出一个耙子，立刻就开始收拾。不一会儿，我就在房子正面的篱笆附近收集了一大堆枯叶。一股泥土的气息从枯叶堆飘荡出来，让人感到舒心。园艺劳动有治愈作用，这一点绝对没错，我心中的不安烟消云散。或者是因为看到这么一大堆叶子，我觉得自己今天早上还是有所成就的。像我这样的家庭主妇，衡量自己每日成就的方式就是看一看自己清扫了多少东西，或是清理了多少东西。很可能就是因为还有这点成就感，我们才没有疯掉（或是没有更加抑郁）。马克不一样，他的书卖出了数百万册，我可没有这样的骄傲之处。

不像我的丈夫，我这一生也没做过什么让自己骄傲的事情。我的日记就是这样说的。

马克虽然不说，但他和大多数双日人一样，心里都觉得单日人愚蠢，我们单日人的日子当然不会因此而更好过。我们记不住两天前发生的事情，我们在智力上受到了限制，我们对周围世界的理解很短视。马克没有勇气当面说我愚蠢。但只要我一张嘴，我就知道马克心里是这么想的。我这位双日人丈夫以高人一等的姿态嘲弄着我，我已经忍受了二十年，日记是这样记录的。

但是，我不要纠结这些事情。不管是真实的，还是想象出来的，我都不要去想自己的不足。现在我感觉神清气爽，我才不要想这些事情。

我从工具棚里抓出两个大垃圾袋，精神抖擞地把叶子铲进袋子里。远处传来了铃声，听起来像是门铃。肯定是邮差到了。

我打开花园篱笆的侧门，绕过房子的一角，来到前门。一个男人站在前院，侧脸对着我。不是邮差。他瘦瘦的脸庞仿佛是雕刻出来的一样，下颌有棱有角，鬓角花白。脖子处雪白的领圈非常干净，熨烫得完美无瑕。一双布洛克鞋[1]擦得锃亮。

1 布洛克鞋又名巴洛克鞋，源自十六世纪苏格兰人和爱尔兰人在高地工作时所穿的工鞋。二十世纪后逐渐演变成型，温莎公爵把布洛克鞋从乡间发掘出来，让它成为绅士的象征。

“请问？”我说。

他吃了一惊，转过头来，看着我。

“哦……”他说。

他的目光落在了我身上，注意到了我脏兮兮的工作服和鞋子。他的眼睛是青灰色的，聚焦的时候有一种吸引力。他伸手从胸前的口袋里掏出了一个黑色的对折钱包，打开后里面有一枚带照片的警徽，形状是带有皇冠的雪花状。

“剑桥郡警署的总督察，汉斯·理查森。我想见马克·埃文斯。”

“什么事？”

“我们想请他协助我们调查。”

“调查什么呢？”

“一位女子的死因。”

我张着嘴看着眼前的督察。

“不会是……呃……今天早上新闻里的那个女人吧？就是尸体在剑河被发现的那个？”

“就是她，”他点头道，“我是调查这一案子的高级督察。你能去请埃文斯先生吗？非常感谢。我想，他应该是你的丈夫。”

我点了点头。今天早上就是不对劲，可我说不出是哪里不对。我朝理查森身后看了看，蓝黄格子相间的警车就停在我们屋外，方向盘前坐着一位穿制服的驾驶员。透过有色玻璃窗，我看不清楚他的脸，只知道他留着小胡子。几个邻居伸出脑袋朝这边张望，甚至有个女的还走到了前院，直瞪瞪地望着我们，她身上还穿着紫色的晨衣。路对面就是一列丑陋不堪的排屋，真是讨厌。

“马克在书房工作，”我急于想让理查森进来，走到邻居看不到的地方，“请跟我来。”

领着这位督察绕过房子的拐角处，我注意到他丝质领带上的花样，看上去像我很多年前在学校里学到的希腊字母π。刺头蹦蹦跳跳，迎了过来。理查森弯下腰，抓了抓它的脑袋，刺头拼命地摇着尾巴作为回应。我们穿过侧门，朝着花园走去，我决定要勇敢一点，于是问道：

“那个女人叫什么名字?”

督察抿了抿嘴，然后回答道：

“索菲亚·艾琳。”

听了这个名字，我的脑袋里没有想起任何相关的事实。

“为什么她的死因……呃……可疑呢?”

“这我无可奉告。”他摇了摇头，“抱歉！你的花园很可爱。非常有趣。”

“谢谢。我去叫我丈夫。”

理查森点了点头。我顺着小路去找马克。惊恐如潮水般涌进我的脑子，容不下其他半点想法。马克不可能和索菲亚·艾琳有什么关系呀。关于她，我什么事实都不知道。为了确认这一点，我半道上停下来，掏出电子日记，输入她的名字。搜索结果为零。

我来到马克书房的门口，轻轻敲了敲。里面传来重重的叹息声。

“克莱尔，我在写作。”马克的声音很平和，但我分明听出了恼怒的意味，“之前不是告诉过你吗？写作的时候不要打扰我。你今晚就应该把这一条输入你的日记。多花一点时间，记住这一事实。”

“是急事，马克。请出来一下吧。”

我隐约听到他轻声咒骂了一句，然后才迈着快步朝门口走来。

“吱呀”一声，门开了，马克整洁有序的书房展现在我眼前。我的丈夫眼神涣散地站在我面前。他的眼神中甚至还带有一点狂野的味道。如果他这一小时都在写东西，我这样打扰他，他肯定抓狂。

“一位督察找你。剑桥郡警署的总督察，汉斯·理查森。他在调查今天早上收音机里报道的女尸案。”

马克的脸色顿时变得惨白。他的左手在颤抖。

《科学美国》2005 年 9 月 15 日

归根结底是基因：科学家发现了造成记忆差异的基因（和蛋白质）

哈佛的科学家找到了造成双日人和单日人记忆差异的基因开关。这一基因调节一种蛋白质的合成，这种蛋白质就是环磷腺苷效应元件结合蛋白，简称为 CREB。

通过分析五千名志愿者提供的血样本，科学家发现，与十八岁以下的青少年相比，成年双日人和成年单日人的 CREB 水平都非常低。然而双日人血液里 CREB 的水平仍然高于单日人，双日人就相应地拥有了两天的短期记忆，而非一天。

科学家确定，双日人到了二十三岁，单日人到了十八岁，体内的这种蛋白质合成就受到了抑制，也就解释了社会上的这种记忆差别。科学家们正在研究为什么会这样，以及人类是不是一直如此。

双日人帕特里克·基尔伯恩是这个项目的领头人，他认为同时受到身体和情绪上的压力能够打开这一触发型基因。他坚持认为，必须是同时受到身体和情绪上的创伤。他说，实验中的白鼠同时受到了身体和情绪的刺激，CREB 的水平上升，短期记忆能力提高。

国际记忆基金会为这一研究提供了基金，其发言人说：“发现了这一基因开关，我们展望到将来人类的记忆力可以提高的美好可能。至少某一天，所有的单日人都能变成双日人。”

二

马克

今天早上从收音机里听到新闻，我觉得事情已经糟糕到了极点。但它还可以更糟糕。

有人说，无知是一种福分。回想二十年前，我在校园蓝调第一次凝视克莱尔的双眸，为之神魂颠倒（我的日记是这样记载的）。今天，她忘记了许多事，没有了负担，她的双眸水晶一般清澈纯洁。仅仅一天的时间，便天壤之别。昨天，她的眼睛流露出扭曲的苦痛。今天，她就是一个平静的女人，双眸是薰衣草的颜色，因为遗忘而安稳，免受知道一切的折磨。

风呼啸着吹过树顶。

这一次，我想要不惜一切代价成为像克莱尔那样的单日人。今天，这个愿望特别强烈。我知道她嫉妒我，深深地嫉妒我。这一幕在我们的婚姻中反复上演，也在我的日记中反复出现。“克莱尔最近一次痛骂双日人是……”，这样开头的句子出现在日记中好多次，我已经数不清了。

克莱尔不知道的是，作为一个单日人，她就有权成为更快乐的人。

我深深呼了一口气，想要平静自己万马奔腾的心绪。

“好奇怪。”我说。

“督察理查森在等你呢，马克。”克莱尔双臂交叉抱在胸前，眼睛透出烦恼的目光，直直地盯着我。

我别无选择，只好跟着她沿着花园的小路去找等我的督察。还没走近，我就看到了这个个子高、体格健美、肩膀强壮的督察。看到他的肩膀，就知道他是个严谨的、没有半句废话的人。

我眯起眼睛一看。那个人正在往兜里揣什么东西，看起来像是照相机。见鬼！他在我的花园里拍什么东西呢？我加快脚步，大步走过去。

“督察，早上好。”我说道。走近后，我看到了他的鹰钩鼻子，他的外形因此大打折扣。

“早上好，埃文斯先生。”

“我妻子说你想要见我。”

“给你添麻烦了，我很抱歉。我知道你很忙。关于索菲亚·艾琳小姐，我有坏消息带给你。很抱歉，今天早些时候，人们在剑河发现了她的尸体。”

“什么？”

“先生，像这样的案子，我们需要采集家人或朋友的证词笔录，这是标准程序。我们需要整理出死者生前的行踪，以备法医查询所有相关事实。据悉，你和艾琳小姐似乎是熟人。我想麻烦你到园畔警署做一下笔录，可以吗？不会耽误你很长时间。”

我听到克莱尔倒吸了一口气。

“你说……你说马克和索菲亚是熟人？”

“是的。”督察又点了点头。

“马克……”克莱尔转过头来望着我，瞪大了双眸，目光里全是责备，“这是事实吗？”

见鬼。我得平息妻子眼底燃烧的怀疑。

“我查一下呢。”我一边说，一边拿出日记，尽可能地摆出一副无辜的面孔，查了起来。

“我的电子日记说，两年前，我在一次作家活动上遇到了索菲亚，”我说，“她想成为作家……呃……正在写精神病院的病人。特别要描述他们用药后的精神幻觉。她有一本我的《死亡之门》，请我在上面签字。她说，她是我的超级粉丝。督察，你怎么知道我们是熟人呢？”

“艾琳小姐在她的日记中提到了你。”

呸。他手里有索菲亚的日记，他要干什么？

“你可以阅读她的日记？我就不明白了，”我尽量保持平静的声音，“如果我记住的事实没错的话，《人权法案》保护个人的隐私权。其中就包括来往信件和日记。”

“没错，先生，通常情况是这样的。”

督察停下来，抿起嘴巴。

“《1998年数据保护法案》修改后，在必要的情况下，警察可以拿到授权证来调查个人数据。在威胁到国家安全的时候，我们可以拿走或是调查电子日记。或者在调查谋杀和儿童绑架案件时，我们也可以这样做。你懂的，非常恶劣的犯罪事件。”

我咽了一大口唾沫。

“我们拿到了授权证调查索菲亚的日记。我们觉得，她的日记可以帮助我们调查她的死因。”

“索菲亚在日记里写了我什么？”

督察下巴扬了起来，默默地摇了摇头。

“督察先生，”我看着他的眼睛说道，“你刚才告诉我，可怜的索菲亚尸现剑河。现在，你站在我家花园里，请我帮助你。我希望能知道前因后果。”

“你真的想知道？”

“我非常坚持。”

“嗯，如果你坚持的话……”他目光坚定地看着我凝视的双眸。

我又听到克莱尔倒吸了一口气。

“索菲亚在日记中暗示说，你们第一次在约克见面后，就变得非常亲密……”督察的嘴角在抽动。

克莱尔往后退了一步。看起来就像有人在她肚子上打了一拳。一开始她的脸上流露出来的是恐惧，但很快就被别的东西取代了。她的脸色绯红，抿紧了嘴唇，目光如炬。

见鬼。刚才，我犯了个大错。一开始，我就应该否认自己有关于索菲亚的任何事实记忆，这才是最好的应对。但是，看到克莱尔最初的反应，我乱了阵脚。我给自己挖了一个坑，必须自己爬出来。一定不能再掉进坑里。

我有四个选择：

(a) 否认有外遇。

(b) 质疑索菲亚的人品。

(c) 打听索菲亚到底在日记里写了我什么，最好是在克莱尔不在场的情况下。

(d) 以上三点。

“一派谎言，”我攥紧了手说道，“这是索菲亚编出来的。她说过，她疯狂地喜欢我的书，疯狂地喜欢我，甚至在我们还没有见面之前就如此了。”

看起来，督察并不相信我说的话。

“她希望如此，就把自己信以为真的东西写下来了。她精神错乱。督察先生，你是在浪费时间。”

“所有的线索，我都要调查，这是我的职责，”督察的下巴很僵硬，“这些线索就包括同艾琳小姐非常亲密的人。”

我瞟了一眼克莱尔。像我一样，她也攥紧了手指。她的眼睛依然是往外喷熔岩的样子。好在如果一直劝解，克莱尔是听得进去的，从过去二十年日记中记下的事实来看，她是这样的性格。事实：1995 年 6 月的一则日记写道，克莱尔偏爱深红色玫瑰，“坚持不懈的哀求，是通往她顽固心灵的钥匙”。

但我还是觉得不寒而栗。如果小报听说我有可能出轨了，那我成为议员的梦就直接破灭了……

“督察先生，”我说道，“你不会是想要逮捕我——”

“哦，天哪，不是的。先生，当然不是的。我们只是想要证人证词而已。”

是该松一口气呢，还是警觉呢，我也不知道。

理查森清了清嗓子，稍稍抬起下巴。

“你想要知道索菲亚是怎么写你的，”他说，“嗯，根据我们的授权证，我们可以把她日记的内容透露给与调查直接相关的人员。我可以在警局告知部分细节内容。”

督察心里想的肯定是，为了知道索菲亚写了什么，我会不惜一切。

“督察先生，我跟你走一趟吧，”我叹了一口气说道，“虽然索菲亚完全是幻想了我和她关系的性质，我还是愿意帮助你调查案件。”

“谢谢。”

“克莱尔，相信我。”我拿出自己最恳切的表情，看着她的眼睛说道。

我跟着督察顺着花园小道走了出去，走向他的警车，克莱尔并没有回应我。

我本以为会被带到审讯室。就是大家在电影中看到的那种房间，空荡荡的，只有一张桌子和一把椅子，还有一盏明晃晃的卤素灯直射在倒霉的嫌疑人眼睛上。

我没进审讯室，进了理查森的办公室。他的办公桌上没什么东西，一台电脑，一本电子日记（我想有可能是索菲亚的），一个数字录音设备，一个巨大的订书机，左手边角落处醒目地摆放了一套木制的国际象棋，棋盘上的士兵们正在咄咄逼人地进攻。既没有堆积如山的纸，也没有摊了一桌的文件，也没有用完五天没洗的发霉咖啡杯。但桌子后面的架子才展示出了理查森的个性。标有色码的笔记本，精确地按照色标整齐排列在架子上。

我应该小心行事。

即使恐惧，也不能表现出来。

我的目光落在了墙上的一块金属饰板上，上面镌刻的内容是：

才华不是逼出来的。它自然天成。

灵感也不是逼出来的。

最不经意的时候，就是灵感降临之际。

但是，一天之内，问题的解决方法是可以逼出来的。

只需要提着大棍子追赶就行了。

——无名氏

我必须小心谨慎。非常小心谨慎。我嗅到了沙威警长[1]的味道，不屈不挠，不找到答案，誓不罢休。他看起来就是那种每分钟都在为工作而呼吸的人。他是一个长着鹰钩鼻子的督察，不找到答案，他是不会罢休的。

“谢谢你能来。”理查森说道。他指了指陪着我们一路走进房间的警佐，那个小伙子穿着制服，态度诚恳，脸上两道浓浓的眉毛，就像毛毛虫一样，“警佐唐纳德·安格斯会按照要求在MG11表格上填写你的证词。之后我们需要你签字确认。”

我点了点头。

“你是双日人，埃文斯先生?”

---

1 法国作家雨果著名作品《悲惨世界》中的人物，对主人公冉·阿让紧追不舍。

“当然。”

“结婚多长时间了?”

“二十年。”

“孩子?”

“没有。”

“你是个成功的小说家。但是你希望成为南剑桥郡的议员，不久之后选举就要开始了，你会是独立候选人。”

“是的。”

“你在约克演讲后，索菲亚·艾琳走到你身边，对你说了什么?”

“我查一下。”我说。

我拿出电子日记，敲着键盘，然后再抬头看着理查森。

“她说喜欢我的小说。读我的小说已经很多年了。她自己也有稿子，还没有发表，她希望自己的作品能够和我的小说一样成功。至少我的日记是这么说的。”

“别的呢?”

“没了。”

“等一等。艾琳小姐不是说她疯狂地喜欢你吗?”

这位理查森督察，很敏锐嘛。

“啊，是的。她说过。”

“你怎么回应的?”

“我说很荣幸。”

“之后发生了什么?”

我顿了顿。我和索菲亚第一次相遇，她到底是怎么写我的呢，为了知道这一点，我真是可以不惜一切代价。

“她邀请我共进晚餐。我拒绝了。”

“面对美丽的金发女子，你拒绝了？”理查森的目光中写满了怀疑。

“拒绝了。”我看着他的眼睛回答道，心里明白索菲亚的日记里写的是我接受了。但是我比索菲亚有优势，她已经死了，一个死了的女人是没法为自己辩护的。而我还活着。

“但是，为什么呢？”

“我不会在作家会议上接受任何人的邀请。即使是美丽的金发女子也不例外。”

“为什么不呢？”

“如果有人说疯狂地喜欢我，我就会警觉起来。”

“为什么会这样呢？”

该怎么回答才好呢，我不知所措了，于是在日记里输入了“疯狂＋会议”两个词。一个搜索结果跳了出来，我松了一口气。我快速浏览了一番，然后抬头看着理查森。

“督察先生，这样的会议上，偶尔会出现疯子。去年的日记说，我看见一个女人，涂着艳俗的粉色口红，拎着手提包袭击一位作家代理人。”

督察怀疑地扬了扬眉毛。

“那接下来又发生了什么？”他说道，“就是你拒绝艾琳小姐的邀请之后发生了什么？”

“她看起来挺失望的。但还是离开了。”

“离开了，什么意思？”

“离开了房间。”我尽量不要显得不耐烦。

“然后就在另一个房间和你上床了？”

“当然没有。”

“你确定？”

“好了，督察先生。”我恼怒了，竭力不想在语气上表现出来，“你想要调查清楚索菲亚的死因，这一点我理解。但你把我当作调查对象，完全就是找错了对象。”

“会议结束之后发生了什么？”

“什么都没有。”我摇着脑袋说道，“她的日记说我们有一场长达数年的浪漫爱情？”

督察没有回答。我看到他又扬起了下巴。我打起精神，准备回答下一个问题。

“会议之后，你和她之间有联系吗？”

我戳着日记本。

“之后，我收到了索菲亚几封热情洋溢的电邮。从内容来看，她依然对我很着迷。当然，我删除了这些信件。我的代理人卡米拉经常会把这类女粉丝的信件转给我看。”

“有女人奉承讨好你，内心一定很满足吧。”

“从我的日记来看，这样的信件时不时地会让人觉得烦恼。”

“你的名字在她的电子日记中出现了好多次，”理查森说道，我吃了一惊，“准确地说，是一百八十四次。”

“她对我着迷到那样的程度了？”

“她的日记……我们这样说吧……描写得非常生动，”理查森盯着我的眼睛说道，“我都还在消化理解。之前调查谋杀案，我也在授权下读过其他人的日记，但这个不一样。”

我端坐在椅子上。

“她的日记读起来，感觉是反复无常的意识流，”理查森继续说道，“或是汹涌的半意识流。各种思想交织在一起，很有意思。”

我一直都知道索菲亚反复无常（我的日记是这样说的），但我没想到她是那么怪诞。

“她写了我什么？”

“我不能回答这个问题。”

“但是……但是……你说过，如果到了警局，你会很高兴告诉部分细节内容。”

“我说的是我可以。”

“她有没有写疯狂地爱上了我？”

“在这儿，提问的人应该是我。”

“抱歉，督察先生，”我说，“我只是好奇，仅此而已。你刚刚说的，我的名字在她的日记里出现了一百八十四次。”

“我们继续吧。”理查森的嘴唇勾勒出一道冷酷的弧线，“你过去三天的行踪，请具体陈述一下吧。我们从昨天开始。”

我认为自己有四个选择：

(a) 实话实说。

(b) 实话告诉他克莱尔做了什么。

(c) 撒谎。

(d) 不选以上任何一项。

“我妻子醒来后，感觉很糟糕，前一晚她忘记按照医嘱服药了，”我说道，“于是我决定留在家里。本来约好下午三点和一群竞选志愿者见面的，可是想着要照顾克莱尔，我就取消了。幸好昨天大部分时间她都想在床上躺着，所以情况还好。”

“她怎么了？”

我叹息了一声。事实：多年来，克莱尔的病情让我很是烦恼。

“督察先生，如果你非要知道不可，”我叹了一口气说道，“我的妻子有抑郁症。她的行为常常会有些古怪。顺便说一声，如果你能替我保密，我不胜感激。我不想要媒体知道……呃……我妻子的健康问题。”

理查森点点头，然后皱着眉头在笔记本上写下了什么东西。

“那昨天一整天，你和埃文斯夫人都在家里了？”

“是的。”

“除了关注她，你还干了什么？”

“克莱尔在楼上休息，我想着在厨房餐桌上写东西。最后也没能写多少。所以我就决定到书房做点管理方面的事情，大概一个小时过来看一看克莱尔。”

“什么管理方面的事情？”

“电子表格，邮件，不需要灵感的事情。”

“埃文斯先生，什么会激发你的灵感呢？”

“日常生活。最简单的事情。”

“比如说，婚姻中的动荡？是这个启发你写出《死亡之门》

的那个场景吗？就是你的主人公贡纳和他的妻子西格丽德争吵，两天后他们的孩子就死了？”

这么说，督察还读过我的小说。

“真实的生活如何构建出小说，这一点是没法说清楚的。”这句话说出来，比我想得要简短草率得多。

“你如何记录那些给你灵感的事情？”

事实：不知是怎么回事，作家会议上，只有单日人才会问我这个问题。我不知道原因，肯定是单日人低人一等的缘故了。但这个督察肯定不是单日人吧？不管怎样，我就给他我现成的答案吧，每次都是这样回答的。

“当然是把所有的事情都写在日记当中了。所有的事情。吃惊的事情，心碎的事情，还有些荒唐可笑的事情。”

“写日记的时候，你怎么查询你的记录？”

“记不住的部分，就翻到那页看看。”

“那为什么有一页写的是贡纳来自瓦尔贝格，而另一页又写他来瓦尔贝里。前者是在挪威，而后者在瑞典。”

我吃惊地看着这位督察。事实：书出版两个月后，我才发现了这个打印错误，不知怎么地，所有的编辑都没有注意到这一点。直到今天，我所有的读者都没有发现这个错误。理查森看书的时候真是非常仔细呀。我更加紧张了。

“督察，你北欧地理学得不错呀。”

“我有四分之一的瑞典血统，还有四分之一的丹麦血统。”

我眨巴了一下眼睛。

“你还没有回答我的问题。”他说道。

“所有的小说，呃……都有错误的地方。你所有的时间都花在给出版物找纰漏了吗？”

“我的工作就是在看似天衣无缝的地方找裂缝。”督察灰色的眼睛就像纯钢的螺丝锥一样，“顺便问一下，你怎么描述你的婚姻状态？”

“当然是幸福了。”我本想很自信地说出这句话，可声音还是稍微颤抖了一下。

“你说幸福，是什么意思？”

我绞尽脑汁，想要找一个恰如其分的真实答案，最后还是决定使用《死亡之门》中的两句话：

“这取决于如何定义幸福。我个人对幸福的定义就是：你只有事后才知道你幸福过。”

理查森扬了扬眉毛，然后在笔记本里又记下了几句话。

“那前天呢？星期四呢？”

这就更棘手了。我要注意自己的措辞。

“我也待在家里。大部分时间我都在书房。不同于昨天，前天我还写了些东西。大概写了八百字。下午的时候我就处理了邮件。”

“所以说，你没有离开家。”

“没有。”

“有没有和什么人说过话呢？”

“下午晚些时候，我和代理人卡米拉还有竞选经理罗恩通过电话。”

“晚上发生了什么？”

“也没什么。我在书房看电视，看着看着就睡着了。”

“两天前呢？星期三？”

我拿出电子日记，快速浏览星期三的记录：

上午在写《存在天注定》，写得很郁闷，但到了吃午饭的时候，还是写了差不多八百字。中午，我来到厨房，给自己做了个三明治；克莱尔还在剑桥花卉学校，没有回来。狼吞虎咽地吃个三明治，不需要在午餐时间和妻子无意义地交谈，我觉得很享受。这些日子，她的陪伴根本不能激发我的灵感，真是令人叹息。午餐后，我给卡米拉打了个电话，好让她放心，《存在天注定》写得很顺利。

——谢天谢地！小说家和截稿期很少有合拍的。这是事实。但是你可以按时交稿，是不是？

——我写给《星期日泰晤士报》的文章引发了狗血大争议，前两天终于平息下来了，这是好事。

——有了狗血大争议，你的书才好卖呀。那肯定算得上你写过的最好的营销文了。也许，你下个月应该再续写一篇？

卡米拉还说，来年春天这部小说出版之前，我们的出版商本恩打算安排一个黄金时间的电视采访。她还补充说，我在《星期日泰晤士报》的文章引起了一片喧哗，本恩觉得应该拿得到采访，他信心十足。

罗恩后来打电话来，确认剑桥市政厅举行记者见面会的时间，这个星期六中午十二点，就在星期五女王陛下御准通婚法案之后。他说，我的混合婚姻已经存在二十年了，我要充分利用这一点事实。

——马克，机会一出现，就要抓住。这是政治的基本原则。时机也同样重要，这一点你也要明白。

罗恩是对的。下午的时间，我就起草答案，以应对记者可能提到的问题，保存 DOC 文档，文档名“记者会”。接着我就处理电邮和其他竞选相关的邮件（上帝呀，我讨厌这些官僚制的东西，也许我该找个秘书）。

和克莱尔一起吃晚餐，她花了一下午的时间做了我最喜欢的兔肉炖菜。只要克莱尔在厨房劳作，我就感觉不好：为什么她要这么费心取悦我呢？只要她努力想对我好，我就感到双倍的内疚。兔肉好吃到爆，我们的对话无聊到死。为什么克莱尔就是不喜欢高雅艺术或经典文学？易卜生的戏剧、瓦格纳的歌剧或弗吉尼亚 · 伍尔芙？她的床边桌上堆放着那些神经兮兮的妇女杂志，她到底是看上了它们哪一点呢？为什么就不能和克莱尔一起讨论一下《存在天注定》的剧情转折呢？可一有这样的念头，我就马上打住，我可以肯定像她那样的单日人是不会懂的。

晚上，我懒洋洋地躺在电视机前，喝着一瓶 1996 年的拉菲葡萄酒，喝酒的速度当然是超过了《存在天注定》码字的速度。

“早上的时间，我在写作，”看完日记，我抬头说道，“午餐吃了一个三明治，然后就分别与卡米拉和罗恩通电话。下午处理电邮和其他一些繁琐的事情，晚上的时间都在电视机前。”

“你每天的生活都惊人地相似呀。”督察看着我，弯了弯他左边的眉毛，“你的星期三听起来跟星期四简直就是一样的。”

见鬼。我又搞砸了。

“我是小说家，”我尽量控制着自己的语气，“我写作这么长时间，我知道如何识别创作狂热。我想要尽量利用创作高峰。这就是为什么我整个星期都待在家里写作。我日记中就是这样写的。只有需要的时候，我才出去透透气。”

“创作狂热。”理查森若有所思地拧了拧眉头，跟着我重复了这几个字，“我记得在索菲亚的日记里读到过这个词。”

我并不吃惊，因为我就是从索菲亚那里学到的这个词。事实：我们第一次见面的时候，她就把这个词用在了我身上。我太喜欢这个词了——这个词概括了我偶尔感觉到的创作状态，我就把这个词写了下来，第二天记在了脑子里。

“当然了，索菲亚本人也想成为小说家，”我决定提醒一下理查森，“大多数作家都想时不时地经历创作狂热，我清楚这一点。”

“她自认为是小说家？但她的日记**根本**没有显示出这一点。”

督察目光炯炯地盯着我的眼睛。

“她也没有提到过任何未发表的手稿，”他继续说道，“在这一方面，她也没有提到过自己在创作什么文学作品。”

“太奇怪了，督察先生，”我拼命地想要保持镇定，“索菲亚的确是提到过一部关于精神病院病人的手稿。”

“奇怪了，你会提到这一点。”理查森的嘴抽动了一下，“艾琳小姐似乎的确是对这种医院有所了解。事实上，她的日记就是围绕精神病院展开的。”

突然，我感觉有一种酸腐的味道涌到嗓子眼。

“你什么意思?”

“从她的日记来看，她本人在精神病院待了好长时间，两年前才出院的。”

“她被收进了精神病院?”

“是的，待了十七年的时间。”

“督察先生，我并不知道这一点。”

我说到最后，声音微微有点发颤，督察肯定听出来了，他身体前倾，坚定的目光无情地看着我。看到他，我想起了蓄势待发的美洲豹，一头饥肠辘辘、紧盯着猎物的猫科动物。

“有人谋杀了艾琳小姐，”他咆哮道，脸慢慢从我的眼前往后移，“我的直觉告诉我，这是谋杀，虽然我的副手认为是自杀。不管怎样，法医的报告今天结束之前就会出来。我肯定，验尸结果会证实我的怀疑是正确的。索菲亚·艾琳并没有像弗吉尼亚·伍尔芙那样穿上外套，在兜里装满石头，走进剑河，淹死自己。我也知道文学人物。今天结束之前，我就要确定谋杀者的身份。埃文斯先生，你听清楚了。我会的。”

十八岁或二十三岁生日时过渡为单日人或双日人的官方指导

如何将日记中的细节转变为事实

1. 即便你是双日人，有两天充裕的时间，也要在每天结束的时候记日记。写下你认为重要的内容，也就是你认为有意义的细节。

2. 要懂得什么是事实。事实就是你从日记中研习到的细节，你不会忘记的细节。这些细节被储存到了你大脑的长期记忆中，成为事实，之后不用查询就能立刻进入你的脑海。

3. 每天早上一起来就要阅读前一天晚上的日记内容。这应该是你每天做的第一件事。研习日记花的工夫越多，记在脑海里的东西就越多。研究表明，刻苦研习日记的单日人储存在脑子里的事实能够和双日人一样多。说到研习日记这一方面，单日人和双日人站在同一起跑线上。

4. 放松心情。无论你如何用功，都不可能把日记上所有的细节转变为事实储存在脑子里。科学研究表明，单日人和双日人一样，能够在脑子里储存本人日记中高达百分之七十的内容（当然了，总有例外）。

三

索菲亚

2013 年 9 月 2 日

热。闷。到处都是想成为作家的人，挤满了整个房间。他们衣着寒酸，礼貌的微笑挂在脸上，勃勃野心藏在肚子里。他站在讲台上，人近中年，已经可以看得出来。腰围变粗了，头发不再浓密，前面的头发甚至有点稀少。但是房间里所有的人都想不到。当年二十五岁的他瘦精精的，一头浓密的头发。

哦，大家为他欢呼。大家欢呼了。马克·亨利·埃文斯的文笔独一无二。马克·亨利·埃文斯的书销量第一。我徘徊在房间后面。甚至像其他人一样鼓掌。我必须这样。一定要合群。就像玛莉丝卡建议的那样，看起来要正常。

他讲到了灵感。讲到了创作中精力高度集中的阶段。讲到了文学名声和成功的诱惑。他在讲话，可我满脑子里想的就是要诱惑他的小计谋。

他讲完话后，我走到他跟前。我对自己的外貌非常自信。头发柔顺闪亮，披在肩头。无可挑剔的眉毛。血红色的指甲油。深红色的嘴唇，勾人魂魄。穿着也是迷死人。亚历山大·麦昆的紧身小黑低胸裙，万千风情若隐若现。

我说，埃文斯先生，很喜欢你的演讲。同时给了他一个最闷骚又电力十足的微笑。他回了一个微笑。眼睛立刻就顺着我的身材往下扫，每个线条都不放过，目光炙热。他一点也没有认出我来。感谢上帝。我的整形医生手艺不错！

你说的关于创作部分，我真的很有同感，我低声说道。这是一种创作狂热的快乐，不是吗？毕竟，疯狂有时候表现出来就是狂热。难道创作和疯狂不是一个硬币的两面吗？埃文斯先生，像你这样的文学天才，难道不是处于两者之间的交界吗？

看他的眼睛，就明白了。

我的美色勾引了这个男人。我的话迷住了他。手到擒来。

我操，男人就是这么容易上钩。

一起用晚餐怎么样？我一边问他，一边用手指摆弄着过氧化氢漂过的一绺头发。态度随意。卖弄风情。我要得手。我们好好谈论一下创作狂热这个迷人的小东西。

他轻声笑了，说，在我看来，还有比晚餐更好的东西嘛。眼睛盯着我的奶子。

当晚他就实现了。

他把我吃了。

从我乳房上舔奶油。

哦，他的确这样做了。

2013 年 9 月 5 日

上帝，头又疼得他妈要死。

约克相见后，已经三天[1]了。既没有打过电话，也没有发过短信。

他肯定弄丢了我的号码。

那个蠢货为什么没打电话呢?

2013 年 9 月 6 日

九个月前的今天，他们把我从圣奥古斯丁医院放了出来。我骨瘦如柴，憔悴不堪。头发短得像剪过的羊毛。头发为什么这么短?这得多亏了以前的一位病友，她用自己的辫子悬在梁上，自尽了。这件事发生在我被收容住院的十二年前。之后，他们就把病人的头发全部剪掉了。至少这是玛莉丝卡告诉我的，她的头发也和我一样，短短的，一撮一撮的。在后花园，她神智比较清醒的时候告诉我的。后花园是唯一的户外活动空间。情况好一些的废物可以得到允许在那儿晃荡一下。晚夏的下午，在长了树瘤的白杨木之下。

可惜她已经死了。心脏骤停。只有三十六岁。曾经是个美人。

真希望那些看守可以看到现在的我。他们都认不出我来。身材增添了曲线。脸颊丰满了。不再是面如土色。瓷娃娃一样的肌肤。头发微微烫出波浪，修剪到齐肩的位置。他们把我扔上船，运到圣奥古斯丁那会儿，我的头发就是那么长。我又有了女性的

---

1 原书中此处为六天，结合前文 9 月 2 日距 9 月 5 日应为三天，故改为三天。——编者注

魅力。鼻子毫无疑问是改进了。我甚至可以说鼻子很精美。招风耳终于往后收了。重塑了下巴和脸颊，就像维纳斯一样。幸好有了美妙的玻尿酸，我的嘴唇更为丰满了一点。感谢硅胶填充物，我有了傲人的双乳。

相比于疯子的标签，美貌的标签更适合我。

他们偷走了我十七年的人生。我操，十七年呀。我找不回这段时间了。

但是我可以找回自己的容貌。

我会报仇的。

2013 年 9 月 7 日

雨滴顺着玻璃窗滑下。

黑暗吞没了它们。

可怕的梦。又是同一个梦。看守们扑向我。到处都是手。有力。限制。窒息。他们的头顶上是晃动的亮光。到处都是黑暗的碎片。星光四起，画着椭圆的圈儿，闪闪发光，就像是梵高的《星空》。这些星星怪诞，也不好玩。它们遮掩了恶毒的存在。它们的背后就是不可宽恕的手。把我推倒在地的手。剥夺我自由的手。

勒住我脖子的手。

自由了，就有了好多安慰。我想喝多少，就喝多少。我想和谁上床，就和谁上床。在圣奥古斯丁，喝酒和上床实在罕见。如果有法子贿赂看护，酒才能到手。想被操，那还要对方对女人感兴趣，对形销骨立的女人感兴趣。

再者，这个小小的日记本，我想在里面写什么，就写什么。没必要在看守面前装模作样，他妈的装疯卖傻，假装自己的脑子“正常”。之前，那些笨蛋一直都在监控我日记的内容。他们想看什么，我本就应该写什么的。这样我就不用在圣奥古斯丁待上十七年的时间了。我本来可以缩短自己住院的时间。我本来可以早点从那些邪恶的手中摆脱出来。

多亏了死去的玛莉丝卡告诉我这些，可怜的人。但是晚知道总比永远不知道好。

那天，我们在后花园。阳光透过矮小的白杨木漏下来。远处的大海，白色微波荡漾。她坐在草坪上，手里拿着草叶，饶有兴致地观察着，就好像从来没有见过草叶一样。

我说，你好。想这样开个头，和她说说话。她默默地、鄙视地瞥了我一眼。手指开始旋转草叶，开始是慢慢转，后来就越转越快。

她说，够好了。你好吗，甜心？

你觉得呢？我说。

我们不是都在火上烤吗？她回敬道，炽热的目光瞪着白杨木。整个岛的边上都是白杨树，将自由阻隔在外面。

接着，她就靠过来，眼睛里闪烁着阴谋的光亮。然后她就把草叶扔在草地上。

她说，昨天晚些时候，听到两个看守讨论你的病情。索菲亚真独特呀。索菲亚真是不一样呀。

我说，我一直都知道自己特别。

她眯着眼睛望着我，你没有在他们给你的电子日记中写东西吧。

我说是的，我从来不在意日记。

为什么不？她扔出来这个问题，漠不关心地耸了耸肩膀。但她的脸上写满了好奇。

我说，没必要。

但你不需要把握住过去吗？那些以后可能有用的事实？她扬了扬古怪的眉毛，十指穿过了剪短的头发。甜心，每个人都有日记。因为每个人都需要知道自己的一些重要事实。因为每个人都需要知道过去的什么事。

我指了指自己的脑袋瓜子。

我说，事实就在这里呢。所有的事实都在这里，亲爱的。二十三岁后发生的事情，每一件都在这里呢。

她扬起头，兴趣盎然地盯着我。她在消化我说的话。或许真的听进去了。不过，圣奥古斯丁大多数的病人都会这样。毕竟，我们周围住的都是疯子。偏执狂。精神分裂症。幻觉。错觉。精神病发作。我们不得不一起受罪。没有保释。只要都关在这个破岛上，我们就不能出去。

玛莉丝卡说，都装在脑袋里，多好呀。她面无表情。不知道她是不是在说反话。你没有跟看守提过你的这项超能力吧，甜心。

我鼻子里哼了一声。

为什么我要告诉他们呢？我说道。

很好，她说道。有三个病人给看守吹嘘她们什么都能记住，现在就埋在岛那头六英尺以下的地里呢。这对她们可不是什么好事。

我眯着眼睛看了看她指的方向，目光越过一棵在风中摇摆的白杨。

她们怎么了？我问道。

没人知道，她耸了耸肩说道。也许没有人真正想知道吧。我的日记说看守们不准人透露风声，不准任何人再提这件事。所以，你真应该写日记呀，甜心。每天晚上都写。就像其他人一样。就像一个正常人一样。就像我一样。

我鼻子里哼了一声说道，浪费时间。

她说，不是浪费时间。甜心，根本不是浪费时间。看守们都要读我们的电子日记。

我说，你他妈是在开玩笑。

玛莉丝卡翻了翻眼珠。同情地看了我一眼。仿佛我是她见过的最愚蠢的人。

看守们有我们的指纹，她说。他们监测我们的日记，看我们是不是还精神失常。或是看看我们有没有正常的迹象。我们俩都知道，精神失常和正常之间的区别真是不大呀。如果你想要自由，你至少要试着表现出正常。甜心，通过日记表现正常。你越是早一点这样做，就能早一点出去。出院。你想要重获自由，不是吗？她笑了，嗓子深处发出轰隆的嘶哑笑声。关在这个炼狱里这么久了。想要离开这个岛，要么就装在棺材里，要么就坐船。如果日记这张牌打得好，你还是有机会坐船出去的。

我坐得笔直。

玛莉丝卡又发出一声长期受折磨的叹息声，你的日记应该记录下你生活的关键事实。听起来她就像是在给一个孩子解释。重要的日期、时间和事件。你以后可能需要的事实。这样看守们才可能相信你。

如果你想看，我可以让你看看我的日记，她脸上挂着恶作剧的微笑。嘴角上扬，有些高兴的样子。如果你想找灵感的话。

但是，她接下来说的话让我目瞪口呆。

好多年前，你的后妈告诉你爸，说她在垃圾箱里看到了你的日记本。你爸觉得你疯了。这就是为什么他决定把你拖进剑桥的精神病房，这就是为什么你最后来到了这里。这就是为什么看护们那么急于读你的日记。这就是为什么他们把你关在这里这么久，他们担心你就是那种自认为什么都记得的疯子。这就是为什么他们不遗余力地确保你逃不出去。他们给了你日记本，可你从来不费心写日记。甜心，我想着该告诉你。趁着昨天的对话还清晰地留在我脑子里。你肯定不想和那三个傻瓜一起埋在岛的那一头，对吧?

我脑子里嘀嗒一声。微弱的阳光透过白杨木照下来，突然有一种凶险的意味。所有的一切都明白了，这种明白令人不安。我感到了威胁，也顿悟了。感谢玛莉丝卡让我睁开了双眼，看清了圣奥古斯丁的事实。看到了圣奥古斯丁之外的各种可能性。

比如说，报复。我想要报复，我应该报复。

我喃喃地说着感谢的话。因为她猛地一戳，我有了行动。我拼了命也要出去。

现在，外面阴雨连绵，我坐在屋檐下。挥之不去的噩梦。一大瓶伏特加给了我安慰。

但是，多亏了玛莉丝卡，现在我至少自由了。该死的心脏骤停。可惜她再也没有回到阿姆斯特丹。我吻了吻她冰冷的嘴唇，他们就把玛莉丝卡抬进了停尸间。她说得对，她装在棺材里走出了外赫布里底群岛[1]。

我不会再重复那些让我走进圣奥古斯丁的错误。如果你记不住过去，你就会重复犯错。如果你记得，你就不会犯太多的错。从现在开始，我有太多的事情要做。我要保持专注。回去睡觉。当然还是要等我喝完这瓶伏特加。

我首先要做的就是毁了那个男人，他毁了我的生活。

经常性地。

1 位于英国英格兰西部。

今天是我十八岁生日。我醒过来，发现自己不记得前天发生的事情。真是天崩地裂。就像是有人把一把大尖刀插到了我心脏里。这一天，大部分时间我都迷迷瞪瞪地走来走去。我一直认为自己是双日人。所有的人都觉得我像我的双日人爸爸（而不是单日人妈妈）；从七岁开始，每门功课，我都是优秀生。根据《等级登记法案》(1898)，我明天就该到单日人部门登记。而且我还得告诉我在剑桥郡警署的上司，我是个单日人。我的职业前途立刻就会灰飞烟灭：我就是熬到退休，也只能是个低级的巡警。（注意：我要缄口不言，看看会怎么样。如果我自己不说，谁又能知道我是单日人呢？肯定有办法可以想。他们不是说过吗？在研习日记内容方面，单日人和双日人旗鼓相当。从现在开始，我每天都要写下非常详尽的日记，全力以赴地研究日记。每天早上，一大早起来就这么做；我肯定，只要自己肯用功，记住的内容肯定可以超过百分之七十。我可不想看着自己的雄心壮志成为泡影。）

——汉斯·理查森的日记，1990年

四

汉斯

距离这一天结束还有13小时15分钟

虽然很遗憾，但我不得不放了马克·亨利·埃文斯。我真的很想把他关在警署后面的牢房里。

他说谎。他很可疑，他散发着臭味。

但我拿他没有办法。那个死去的女人和他有过节，却还与他有婚外恋，而我手里只有这个女人留下的一本日记，一本语无伦次的糊涂账。这个女人注射肉毒素美容，也是一个在疯人院待过十七年的前暴食症患者。突然有一天，她好像明白过来，发现过去的一切都历历在目。这样的东西实在算不上铁证，没法起诉埃文斯先生。

我盯着眼前的棋盘，仔细思考，然后把白棋的一个“兵”往前挪了一步。

他说谎了。我不相信他。但这个女人更糟糕。她日记里的东西，我一个字儿都没法相信。事实：二十三岁后，与短期记忆相关的蛋白质就受到了抑制。索菲亚·艾琳说自己什么都记得，这完全不符合科学解释，也不符合科学逻辑。

这绝对是我这辈子听过的最荒诞的事情。

我又把黑棋的一个兵往后挪了一格。这样走棋看起来完全就是自寻死路。

我还清清楚楚地记得昨天发生的事情。昨天的一切我都记得，还是非常清楚的彩色照片。早上醒来的时候有点宿醉，晚上读着《想要成功你必须知道的十件事》就睡着了。十八岁生日之前的每一件事情，我也是记得清清楚楚。比如说，各种犯罪学的课程、书上最微不足道的细节。《刑事学基础》这门课的教授头发花白，五卷的教材就是他本人撰写的。直到现在我还记得他的毛孔长什么样。他穿着脏兮兮的灯心绒衣服，身上散发着臭臭的雪茄味道，另外还有香肠烤煳了的气味。

但是，人怎么可能记住二十三岁后的所有事情呢？那是不可能的。

烦躁中，我把白棋的象往前斜走了一格，敲掉了自寻死路的黑棋兵。

那东西读起来真是货真价实的白日梦。今天要不要读完索菲亚的日记呢，我有点举棋不定了。要不，等到明天吧。事实：收到报案后的二十四个小时内，我应该关注无可争议的确凿证据。涉及谋杀，更应该如此。而且，我希望在今天结束之前找到杀人者的身份。

又想喝咖啡了，我站了起来。刚迈出步子要走向自动售卖机，年轻人托比亚斯就开门冲进了我的办公室。

“我通过各种资料库搜索她的指纹，”他说道，“什么都没有找到。”

我并不惊奇。索菲亚看起来并不像是有犯罪记录的人。

“我还在车管局核实了她的详细情况，”他继续说道，“他们证实索菲亚·阿莉莎·艾琳是双日人，于 1970 年 11 月 20 日出生在百慕大群岛。2013 年 8 月 21 日，她拿到了驾照，没有违章记录。皇家税务海关总署肯定他们资料库里**没有**索菲亚·阿莉莎·艾琳的记录。注册总署、内政部和选举登记处都没有她的记录。内存部和双日人部门也没有。”

“你继续查下去。总会在某个资料库里找到她的名字。”

“好的，”他点头道，“我还查了她的机动车登记号。2013 年 8 月 22 日她从坎伯恩的一个经销商那儿买的车。二手的黑色菲亚特，两千九百英镑。”

我僵住了。

“但我也没能找到她的医疗记录，”他摊开手，继续说道，“国民保健体系的档案中没有索菲亚·阿莉莎·艾琳的名字。阿登布鲁克医院也没有。为了稳妥起见，我甚至查找了她出生十年前的资料。就是什么都没有。”

索菲亚的日记比我原本认为的还要虚幻。托比的调查进一步说明了日记内容的荒谬。也许，我需要确凿的证据来证明自己的怀疑。

“我要你去调查两件事情，”我说道，“第一件就是艾琳所有的财务记录。”

托比点了点头。

“第二件，你去核实一下她是否在圣奥古斯丁精神病院待过。我对这个精神病院也不太了解，只知道有可能坐落在外赫布里底群岛的某个地方。”

“外赫布里底群岛？”托比眯着眼睛望着我。

“是的，可能找不到。”我耸了耸肩，“你去查就是了。”

托比摇了摇头，走出了房间。我掏出了录音机，点开了索菲亚·艾琳的文档，录入了以下事实：1970年11月20日出生于百慕大群岛；二手黑色菲亚特，有色车窗。事实：不起眼的小细节也会有助于解决难题。

我按下回放键，检查机子是否录下了我口授的内容。这时，我听到距离我桌子几码之外的地方传来了脚步声。这肯定是我的副手哈米什，他脚上还穿着厚重的靴子。见鬼。如果保护区取证能够再拖上他几小时就好了。他不在，我还舒坦些。

“你还是认为她是自杀？如果是这样，你还是等着拿尸检报告吧。”我说道。

“汉斯，回来的路上我决定到太平间看看。玛杰里和她的助手们开始检查尸体的表面。我求她，让她先非正式地透露点消息给我，说这对我们调查案子有用。她就同意了。”

哈米什一脸的扬扬得意。

“然后呢？”

“他们还是不能排除自杀的可能性。至少目前不能。尸体表面没有发现任何外伤的痕迹。”

“嗯……”

“你坚持觉得是他杀，真是不明白你怎么想的——”

“有可能你没有注意到，她身上套了一件巨大的风衣。”我的声音中有一丝恼怒，“这件衣服太大了。并不是她的衣服。”

“但是——”

“有人给她穿上了这件衣服。那个人惊慌失措。那个人想要尽快处理掉她的尸体。衣服里的石头不过是笨拙的掩饰行为。”

“我不懂你的意思。”

“事实就是，这一周剑河的水流比往日湍急。最近一两天，下了不少雨。”

“结果呢?”

“结果就是，水流冲掉了部分压住尸体的石头。她的尸体浮了上来，缠绕在了那棵树下的水草中。”

“即使这样，还是有自杀的可能。”哈米什倔强地说道，“我们不能过度解读一件过大的外套，好像现在就流行这个款式。前天晚上，我搭上了从剑桥回来的最后一班火车，看到好几个人穿成那样，就像套在大口袋里一样。甚至我妻子都有一件这样的衣服，昨天还穿着去谷物交易所听了音乐会。”

我叹了一口气。事实：有时，这个人更多的是阻碍我办案，而不是帮忙。一部分原因是他装模作样，自以为是，剑桥郡警署大多数双日人警探都有这个毛病。干警探，必须要能跳出框架来思考，哈米什却无法做到这一点，这样一来，他的问题就更严重了。也许我该替自己的副手感到难过才对，显而易见的东西，他总是视而不见。不管怎样，他是到了玛杰里·谢尔顿医生那儿去了一趟，我应该多问他几个问题，多得到一些细节信息才对。

“玛杰里在尸体表面找到什么残留物没?”我说。

“我没问。”

我都快要发出哀怨的声音了。这是一个基础问题，任何有点自尊心的警探都会问这个问题的。

“大概的死亡时间呢?”

“玛杰里还没有得出最后的结论，”哈米什说道，“她初步的估算是在三十二个小时到三十八个小时之前。她说这个时间是从死后僵直的程度判断的。”

这就是说索菲亚·艾琳是在星期四晚上的某个时间被谋杀的。

也就是前天。

我希望杀死她的人不是单日人。如果是单日人干的，那就讨厌了，我的调查就会相应地复杂很多。如果是双日人干的，我就该在今天结束之前找到那个罪犯。双日人会记得自己干了什么。我就会更容易得到他们的老实交代。

“玛杰里还发现了什么?”

“金色头发是假的。艾琳天生是深褐色的头发。她做过很多整容手术。下巴、鼻子、耳朵、面颊。硅胶丰乳、肉毒素，还有填充剂。”

这女人在日记中说为了整容手术付了很多钱，至少这一点不是她臆想出来的。

“还有什么?”我问道。

“就这些了。玛杰里希望在今天结束之前能够拿出验尸报告。”

我巴不得马上就能知道确切的死因。但是除了等待谢尔顿医生的报告，我也别无他法。现在，我要做的是不要让哈米什打扰我思考。我得给他找点什么事情做，免得他碍手碍脚。

“我想请你帮我查点事情，”我把黑棋的象往回挪了挪，吃掉了白棋的一个兵，“据我所知，马克·亨利·埃文斯中午的时候要在市政厅举行记者招待会。你去看一看，然后告诉我结果怎么样。”

“马克·亨利·埃文斯？”我听出哈米什的语气中有一丝惊讶，“回来的时候，我看到了竞选海报。他不是竞选南剑桥郡的独立候选人吗？”

“没错。亲爱的埃文斯先生，狡猾得很呢。”

“索菲亚·艾琳和马克·埃文斯之间怎么会有联系呢？”

“他们中的一个说他俩搞床上去了。另一个说他们没有。”

我目前处境不妙，继续调查之前，我要再熟悉一下几个关键事实。我掏出自己的电子日记，把拇指放在指纹识别按钮上，打开了前天晚上写的内容。最后一部分是这样的：

今天我做了两件蠢事。我和哈米什正在讨论一件小事，这时我说要核实一下两天前的日记。哈米什迷惑地给了我一个有些怀疑的眼神。当然，我纠正了自己，说自己的意思是说要看看三天前的日记，不是两天前，然后我就立马换了个话题。我居然犯了个这么显眼的错误，简直不敢相信自己可以粗心到这个地步。

注意：在哈米什面前，说话务必要小心。如果再犯这样的错误，他肯定要开始调查我了。如果多年的经营毁于一旦，那后果不堪设想。如果上面的人发现我在伪装双日人，他们肯定会立刻给我降职。甚至会解雇我，而且连离职补偿金都不会给。只要暴露了，我在警方就职期间无可挑剔的记录，我一日之内所破的案子数量，我脑子依然清楚的事实在他们眼里就什么都算不上。凡是涉及单日人，警方的观念简直就停留在侏罗纪：单日人没有能力担任高级职位。我不是也在日记中记下来了吗？2014 年安德鲁·梅休在一次接受采访的时候说，警方能够雇佣单日人担任巡警，已经是胸襟宽阔的表现了。

第二件蠢事发生在晚上。我下午 6 点 20 分就结束了工作（那一天都很平安），决定在格兰切斯特慢跑一圈。到了纽纳姆村边上，我看到了一辆破旧的菲亚特，就停在草坪前面的小路上。驾驶座上坐着一位金发女子，窗户上贴有防晒膜，看不清楚她的脸。我慢跑着从她车前经过，她抬头看见了我。我们四目相对；我简单地点了点头，继续朝前跑去。

那个女人冲我背后大叫道，嗨！我惊讶地转过头，看到她从车里钻出来，朝我冲过来。她的衣服鞋子都是黑色的，和她的车一个颜色。

她皱着眉头问道，你是不是汉斯·理查森？我点了点头，她居然知道我的名字，我很惊讶。

你他妈的就是狗屎！她尖叫道。接下来，我就看到她挥舞右手朝我打来。

我及时躲开了。我不明白自己为什么是他妈的狗屎，也不知道为什么她觉得有理由扇我耳光。但是，我知道的是，这个女人想要袭击执法人员。

够了，我不想再读了。我双手颤抖，关上了电子日记。今天，我需要做两件事情：

1. 提防哈米什。如果我再露馅，他就会怀疑了，他和我不一样，两天前发生的事情，他可是记得清清楚楚。尽量与他保持距离。
2. 趁我全部都还记得，在今天之前把案子结了。今天是星期六。事实：明天虽然有部分巡警在岗，托比和大多数更为得力的助手都会休息。如果等到星期一再梳理调查出各种线索，我就只有录音机、笔记本和电子日记本的内容可以参考了，这些内容只是事实梗概而已。我今天写下来的，或是记录下来的东西，很有可能不够。更糟糕的是，到了星期一，哈米什还会记得今天案情的发展，各种重要或是不重要的细枝末节他都记得。我做不到。

我抬头瞥了一眼墙上的钟，做了个鬼脸。我得开动了，只剩下十三个小时就到午夜了。同时我还得避开哈米什。

听起来好像是不可完成的任务。尤其现在我几乎没有什么线索可继续。除了有几块黑白色的花园石头，能够说明一些问题，还有一个撒谎的小说家兼政治家。

也许我应该再看一看这个死去女人的日记。

2015年5月24日《星期日泰晤士报》

若是世上大多数人什么都记得，你应该知道的十件事

马克·亨利·埃文斯

1. 与同一个人嘿咻会越来越无趣，外遇行为会成为普遍现象。重复就会衍生出厌倦，二十年如一日都是传教士体位，如果人们都记得，就更是如此了。

2. 保持了长期恋情的人（比如说，二十年的配偶关系），就会知道自己为什么还在彼此身边。

3. 人们会以肤色来区分彼此，而不是他们记忆维持的天数。

4. 十八岁以下的孩子就不会那么自以为是，会对父母多一些尊敬。

5. 区别事实和虚构，不再是个难题。

6. 人们想要的会是经历，不再是物件，再也不会有人在家里堆满没用的垃圾。

7. 人们总是喝得酩酊大醉，他们不仅想要忘记现在，还想忘记过去。

8. 人们也会记日记，那是因为无聊，不是因为必要，苹果的市值就会比现在缩水一半。

9. 那些记忆力不全的人就会被送进精神病院。

10. 人们会明白爱与恨的真谛。

马克·亨利·埃文斯的《存在天注定》以一个阴暗扭曲的当代英国为背景，这个社会上的人什么都记得，小说讲述了一桩谋杀案。该书会在2016年2月出版，精装版售价11.99英镑。

2015 年 5 月 31 日　《星期日泰晤士报》

写给编辑的信

先生：

马克·亨利·埃文斯的《你应该知道的十件事》（发表于2015年5月24日）简直是一派胡言。这位小说家想要自己下本书的读者抛开怀疑，相信一种反乌托邦的平行世界，相信那样的世界里人人都有完整的记忆。这样的“高概念”假设完全就是牵强附会，荒谬可笑。首要的问题就是，这样的世界怎么会存在？这样的世界就不能运行。如果人们理解了恨的真谛（正如埃文斯先生所说的），人们就会毫无约束地互相杀害。就会有世界大战、恐怖袭击、有自大狂的独裁者、有宗教极端分子，以及各种恐怖的事情。受到仇恨的羁绊，文明就会止步不前，或者人类会在核灾难中彻底消亡。

面对有知识的读者，贵刊居然刊登出这样哗众取宠的文章来宣传小说家的下一本书，我惊讶不已。11.99 英镑完全可以用在更好的地方。我要花这笔钱来更新自己电子日记的硬件设备。

编辑先生，你真丢人。

不满的读者

写于牛津

五

索菲亚

2013 年 9 月 8 日

玛莉丝卡给了我火种。但引火物是两天后我在报纸上看到的一篇文章。

报纸上艺术文学版的封面文章，马克·亨利·埃文斯的照片正冲着我咧嘴笑呢。他在签售会上，手里拿着他的小说《死亡之门》。自鸣得意的样子就像灌下了整整一瓶香槟酒，就像抓到了耗子的猫。

就在那天晚上，我开始在看守给的日记上码字。没什么难的。毕竟，双日人是怎么回事，我是知道的。文字就像优质的伏特加，从我指尖流淌出来。我一丝不苟地记下日期、时间和事件。我记录下悲惨生活的所有“事实”。一个不落地记下来。我写日记，我想得到自由。我想得到救赎。我想要报复。

压抑想要报复的念头将近二十年了，我的日记就像滔滔江水一样，源源不断地流淌出来。

2013 年 9 月 10 日

倒霉事常有。都发生在你意料不到的时候。1995 年，我就遇到了这样的倒霉事。凶猛的海啸袭来。因入睡而曾经被抹掉的真相一波波地袭来。我试图忘掉的真相。我扔在脑后的真相。我在日记中也忽略的真相。

二十三岁生日之后发生的所有事情一幕幕地在我脑海里上演。无情地涌来。

带来了内疚、恐惧和后悔，一件件都是摧毁灵魂的重负。

内疚。二十三岁生日过了三个月，我的波斯猫弹弓死了。我把脸埋在它的皮毛中，感受到了悲伤。它的皮毛好软，就像天鹅绒一样。然而死气沉沉。真相是我太懒了，没有把它的病症记入日记。结果就是：它呼吸困难已经好些天，我都没有带它去看兽医。就是因为这个，弹弓才停止了呼吸。

恐惧。二十三岁生日过后两个星期，我差点被一辆车碾轧过去，吓死人了。那辆车径直朝我轰隆隆地开了过来。阳光照射在车子铬合金的挡泥板上，耀眼刺目，恶魔一般。轮胎带着满满的恶意，急速向前。急刹车，刺耳的轮胎声。自行车都变形了，我压在下面，一句话都说不出来。我万念俱灰，恐惧，肯定自己马上就要被两吨重的钢铁压死。

更糟糕的是，一瞬间，我还意识到我是自作自受。我太蠢，居然没有注意到单行道的标志，逆行骑车。

后悔。二十三岁生日过了六个月，那天我瞎了眼，居然和阿里斯泰尔分手。我说，他应该找个比我更好的，他的眼睛流露出不可承受的悲痛。真相却是我背着阿里斯泰尔，和老同学杰克好上几个月了。后来，我发现杰克是个脚踏两只船的骗子，我后悔得要死。和阿里斯泰尔分手，我真是大错特错了。那个男孩真的爱过我。可是等我后悔的时候，他的生活已经翻过这一页了。

太晚了。

在洗手间里吐了无数次。吃东西没几分钟就去吐。移开目光，不看自己吐出来的东西。所有的男人都喜欢劳拉，我要吐，我要像劳拉一样苗条。上帝呀，我真是嫉妒劳拉的身材。小巧的个头，娉娉婷婷。男人就像是她头上一缕缕的卷发，她轻轻动一动手指，就可以随意摆弄。她只要招一招手，他们就喘着粗气跑过来，裤子都褪到了脚踝。

真相是，在卫生间的每一次呕吐，我都没有记入日记。假装这些事情没有发生过。冲掉，然后就忘掉。这样就可以继续吐下去。一次又一次地吐。甚至对爸爸发誓我不再这样之后我还是继续吐，甚至被没收了零花钱也要吐。

二十三岁生日之后的每一次伤疤。我认为自己已经扔掉的包袱。我没学会的教训。我没有遵守的诺言。我没有保守的秘密。我一再重复的错误。我后悔的事情。我错过的机会。撕心裂肺的痛苦。喘不过气来的恐惧。挥之不去的梦魇。一件件事情摆在那里，让我觉得自己愚蠢，让我的灵魂伤痕累累。

这么多的真相，铺天盖地地涌进我的脑袋。不请自来，打发不走。所有的事情历历在目，让人望而生畏。这么多的真相，让人喘不过气来。这么密集地涌来，让人承受不住。

我因此千疮百孔。精神状态一塌糊涂。

我再也无法自欺欺人。我的脑子就淹没在这可怕的真相中，我无法逃避。

我迷迷瞪瞪地四处乱晃了数天。

接着我就认识到，忘却是一种福分。

但是，我再也忘不掉了。

2013 年 9 月 11 日

为什么我不能像周围人那样？比如说隔壁的单日人家庭主妇，她有丈夫，还养了一只猫。大多数清晨，她醒过来都是喜气洋洋的。准备好迎接人生新的一页。之前的事情对她的情绪没有污染。因为选择性的无知，她是幸福的。

不想要的过去没法囚禁她。

我还能摆脱那些糟糕的回忆吗？摆脱这些心塞的创伤。我淹没在这些回忆中。我在往下掉。我想要摆脱回忆的包袱。记忆的累赘。我不想知道这些，可我知道了，我想要摆脱。

有那么一段时间，我试着装作一切照旧的样子。我还是以前的那个女孩。即使那个女孩已经不复存在。然后，我就放弃了。我想，没必要装样子了。那时，我做了这辈子最愚蠢的一件事。我扔掉了所有的日记本。我觉得自己再也不需要这些日记本了。毕竟，日记的存在就是在嘲笑相对快乐的那两年。

我太蠢了，居然认为没人会注意到。

就像他们说的一样，我犯了大错误。

大得很呢。

爸爸觉得他有医治我的良药，不是吗？这个药就是收容住院。圣奥古斯丁精神病院。如果他在垃圾箱找到了我的日记本，然后把我拖到那里，肯定认为我的举动是疯狂的行为。把我的郁闷当作精神错乱。

但是，我需要的是理智。我应该掩饰自己不同于周围人的地方，我应该明白这一点才对。

爸爸的出发点是好的，是的，我知道。

但是去往圣奥古斯丁是该死的单行道。我花了十七年的时间才搞到了一张回程票。

2013 年 9 月 12 日

为什么马克 · 亨利 · 埃文斯还不打电话呢？我是不会先给他打电话的。我不会的。我又要觉得自己可怜了。记忆小姐大人正在屋子里一个人坐着呢。

不过，记忆还真是奇怪呢。因为我脑子里的一些记忆越来越模糊了。

什么都记得的问题就是：你并不是什么都真正记得。有些记忆不像以前那么清楚。还有些记忆甚至已经变成了缥缈的碎片。近乎于模糊透明的云束。零零碎碎，边缘不清，难以辨认。明暗交织的阴影碎片。声音和颜色的乏味残留。

然而，不愉快的记忆却顽固不化。那些可恶可憎的记忆。它们绝不肯走缥缈消失的路线。它们总是在最不合时宜的时候悄悄爬进我的思绪。在半夜作祟折磨我。

该死的问题就在这里。

但是，我不应该再觉得自己可怜。哀叹过去的屁事也没有意义。屁事也应该换新的了。真是该改变的时候了。从今以后，我要好好利用我的记忆，要用在对自己有利、自己满意的地方。

我要利用记忆力毁了他。

2013年9月13日

他打来了电话。了不起的马克·亨利·埃文斯终于打来了电话。他说，下午三点，他要在伦敦出席会议。但之后的时间就自由支配。

他想从我这儿得到的东西是明摆着的。

我说，也许可以。

他必须求我。嗯，是的，他就是必须求我。

我们约了几个小时后，在康定斯基酒店的大厅见面。那是个小型的精品酒店，坐落在南肯辛顿，周围都是联排房屋。入口隐蔽。低调雅致。大理石的前台后面是一位漂亮的波兰接待员。我说，马修和维罗妮卡·亚当斯夫妇。她查了查登记，点了点头。261号房间。给我指了指楼梯的方向。松软的地毯。全方位的照明。木兰花香的蜡烛。

他十秒钟之内就来应门了。还穿着夹克。领带还挂在脖子上。

于是，我把领带给他取下来了。

一切都按照计划在进行。事情这样发展，我应该满意才对。

不管怎样，时不时地，我还是喜欢爽一下。都好多年了。而且，他宝刀未老。

我甚至知道明天要对他做什么。

他绝对想不到的事情。

1991年8月6日

全世界的任性想法?
网络用于提高记忆储存、改变生活

昨日消息，据称一位英国科学家的发明将会是人类最伟大的有益于人类的发明之一。

三十六岁的双日人蒂姆·伯纳斯-李宣布发行一种公共记忆储存装置，称为万维网。他将之描述为一种在“因特网”上放置和交换记忆的方式，不需要中央管理器，也不需要数据库。

伯纳斯-李就职于瑞士欧洲核子研究委员会的实验室，创造出了一种名为HTML（超文本标记语言）的简单编码系统。他还创建了一套称之为HTTP（超文本传输协议）的规则，有了这套规则，记忆就可以通过电脑进行交换。到目前为止，还只有专业人员和学者在使用这一“因特网”，但最终所有的人都能享受到其中的好处。

伯纳斯-李说，在他这一发明的未来发展中，他会一直坚持走非盈利的路线。他说：“如果科技不能服务于人类对记忆传播和保留的基本需求，那就是毫无价值的。”

一位双日人科学家评论道：“这一发明意义深远。轻轻敲一下按钮，陌生人之间就能在全球范围内交换记忆，这真是振聋发聩。”但另一位科学家却嗤之以鼻：“他们说过，赛格威[1]会给交通方式带来翻天覆地的变化。直到今天，也只有懒惰的游客用一用。”

1 一种电力驱动、具有自我平衡能力的个人用运输载具。

六

汉斯

距离这天结束还有12个半小时

这本电子日记真是我读过的最荒唐的东西。里面的内容完全就是胡说八道、自相矛盾。索菲亚·艾琳小姐自称什么都记得，但又不是**真正**记得。她说，随着时间的推移，她所谓的“记忆”会逐渐模糊。

怎么会有人有**模糊**的记忆？这是不可能的。要么就是记得，要么就是记不得。要么就是学到了重要的事实，要么就是没有。事实研习得好，随时都可以跳入脑海，研习得不好，就不行。这完全取决于花了多少精力去研习写下的日记。不管怎样，人们要么就知道确凿的事实，要么就不知道。

这就是白纸黑字的简单道理。就像这个死去的女人外套里的石头一样。

我伸出手，把“马”往回挪了挪。

比如说，我的脑子里就没有残留任何星期一的感官图像。但是我知道重要的东西，星期一真正教会我的东西（事实：大多数日常的经历都平平淡淡，其实也不值得记住）。星期一**真正**重要的事情，我都写在了日记里。黑字白底的文本。如果我仔细研究这些写下的事实，我也能轻易回忆起来，比如说，（1945 年 4 月 30 日）第二次世界大战末，希特勒在柏林的一个掩体里开枪自杀。这些记忆和我十八岁之前的记忆一样清晰。

简而言之，如果我仔细研究日记的内容，这些东西就变成了我头脑里的清晰事实。

就这么简单。

所以，记忆怎么可能变得模糊呢？

这个女人是疯子。这也就是说，我继续搜索她的日记完全可能是浪费时间。

也许，我该核实一下她在日记中提到的一件小事。我拿起了桌上的电话。

“哈米什。”我说。

“什么事？”

“在你去市政厅之前，给伦敦的康定斯基酒店打个电话，看有没有一个叫马修 · 亚当斯的人住过 261 房间。还有，他是不是有个女性伴侣与他同住。女的名字叫维罗妮卡 · 亚当斯。”

我的司机是一位警佐，他刚在索菲亚位于格兰切斯特的房子门口停住车，我就跳了出来。一个上午，警车两次出现，周围的居民已经有些惊愕了。索菲亚隔壁的女邻居也探出头来想看个究竟。

“夫人，早上好，”我一边说话，一边大步走上她家的花园小道，掏出了我的警徽，“我是剑桥郡警署的总督察。可以问几个问题吗？是有关你的邻居索菲亚 · 艾琳的。”

这个女人警觉地抿紧了嘴巴。

“夫人，没有什么好担心的。我只是例行公事地问一下。”

虽然微微皱了一下眉头，她还是点了点头。看着她的眼睛暗淡无光，我觉得她应该和克莱尔·埃文斯一样，是个单日人。事实：干了二十年的侦探工作，我知道眼睛的明亮程度和眼神的专注程度与智力高低相关，很不幸，有些单日人就是目光浑浊，注意力不集中。可惜的是，只是有些人智力有限，这却助长了对多数单日人的偏见。

“好吧，”她说，“进来吧。”

我刚一踏进她家的起居室，就闻到了呛人的气味，是不新鲜的食用油和烧焦的动物脂肪。这个地方到处都是廉价的小摆设和花卉图案的家具，其中就有一个破旧的大沙发，上面布满了勿忘我的图案。壁炉架上面是一个斗牛犬瓷器，正头朝下咧嘴傻笑呢。一只姜黄色的波斯猫蹲在角落里，给我怀疑的一瞥，从一台绚丽的落地式摆钟前冲了过去。

“夫人，你的名字？”

“玛莎·布朗太太。”

“等级？”

“单日人。”

“你和邻居索菲亚·艾琳交谈过吗？”

“交谈过。但我得查一查日记本才能确定。”

她从围裙里掏出一本日记，在键盘上敲了敲，肯定地冲我点了点头。

“我们交谈过几次。通常谈论的都是鲁弗斯。”

“鲁弗斯？”

她指了指那只姜黄色的猫，本尊正在落地钟的底座上快乐地磨爪子呢。

“关于猫的什么呢？”我问道。

“她经常顺便过来，把猫交给我，”她说，“特别是她要出发到伦敦，就更是如此了。根据我日记上的内容，这只猫喜欢在晚上溜到她家里。我不知道这猫怎么喜欢上了她。她肯定悄悄喂猫吃东西。”

“艾琳小姐经常去伦敦？”

布朗太太查了查日记才回答道：“是的，她有不少时间在伦敦。”

“你知道原因吗？”

听了我的问题，布朗太太一脸茫然。

“我不知道，我从来……我没有了解过，”她一边说，一边略微慌乱地摆着手，“但是，我可以输入关键词，帮你查一查。”

布朗太太又低下头盯着她的日记本，我则在一边研究她尖牙利爪的猫。鲁弗斯晚上愿意到隔壁屋子去，也许索菲亚·艾琳年轻些的时候还真养过波斯猫。她的日记也许并不全是妄想。

“警官，”布朗太太打断了我的思绪，“我刚刚输入了‘伦敦+邻居’。但不好意思，什么都没有搜到。”

“你知道艾琳小姐通常在剑桥郡做什么吗？”

她再次搜索日记，皱起了眉头。

“我的日记上说索菲亚是个甜美又有魅力的人。”她诚恳地抬头望了我一眼，“时尚的衣着，一丝不乱的头发。总是开着她的菲亚特。但对于自己的私生活，她一个字都不说。之前，我还对我丈夫抱怨过这一点呢。但是我丈夫说，我应该少管闲事，不应该打听——”

“艾琳小姐什么时候搬到隔壁的呢？”

“我看看呢……2013 年 10 月。她看上去，可比上一个住户好。”

“有人来拜访过她吗？”

玛莎·布朗太太睁着空洞的眼睛。她叹了一口气，再次搜索日记内容。

“我刚刚试了试‘客人 + 邻居’”，过了几秒钟，她说道，“也是什么内容都没有。”

“你最后一次看到艾琳小姐是什么时候？”

“我看看呢……上上个星期五，索菲亚把猫送还给我，之后她就搭乘晚上的火车去伦敦了。”

“你确定就没有再见到她了？”

“嗯……我也许看到过吧。”布朗太太的脸上闪过一丝惊愕慌乱，“即使我见过，也不过是那种不值得记下的事情。那种不会记在日记本中的事情。我可以肯定的是昨天没有见到过索菲亚。再说，警官先生，你今天上午已经两次出现在格兰切斯特了。第一次来的时候，你还进她房子看了。她出事了吗？不好的事情？”

“抱歉，无可奉告。布朗太太，谢谢你抽时间回答我的问题。”

“我希望索菲亚没事才好，”我走出了她家，布朗太太在我背后喊道，“她真的是个甜美又有魅力的人。虽然她背着我给鲁弗斯喂东西。”

我想，最好还是不要回答吧。我对索菲亚·艾琳的印象怎么都没法归入“甜美又有魅力”这一类。

索菲亚房子的前门很重，我好不容易才打开一条缝，挤了进去，走进起居室。今天早些时候，我粗略搜检的时候就注意到了室内的五件东西。

1. 她的起居室里摆放着两件家具：一张豪华的红皮沙发和一个喷漆的咖啡桌。墙上没有挂画。咖啡桌上没有杂志。地板上没有地毯。没有任何的装饰物品。
2. 她的床头挂着一幅油画，上面是一个裸体金发女子，斜躺在一张波斯沙发椅上，双腿张开，淫荡勾搭的表情。金发女子看起来很像索菲亚本人。
3. 索菲亚的电子日记放在梳妆台上，旁边放着一瓶香奈儿五号香水和一本《爱经》[1] 的英译本。我惊讶地发现，她的日记本没有设置密码，我顺手一按就打开了。也没有设定指纹保护。我觉得要么她就是故意放在那里让人读，要么就是她根本不在乎隐私。
4. 床边的桌上，她放了一小摞书。全都是马克·亨利·埃文斯的书，大多是买的二手的，上面还贴着慈善商店的价签。最上面的是一本翻阅得卷了边的《死亡之门》。书摊开在桌上，是 44 页和 45 页。我很快扫了一眼，埃文

---

1 印度一本关于性爱的古籍。

斯先生喜欢用烦琐华丽、夸大其辞的形容词，还大量使用主动词。

5. 厨房的操作台上有半瓶伏特加，冰箱里有一小包覆盆子风味的布里干酪[1]。

这一次，我研究了门背后挂钩上的外套。一共有三件，都是奢华的羊毛面料。我看了看衣服的牌子。迪奥、普拉达和莫斯基诺。都是十号。这就证实了我的猜想，索菲亚身上裹的雅格狮丹“特大号”风衣不是她的。

我弯下腰检查索菲亚的鞋柜。里面排着十四双细高跟鞋，全都是那种大胆前卫的颜色。周仰杰的血红色高跟鞋，鞋跟有四英寸。伯拉尼克，铁蓝色，鞋跟高得简直就是违反地心引力。克里斯提·鲁布托，淡黄色，鞋跟也是高得吓人。鞋底的品牌还辨认得出来。但是，今天早上，我们发现她尸体的时候，她穿着朗万的平底鞋。而且还是庄重的黑色。从家里出发之前，她肯定穿上了唯一的一双适合走路的鞋。但是为什么呢?

我大步走向她的厨房，戴上手套，一一打开了闪闪发亮的白色橱柜。不一会儿，我就在最下面的抽屉里找到了储存的猫粮。布朗太太是对的，索菲亚的确是在给鲁弗斯喂东西吃。

接下来，卧室。我径直走向角落里的红木大衣柜，打开往里一看。迎面而来的是扑鼻的麝香柠檬气味；衣柜里塞满了衣服。我随意取出一件衬衣和两条裙子。面料奢华，摸上去非常有质感。我查看了牌子：米索尼、艾莉·萨博、亚历山大·麦昆。全

1 法国东北部出产地命名的软牛奶乳酪。

是八号，衣服的主人喜欢外套比其他衣服大一码。

梳妆台放在房间的另一头，我走过去开始搜查梳妆台的抽屉。发现如下物品：

1. 一大盘子的化妆品，二十多个色号的血红色口红，还有十几个相近颜色的指甲油。
2. 内裤多得惊人。我对此不太精通，但索菲亚显然是偏爱蕾丝和绸缎的贴身衣物。
3. 一抽屉的性爱玩具，一对粉红色的安妮·萨默斯性爱球，三个震动棒，还有两个疯狂兔子按摩棒。另外还有七个蕾丝花边的眼罩，都是黑色的。
4. 一个木头盒子，锁着的，七英寸宽，十二英寸长。我摇了摇，纸张晃动的声音。
5. 底部抽屉的最里面有一本尘封的相册。我翻开相册，看到了一个深褐色头发女子的好多照片，二十出头，在剑桥和剑桥附近拍的。她死死地抱着一瓶香槟酒，旁边是穿着超短连衣裙的两个女孩，一脸狂喜的样子。她趴在草地上，头枕在某人的膝盖上。她招着手骑在自行车上，背包里鼓囊囊的都是书。她拿着一把切肉刀对着一大块烤肉，穿着黑色的袍子，头上戴着圣诞拉炮[1]里的黄色纸皇冠。

---

1 圣诞拉炮是由硬纸制成的一个筒，形状如同一个特别大的水果糖。两个人一人拉一头，纸筒断开时发出小小的爆炸声。拿到大头的人获得其中的小礼物，一般包括一顶皇冠状的纸帽子，一个小玩具，一个写着笑话、谜语或脑筋急转弯小故事的纸条等。

我把所有的发现都口授录音，然后就坐在床旁边的扶手椅里，手里拿着相册。我仔细研究照片上那个深褐色头发女孩的面孔，注意到她鼻梁拱起，还有点招风耳。有着超过肩部的长卷发。胸部扁平，瘦骨嶙峋。今天早上，我们在剑河里打捞的金发女子凹凸有致，和照片里的女孩几乎就没有相似之处。但是照片里的肯定是那个更年轻的还没有做整容手术的索菲亚·艾琳，就是她日记中提到的饱受暴食症困扰的索菲亚。照片中，她真是骨瘦如柴。

我又翻看了一次相册，仔细研究这个女孩的长相。她有一双明亮的眼睛，闪耀着青春的活力。她的脸庞生机盎然。在很多照片里，她都是咧嘴而笑，偶尔也有照片捕捉到了她更为忧郁的侧面。她笑的时候，嘴巴咧得好大，都快到耳根了。这是一张年轻女孩的脸，她享受着在剑桥的学生时光。

那个女人在日记中写满了关于救赎和复仇的痛苦扭曲内容，她是不会有这样的表情的。

我坐在那里盯着相册看，一个声音在我脑海里不断地低声告诉我，我应该再看一遍索菲亚的日记。拍了这些照片之后的日子里，她肯定遇到了极端的事件。一段可怕而扭曲的经历，最后，今天早上，这位整形美女的尸体被冲到了树根边。如果我还想找到杀害她的凶手，我就应该找到她最近生活轨迹中的神秘转折点。而且还要准确找到马克·亨利·埃文斯在其中扮演的角色。

我砰的一声合上了相册。我要带这本相册回警署，还有艾琳买的那本《死亡之门》。（事实：《死亡之门》第一次出版的时候，我就读过，精装版，但再读一下，总有好处。）还要带上那个木箱子，看起来很诱人。

回到园畔警署，警佐唐纳德 · 安格斯只花了三十秒钟就打开了箱子上的锁扣。他冲我咧嘴一笑，扬了扬大拇指，然后打开了箱盖。

“什么乱七八糟的。”他瞥了一眼箱子里的东西，说道。

他从箱子里拿出厚厚一沓纸，飞快地翻检着。大多数都是剪报。箱子的角落处有一个 144GB 的记忆棒。

“她真是迷上了那个男人。”他过了一会儿说道，浓浓的眉毛往上扬。

“这我们已经知道了。”我的目光越过他的肩头，发现这些文章是按照时间排序的。第一篇文章是从《星期日泰晤士报》的艺术文学版面上剪下来的，日期是 2012 年 1 月 17 日。还附有一张马克 · 亨利 · 埃文斯在签书会的照片。他的妻子徘徊在他身后，面孔有点模糊。大标题是“《死亡之门》登上《纽约时报》畅销书榜首”，副标题是“这证明了至少要花四小时才能读完的小说也能成功”。

索菲亚在日记中提到在报纸上看到了马克 · 埃文斯咧嘴笑的照片。

“但为什么呢？”唐纳德皱着眉头问道。

“这我就不知道了。”我摇了摇头。

“也许埃文斯说的是实话。”

我耸了耸肩。

“之前我还不知道这人有这么远大的志向呢。”过了一会儿，他一边说话，一边冲着我挥舞着一张剪报，随即又放了回去，我还是看到了上面的大标题："双日人作家携单日人妻子，盯上了南剑桥郡的议员席位"。文章登了一张大照片，拍的是马克·亨利·埃文斯出席政治集会，妻子挽着他的胳膊。小标题："独立候选人终于等来了风光得意的日子？"

"唔唔唔……"我突然想到了什么，"我们看看这堆剪报的最后一张。"

唐纳德翻到了最后一张。日期是六天前，我吃了一惊。一张醒目的照片，上面是一位金发碧眼的美女和一位洋溢着雄性激素的男子在游艇上嬉戏。旁边的标题非常醒目："贾斯丁和仙黛尔就要结婚啦，和纳税无关！"

我一把抓过这篇刊登在《每日邮报》的文章。文章是这样写的：

> 英国最优秀的双日人创作歌手贾斯丁·温沃德将在9月迎娶单日人模特仙黛尔·休斯敦。据这对璧人的密友说，昨晚，在02体育馆举行了座无虚席的音乐会之后，温沃德给这位金发尤物送了一颗四克拉的钻戒。
>
> 温沃德于去年10月与前任双日人女演员格温妮丝·兰利离婚，这将是他第二次步入婚姻的殿堂。据估计，这位三十二岁的创作歌手有七千五百万英镑的净资产，位居福布斯榜最富有的英国人第一百三十七位。休斯敦二十二岁，两年前拍摄《黑老大》，因其36D罩杯和足球运动员哈罗德·德维特的屏幕恋情而一举成名。

星期五女王将会御批法案，而这对单双日人高调结合，《混合婚姻法案》的支持者大为高兴。“混合婚姻行得通，”双日人作家马克·亨利·埃文斯说道，他目前还是一位独立候选人，竞选南剑桥郡的议员席位，“我和单日人妻子克莱尔已经在一起二十年了。贾斯丁和仙黛尔婚后完全可以成为幸福的一对。”

但是，温沃德一位不愿透露姓名的双日人密友同时也暗示说，这位创作歌手知道单-双日人婚姻在税收方面的大好处。“贾斯丁是个精明人，”他说，“他对税收和现实都有所了解。他不会因为36D的大罩杯就蒙蔽了双眼，他知道婚前协议的重要性。”

我一下就想到了什么，抬头看着唐纳德，轻轻笑了。

“索菲亚·艾琳是痴迷于马克·埃文斯，”我说，“可是她同样也痴迷别人。这个‘别人’是个女人，有着索菲亚年轻时没有的所有美貌。金色的头发，蓝色的眼睛，还有一对大胸。”

“谁?”唐纳德扬起了一边眉毛。

我微微一笑，然后回答道。

“克莱尔·埃文斯。”

《经济学人》，1998 年 1 月 27 日

旧金山

苹果推出了电子日记

苹果的 CEO 史蒂夫 · 乔布斯写日记一丝不苟。他声名在外，敢于进入双日人从未探索过的领域。电子日记本是苹果的最新便携设备，在上个星期的新品发布会上亮相，乔布斯没有让我们失望。

在发布会上，乔布斯先生清楚明白地宣布了电子日记本划时代的意义。他说，手写纸质日记是模电时代的最后堡垒，现在，日记正在步入电子时代。

这就是乔布斯对其电子日记的期待。电子日记本长 6 英寸（约 15 厘米），重 25 盎司（约 0.7 千克）。配有触摸屏，带有全键盘和拇指移轮。紫色显示灯，每早提醒学习前一天晚上的日记内容。软件包括绝妙的搜索功能（能够更容易地搜索到事实）、任务清单、每日规划和日程记录。轻松就能实现日记的编辑和清除。基础版本售价 79 英镑，更大内存售价 99 英镑，大众价格。

安全性是这款电子日记独有的卖点。停止使用两分钟之后自动上锁，只能指纹解锁。使用者还可以加上一道密码解锁。鉴于去年的几次名人日记失窃事件，苹果的投资商非常看好电子日记本的市场潜力。发布会结束不到三天，苹果的股价创下历史新高。

七

克莱尔

我不能失去理智。绝对不能。虽然早上警方把我丈夫带走问话，我还是肯定他没有杀害索菲亚·艾琳。事实：马克不会出手伤人。他这种人，看到暴力就会退缩的。昆汀·塔伦蒂诺电影里的打斗场面，看得他眼睛都闭上了（虽然马克对我不以为然，但我很擅长学习日记中这种看似不相关的琐碎事实）。

但他肯定和那个女的上床了。

我瞪着眼睛，往下看着自己的双手。今天整理花园，双手看上去脏兮兮的。看上去，这也是一双无助的手。这双手的女主人一直勤勤恳恳、默默无闻地在幕后工作，而她的丈夫却风光在外。比如书的销售额达到百万，还竞选议员。

还出轨。

这就是马克·亨利·埃文斯，他在三一教堂举行婚礼的时候对我承诺：只爱我一人，只珍惜我一人。他背叛了我。这就是为什么这么多的周末他都在外面。事实：他说有工作相关的事情，必须去伦敦。他甚至还带着我出席了几次签书会和慈善会。但他很有可能只是带着我粉饰太平而已。

我不蠢。我懂得字里行间的言外之意。马克能写，我能读。

这字里行间的意思就是：马克是个无耻之徒。对同床共枕二十年的妻子撒谎，他毫无愧疚。女人对他言听计从，他来者不拒，他就是个色狼。这么多年，这样的婊子我见多了。我知道她们存在的事实。签售会上，她们的目光充满仰慕，蜂拥而至。她们排着长队等他的亲笔签名。她们围着他咯咯咯地笑着，就像一群嘎嘎叫的鹅。

如果马克和索菲亚·艾琳有那么一腿，那过去二十年就还有别的女人和他上过床，随随便便就能有几个。而我却待在家中，清理花园小径上的枯枝败叶。

我抓住放在工具棚边上的耙子，一把扔出去。耙子击中了附近的一个花盆，花盆碎了，发出令人满意的一声巨响，然后哐当一声落在了地上。

我的牙齿也随之咔咔作响。

我不会哭的。虽然我很想哭。马克的不忠就像一记耳光打在了我的脸上。作为妻子，作为女人，我的骄傲、我的自我价值都受到了重创。

但是，不忠是没有借口可以开脱的。完全没有。

怎么会这样？虽然我们的混合婚姻有这样那样的不足和不平等，我还是认为马克是忠实的丈夫。我想当然地认为，马克既然有政治抱负，就不会走偏。如果媒体知道了他到处乱搞，他的议员竞选会怎么样，就是傻瓜也知道。

我跌跌撞撞地从花园小路过来，走进温室。我喜爱的栀子花散发出浓香，空气中还弥漫着昙花的甜香味。这两种香味混合在一起，扑鼻而来，我突然有一种恶心想吐的感觉。刺头蹦蹦跳跳地迎上来，舔了我一下。我拍了拍它的耳朵，然后一屁股坐在了旁边的椅子上，旁边一盆兰花开着两枝黄色的花，过了一夜，已经凋零了。

我把花枝掰了下来，捏在手里嘎吱作响。

一个小小的声音在我的脑袋里哼哼。它说我应该多用点心，去**理解**我婚姻的事实，而不是去死记硬背。为什么我们之间的关系变得越来越没有激情，越来越现实？没有了热度，只剩下功能。为什么我们最后一次上床是两年前？为什么那之后他就没有碰过我？为什么我们还没有小孩？

我没有以前美了。婚姻过去了二十年，我也老了二十岁。堆积了二十年的鱼尾纹，累积了二十年的松弛皮肤。地心引力无情作用的二十年。当年我父亲陪我走向神龛，自己的大女儿攀上了高一等的阶层，他欣喜若狂，到现在我的体重增加了触目惊心的三英石[1]零二磅。

但是，马克爱过我吗？比方说，我们初次见面的时候，他爱上我了吗？或者只是我幻想出了他爱我的事实？他肯定爱过我，否则他不会在 1995 年的夏天娶我。也许我一直都是在误读事实，一直都在欺骗自己。

也许是不理智，但我突然有了一种想要了解事实真相的强烈渴望。我想要知道我们的关系是怎么出的问题，什么时候出的问题。最初我们的关系好过吗？或者从一开始我们的婚姻就不过是

---

1 英制重量单位，1 英石相当于 14 磅。

装模作样？

我站起来，快步走过门厅。事实：电子日记发明于1998年，之前我都是手写纸质日记，有一大摞呢。如今，这些日记就锁在储藏室的大保险柜里。我打开灯，径直朝着保险柜走去。事实：密码是8412。我输入密码。绿灯随即闪亮。

我拉开保险柜的门，注视着里面一排排的日记。事实：年轻的时候，我写很多日记，特别是刚满十八岁那阵。比现在多很多，都是描述性的内容。也许是因为年轻时话多，相对而言，我现在算是言简意赅了。也有可能是出于一开始的绝望，想要把所有的事情都记下来，生怕漏掉重要的事情。随着年龄增加，才明白了（无可奈何地认识到）：我没必要写这么多，日复一日，年复一年，日子都差不多，就那么回事。

事实：我和马克第一次见面是在1995年5月26日。我抽出标有"1995年5月—8月"的日记本，翻到了5月26日那一天：

> 17：35：到了校园蓝调，迟到了，詹金斯给了我一顿臭骂。事后，艾米莉同情地看了我一眼。[注意：不能再迟到，否则会丢工作。] 熬过之后的一个半小时，没有大的失误。一个顾客点的是健怡可乐，我却给他端去了一杯普通可乐。[注意：每次都要端空盘子进来，艾米莉的建议是"端着食物进来，端着空盘子出去"。]
>
> 正想着自己终于掌握了做服务生的诀窍，这时一个男人走了进来，时间是20：17，挽着一个红头发的女人。艾米莉带着他们坐到了一张桌子旁。过了几分钟，我去请他们点

餐。他抬起头，微微一笑。不知怎地，笔和笔记本从我手里滑落下去。是因为他的微笑？或是他轮廓分明的面庞和蓬松的刘海？没时间想清楚，我的笔从桌上弹起来，落在那个女孩的膝盖上，溅出的墨水洒在她的裙子上。我抽了一口凉气，忙不迭地道歉，赶紧拿起餐巾给她擦拭墨水迹。墨水在布料上晕染开，女孩尖叫起来。事情更糟糕了。詹金斯在旁边出现，把我骂得狗血淋头，而那个红头发的女孩又咒骂了几句，抓起手提包，冲出了餐馆。

而那个男人还坐在那里。我转头看着他，脱口而出：如果他仍然愿意就餐，我会自己掏腰包为他买单（事后一想，他的账单可能比我每天的工资12.75英镑还要多）。那个男人微微笑了笑，说他想要一小杯波尔多葡萄酒。听到这个，詹金斯安静下来，板着脸回到了柜台，我快步去给客人端酒。我还给他上了一瓶0.75升的水，一篮子面包，我的脸红得就像葡萄酒的颜色，再次道歉，赶紧做事去了。

他坐了二十分钟的样子。我忙上忙下，感觉到他饶有兴致地盯着我看。他离开的时候，我在厨房。之后，我走过去收拾桌子。发现杯子下面放了一张20英镑的钞票，而葡萄酒只需要3.8英镑。还看见餐巾上写了几行字：多好的一个夜晚。我应该回报这份刺激才对。艾米莉告诉我，这个星期天你休息。星期天（5月29日），我会在度微酒店的餐厅等你，晚上七点半，来吧。马克·亨利·埃文斯。

这个晚上接下来的时间，我都迷迷瞪瞪的，溜回家是在

23：45。我走的时候，詹金斯怒气冲冲地瞪着我（马克给的小费，詹金斯扣除了5英镑，说我“笨得吓死人”，只给我留了11.2英镑）。他邀请我共进晚餐，我还不知道该怎么办呢。[注意：也许该在星期天早上买条新裙子。]

我猛然想到一点，迷乱了。马克只是觉得我蠢得冒泡好玩吗？二十年的婚姻，好玩的感觉逐渐变成了厌倦鄙视？我并没有写他在那晚有神魂颠倒的眼神。他的眼睛不过是“饶有兴致”地打量我而已。

也许，我也该查一查星期天的内容。我怀疑多年来自己都是在自欺欺人，我要证实这一点。我也许过分解读了那些事实，特别是那些让我们最初走到一起的事实。

深吸一口气，我翻了一两页：

05：41：浑身是汗地醒来。做噩梦了，梦到詹金斯冲我吼，说我永远都没用。今天不用去校园蓝调，真高兴。可我都开始梦到詹金斯了，他真成了我的梦魇。

……

19：35：我出现在度微酒店，艾米莉的建议是女人应该迟到5分钟，这是派头。穿着新裙子和高跟鞋，我浑身不自在（我给妈妈打电话，说有男人约我出去，她高兴坏了，非要我买一双鞋子来配衣服）。侍者领我来到桌子边，马克拿着一打玫瑰花等在那儿（一半是粉红色，一半是白色）。他穿着时髦的灰色衬衣，硬领，最上面两个扣子是解开的。昂贵的古龙香水味。他感谢我能来，把花送给我，接着眼睛就往下看了看我的乳沟。[注意：等到下次领薪水，我要再买一件低领的紧身裙。]

我又开始道歉，但他举起手指放在了嘴唇上。他说，我是帮了他的忙，他发现红头发女孩关注的东西“令人窒息地腻烦”。我不太清楚他是什么意思，但明白了一点，我没有惹他不高兴。侍者给我们倒上了香槟（我注意到瓶子是Krug Grande Cuvée[1] 1977），拿来了菜单。看了一眼价格，我吞了一口唾沫，开胃菜的价格在二十到二十五英镑之间。我点了最便宜的猪腩。马克点了龙虾肉，接着就举杯为“难忘的第一次见面”干杯，我们的杯子碰了一下，他微微一笑。

吃饭的时候，知道了关于他的各种事情：双日人（我不得不又吞了一口唾沫），三一学院英国文学的初级研究员。二十三岁之前就在三一学院完成了本科和研究生的学业。想要辞去学术工作，有朝一日成为某种类型的作家。他写了十几个短篇小说，都还没有发表，六年了，他连续给《星期日泰晤士报》短篇小说竞赛投稿，都没有入围，如果获奖，奖金是三万英镑。我知道得不到是什么滋味，所以为他感到难过。家里唯一的儿子，父亲是实业家，他家的安斯利庄园位于白金汉郡。他父亲希望他能够继承家业，可他一点儿兴趣都没有。我呢，老实说，在校园蓝调做女招待是我高中毕业

1 库克香槟。

后的第二份工作，之前比较长的时间做的是美发师学徒。我没说自己是单日人，但他肯定猜出来了。

我鼓足勇气，问他为什么邀请我用晚餐。他直视我的眼睛说，我是他见过的最美丽的女人。他说，我到他桌旁点菜的时候，他的心都漏跳了两三下。好吧，他真是有魅力。说话用词真的很有一套。所以，马克对我是一见钟情。我应该得意才对。

同样的内容，二十年后再读，言外之意却是如此不同，奇怪呀。之前，马克的话，那个闹哄哄的晚上在我看来都是他对我一见钟情的证据。至少年轻时的克莱尔想要这样认为，这是想当然，甚至还把这当成了事实记在脑子里。但那个十九岁的克莱尔就是个浪漫得一塌糊涂的傻瓜。现在，三十九岁了，这双疲惫的眼睛看到了不一样的东西。

与其说是爱情，还不如说是欲望。马克从来就没有爱过我，一开始就没有爱过我。他觉得我是他见过的最美丽的女人，他只是想要引诱我。这才是他那个晚上真正的意思。我当时真的想多了。

我忍住没有掉泪，然后翻到了1995年6月2日的内容：

22：05：用完了晚餐。鹅肝酱好吃，鱼子酱就更棒了。马克的世界让我感到眼花缭乱。人还真是会喜欢上这些东西。喝了三杯罗兰百悦香槟，脑子里嗡嗡响，我们跌跌撞撞地走出仲夏夜之屋，我怀里抱着二十四朵粉色和白色的玫瑰。他邀请我到他三一学院的房间里喝上一杯睡前酒，说之后就送我回去。我犹豫了。就在这个时候，他又那样微微一笑。于是我就说，好。要带着我躲过门房的眼睛可是不容易，但马克很快找到了没有上锁的侧门。他带着我快步走到房间，里面有个好大的壁炉，窗外就是庭院，草地看上去黑乎乎的。他递给我满满一杯波特葡萄酒，我的头晕得更厉害了。

接下来，他开始亲吻我的嘴唇。昨天晚上分手之前，他也亲吻了我，感觉他恋恋不舍，但只是纯洁的一吻。这一吻不一样。急促迫切。他开始扯我裙子的拉链。我想要伸手阻止他，可是喝了香槟和葡萄酒，我的手软绵绵的。不一会儿，裙子和文胸都没了，他开始转战我的乳头。有那么一刻，我突然警觉了一下。可是感觉真爽呀。太舒服了。毕竟马克是位绅士。我从小待的地方周围都是些脏兮兮的臭小子。他的手开始往下滑；不一会儿，我身上最后一块布也滑落了。我在哪儿看过的，第一次往往会疼，我开始焦虑。想要把他推开，可是手根本就不听使唤。

事情就这样发生了。撕裂的疼痛，然后就是不舒服。但他动作温柔，几分钟就完事了。说不上享受，但我想下一次可能会好一点。他嘟囔了一声，从我身上翻下来，钻进羽绒被，打起了呼噜。我不知道该怎么办，盯着他的侧脸看了几分钟，感觉伤心迷茫。最后，我悄悄起身，穿上裙子，在23：35溜出了房间，玫瑰花就留在那里了。我惊慌失措地穿过庭院来到侧门，谢天谢地，没有遇到门房。伴着夜间凉爽的空气，我一路快走，回到了磨坊路的住所，脑袋清醒了。23：55，我溜进房间，听到珀金斯太太翻身的声音，但没有惊动到任何人。

我做了什么？上帝呀，马克是双日人。单日人和双日人在一起是没有未来的。但是，如果爸爸妈妈见到了马克，也会仰慕他的。不管怎样，期待明天马克给我打电话。晚餐的时候，他提到过，这个周末想要开着他的捷豹，带我到诺福克[1]的海边野餐，还要带上一大瓶从他爸爸的酒窖里拿的堡林爵香槟。

我的眼泪像断了线的珠子往下掉，那几天到底发生了什么，我现在算是明白了。我翻到了6月3日的日记：

04：22：我醒了过来，心跳加速，满手是汗。噩梦，梦到板着一张脸的詹金斯。他站在柜台后面，冲着我嚷，说我没用，说我是可怜虫。5月29日的日记显示那天也做了相似的梦。可怕。

……

22：45：到了最后，马克今天也没有给我打电话。但我确定他明天会给我打的，说诺福克的事情。看天气预报，星期天的天气很棒：28摄氏度，晴。我想象着我们手牵手走在沙滩边的鹅卵石上，提着古朴的野餐篮子。

---

1 英格兰东部的郡名。

6月4日的内容是这样的：

21：15：电话仍然没有响过。原本想着蓝蓝的天空，在诺福克的沙滩上野餐，希望落空了。我还在想马克到底怎么了。[注意：明天给他打电话。也有可能是发生了什么不好的事情。]

6月5日，我打了电话，现在我明白他为什么会那样了：

18：04：用珀金斯太太的电话给马克打了电话。然后就骑自行车去了校园蓝调。他说，很抱歉周末没给我打电话，家里有点急事，他不得不去处理。听起来冷冷的，甚至心不在焉。他说，没时间多说了。放下话筒，我迷惑了。他没出什么事情，我应该松一口气才对……

我又翻了几页日记，粗粗地看了看。我的怀疑是正确的，我们俩早期的关系就是：马克攻势很猛，最高峰就是那天我们在他三一学院的房间里上床，后来就对我没了兴趣。他没有再打电话邀请我去野餐。而且，也没有再邀请我用晚餐。事实上，他就根本没有打过电话了。

我之前忽略的真相：马克只是想和我上床，一个美貌的十九岁处女。

仅此而已。

这也就是为什么几天之后我看到他和另一个女孩在一起。我的日记就是这样写的，写得明明白白。我现在已经明白他早期行为中赤裸裸的事实了，也许我应该重温一下那个晚上发生的事情。

我抬手用袖口擦了擦眼睛，把日记翻到了1995年6月12日那一夜：

18：30：在校园蓝调，头两个小时风平浪静。艾米莉说这是因为三一学院、耶稣学院和卡莱尔学院有五月舞会。

21：32：我带着顾客坐到了窗边的位置。恐怖！我看到马克在对面的人行道上牵着一个女孩的手在散步，他穿着晚礼服，那个女孩穿着漂亮的桃红色裙子，戴着白手套。看样子他们是要去参加舞会，很有可能是三一学院的舞会。我瞠目结舌地看了一会儿，赶紧找到艾米莉，求她帮我打掩护（谢天谢地，詹金斯的注意力正在顾客身上）。我冲出校园蓝调，结果马克和那个女孩已经不见踪影了。我决心要当面质问马克，所以就朝着他们走的方向跑过去。在切斯特顿路上都没有看到他们的影子，我又往回找，想到他们可能穿过了耶稣水闸上的人行桥。

最后在河边的小路上找到了马克和那个女孩。我朝他们跑过去，好想冲马克大喊大叫。但是那个女孩朝前走了一步，正好做出了我想要做的举动：她摘下手套，给了马克一记耳光。她再次抬手想要打他，可是失去了平衡。她穿着细高跟鞋，往后一仰，头重重地撞在了旁边的路灯柱子上，胳膊腿乱蹬，裙子乱飞，摔在地上。她摇摇晃晃地起身，跪在地上，又要想打马克，这一次出手更无力了。

我在想是不是要和那个女孩一起揍马克。但我对自己说，马克已经得到了惩罚，如果我太长时间不回去，詹金斯会解雇我的。我转过身，走在回去的路上，很快我又感到了另一股热辣辣的愤怒。干脆不去想詹金斯，我立刻掉头，又跑到桥边。这时耶稣绿地边上已经看不见马克和那个女孩的身影了。我肯定他们就在前面不远的地方，于是继续沿着河边的小路往前跑。最后在马格达莱妮街上看到了马克。他一个人。穿桃红色裙子的女孩不见了。

我翻过这一页，惊呆了。接下来的几页不见了。齐整整地裁掉了，很可能是用刀片或是铅笔刀裁掉的，只有装订线边上还留有一点点纸。

我的眼泪已经干了。我伸出发抖的指头，触摸着这残留的纸张，我觉得难以置信，迷惑不解，我数了数：总共有十二张。之后的日记已经是触目惊心的第十三天了。过去某个时候，我肯定裁掉了这几页。

但是为什么呢?

6月25日的日记可能会解释为什么这几页的内容消失了。我迫不及待地往下读：

05：50：又梦到詹金斯骂我，床单都湿透了。（“你没用，克莱尔，你是个可怜虫。”）拼命想要再睡。查了查之前的日记：自从开始在校园蓝调工作，我已经做了四次这样的梦了。白天，晚上，詹金斯都在折磨我。我真想辞掉这份工作。但是这份工作的薪水比美容美发店好。

10：30：梦到詹金斯之后，半梦半醒，我醒来了，睡得不安稳。沉闷倦怠，我不想起来，就躺在那里，盯着天花板上结了蜘蛛网的裂缝。

12：30：我决定了，应该听艾米莉的话。我强迫自己起来，给桥街诊所打了个电话。我和全科医生亚瑟·迪瓦恩预约到6月29日11：00见面。[注意：要告诉迪瓦恩医生，一个无底的黑洞吞没了我，昨晚入睡很困难，而且胸闷疼痛。但是，我也许不应该告诉他，昨天出发去校园蓝调之前，我看到珀金斯太太厨房里的刀，想入非非。]

21：58：端盘子的时候摔坏一只葡萄酒杯。詹金斯一顿咆哮，说要从我工资里扣除，还要扣除昨天摔坏的两个盘子的钱。[注意：接下来的一两个星期可要小心了，否则工资都要被扣光了。]

22：53：从校园蓝调走出来，发现马克又捧了一把玫瑰等着外面。他可怜兮兮地站在那里，我一个星期都无视他（哎，连续七个晚上，他都等在门外，胳膊里的玫瑰花束一天比一天大），突然我同情起他来。也许他是真的感到抱歉……

从6月27日的日记来看，自从发现马克脚踏两只船后，我就陷入了抑郁的深渊。我还寻求了医生的帮助。我可能会因为抑郁做出傻事，比如说从日记本里裁掉十二页。

然而，这十二页的内容并不是全部丢失了。事实：我擅长学习写下的日记。二十年的婚姻生活，我肯定是比我丈夫花了更多的时间来学习自己的日记（每天早上我都要仔细梳理日记，而马克只是马马虎虎过一下。他自恃为双日人，这份傲慢蒙蔽了他的双眼，事实就是他花的时间没有我多）。我应该对保留在头脑中的事实存有信心才对。

我要检测一下，我使劲眨巴眼睛，拼命回想我学习过的关于这十二天的事实。三一学院舞会那天晚上，我在马格达莱妮街上找到了孤身一人的马克后，事情是这样的：

“马克！”我从后面叫了一声。

他僵住了，然后转过头来。很快他认出是我，他的肩膀都僵硬了。

“你在这里做什么？”他说道。

“刚才我看见你了。”我继续朝他走去，“牵着她的手。”

这时，马克的嘴不由自主地张开了。我注意到，他和那个女孩扭打后，白色领结松动了。

“在耶稣绿地发生的一切，我都看到了。”我愤然地说道，“都看见了。你和她上床了，不是吗？我还以为我们在约会呢。”

“听……听我解释……”

“你一直都在牵着我走。你的玫瑰、你的甜言蜜语、你的谎言。哼，马克，你下地狱吧。我不想再见到你了。”

说完，我就转身大步朝着校园蓝调走去。

他没打算跟着我走。也没打算道歉。甚至也没有求我再考虑考虑。

6月24日发生的事情是这样的，这一晚过后，我给桥街诊所打了电话：

在校园蓝调，我准备回家了，艾米莉走到我面前。她紧锁眉头，很担心的样子。

“最近你状态不对。”她说。

“我挺好的。”

“不，克莱尔。你不对劲。你的脸上、你的举动中都写着呢，我看得出来。“

“是你的想象。”

“你摔坏了两个盘子。你跟詹金斯说自己是不小心。但我看见你在抽泣，然后就打碎了盘子。”

“我们都有不开心的时候。这不是事实吗?”

“我只有十七岁。你日记中可能漏掉的细节，我都记着呢。你每天来到这里，眼睛都盯着地面，好像希望地上能裂个缝，把你吞进去才好。宝贝儿，相信我，过去的这两周，你不对劲。”

我竟然无言以对。

“你应该去看看医生。他或许可以给你点药，你感觉就会好些。”

“我不需要医生。”

“至少考虑一下呗，好不好？”她拍了拍我的肩膀，指着门外说道，“那个双日人又来了，这次带的花束更大。真是不敢相信，整整一个星期了，每天关门的时候，他都站在那里，带来的花束越来越大。也许你该听一听他想给你说什么。”

艾米莉说得没错。我走到门外，看到马克站在那里，手里拿着好大一捧深红色的玫瑰。

“对不起，克莱尔。”他说道。

我在想是不是应该听艾米莉的话。但我还是决定推开他，跳上自行车，骑车走了。

我学习过6月24日的日记，这些东西还留在我脑袋里，我应该高兴才对。我肯定是非常努力地学习了日记里零零碎碎的日常。我不见得一定要知道全部十二页的内容，不是吗？但是考虑到已经发生的事情，6月13日到6月24日之间还有没有关于马克的什么事情是我今天应该重新审视的呢？有没有什么事实可以进一步证实我的怀疑呢？我越来越怀疑我们之间从来就没有过爱情，一开始的关系就催生于欲望。

我僵住了。

我脑袋里**没有**其他关于这十二天的事实。

我使劲闭上眼睛，拼命地想。什么都可以。可是我什么都想不起，我无法通往那片黑暗的空间。我站起来，在房间里来回走动，拼命地想着相关的事实，却越来越绝望。那段时期就是让人揪心的一片空白。三一学院舞会之后，我愤怒地转身离开马克之后，发生了什么，我一点也想不起来了。之后发生了什么？我也挖不出任何与之相关的事实。这段时间就好像不存在一样。这段时间成了张着大嘴的真空，成了我过去的黑洞。

在裁掉这些内容之前，我肯定是没怎么用功，甚至是根本没有花过心思研习这部分事实。三一学院的舞会后，如果我当时决定不要研习那十二天的内容，我的抑郁肯定非常严重。更糟糕的是，我居然破坏了自己的日记。如果不研习自己的日记，会怎么样呢？我现在知道了：就像抹掉了自己的一部分。

抹掉了一部分头脑，甚至是一部分灵魂。

剪裁下来的日记，我是怎么处理的呢？有可能扔在壁炉里，看着火焰把它们吞噬掉。但有关 6 月 13 日到 24 日这段时间，这家里还应该有其他的记录。

远处传来了重重的关门声。我听得见走廊里有人拖着脚在走路。我把日记塞回保险柜，再次输入了 8412 这个密码。绿灯闪了闪。

是时候面对我的丈夫了。我那个撒谎的丈夫。

想当政治明星，这条路上到处都是尸体，这些人没能自圆其说，都死了。如果你忽略这一事实，那就危险了。

——罗恩·雷德福德《自圆其说，走向胜利》

八

马克

我从前门走进来，叹了一口气。事实：我在小说里写过警察审讯的场景。但真正经历了审讯，才知道这种不舒服的感觉远远超过自己的想象。他就像好斗的恶犬一样，把我放在火上用语言煎烤了二十七分钟，我现在迫切想要喝一杯热茶。

尤其是审问结束的那种方式，我现在都还能听到神经紧绷的声音。理查森爆出弗吉尼亚 · 伍尔芙那段话的时候，我就终止了对话，说自己必须走了。安格斯警佐把打印好的记录交给了上司，理查森检查了一遍，塞到我手里。开篇和结尾都让我心里发怵：

证人证言

CJ 法案 1967，s. 9；MC 法案 1980，ss5A（3）（a）和 5B；

2005 年《刑事诉讼规则》，第二十七条第一款

证人：马克 · 亨利 · 埃文斯

日期：2015 年 6 月 6 日

职业：小说家

等级：双日人

我结婚二十年。我没有孩子。在约克郡一次发言后，索菲亚·艾琳走到我面前，说喜欢我的小说。显然她是我多年的读者，希望自己还未发表的稿子也能同我的作品一样成功。她说，她疯狂地喜欢我。我说，深感荣幸。她邀请我共进晚餐。我拒绝了，即使对方是美丽的金发女子，我也不接受。

……

星期四我在家里。大多数时间我都在书房写东西。下午处理邮件。我没有离开家。下午晚些时候，我与代理人卡米拉和竞选经纪人罗恩通过电话。晚上，我在书房看着电视就睡着了。星期三，我上午写作。然后就是吃午餐，午餐后我给卡米拉和罗恩通过电话。下午处理邮件和其他的各种琐事，之后就是坐在电视机前打发晚上的时间。

签名：__________

"我不能签这个，"我朝着理查森挥了挥这张纸，然后把笔放在了他的桌子上，"里面错误太多。"

"什么样的错误？"理查森眯着眼睛看着我。

"主要是语法错误。拼写错误也有。琐事中间是字母'ｓ'。省略号也打错了地方。"

安格斯浓浓的眉毛扬了起来，看上去就像一只受伤的毛毛虫。我想，这位警佐不清楚该怎么使用省略号，不知道以前有没有人批评过他。

“啊，”理查森叹了一口气，“我该想到的。搞文字的就容易咬文嚼字。”

“毕竟警察不靠写东西挣零花钱。”

“事实上，我们警察也挺能舞墨弄笔的。虽然有语法错误，但只要所写内容属实，你就应该签了这份证词。之前你告诉我们的都是事实，不是吗?”

我保持沉默。

“哦，天哪，你不会是对我们撒谎了吧，埃文斯先生?是不是因为这个你才不愿签字的呢?”

我抓起笔，在证词上签上名字，大步踏出了督察的办公室。

现在，我走在家里的走廊上，走廊上还有一个人；一两码之外的地方传来了坚定的脚步声。我转过头。克莱尔走到了过道上，抱着胳膊，瞪着我。她皱着鼻头，仿佛有什么恶心的东西走了进来。

“你和她上床了，是不是?”

她是在陈述事实，而不是询问。我们之间的空气都变得稀薄了。

我保持沉默。突然感到疲惫，我的肩膀耷拉下来。我脱下夹克，扔在了椅背上，径直朝着厨房走去。克莱尔跟在我后面。我不敢正视她的眼睛，但我感觉得到，她的眼睛就像两团火，在我背后火辣辣地盯着我。

我摁下水壶的开关，从上面的橱柜取出杯子。

“你对我撒了谎。”

我要去拿茶包，她稳稳地站在橱柜旁边，挡住路。

“你说自己在伦敦有事要做。结果是上床的事。”

我往后退了退。

“你想象得过头了。索菲亚是个疯子粉丝，她胡编乱造。这女人在疯人院待了十七年。甚至理查森都说她的日记就像是‘半意识的汹涌河流’。”

克莱尔的鼻子哼了哼。

“我真是不敢相信，你居然还在对我撒谎，”她目光如炬地说道，“马克，你是个**骗子**。你到处和人上床，还满世界嚷嚷我们的幸福婚姻已经有二十年了。”

我找不到恰当的回应。

“马克，你是个骗子。”

今天早上她用来吃麦片的碗在空中呼啸而过，哐当一声巨响，撞在几码之外的橱柜上，摔成若干碎片。其中一个碎片弹在我的鞋上。刺头在瓷砖地上跳起来，受到惊吓，发出了一声吼叫。

“你是——”

“克莱尔……”我举起手，拼命想要让她平静下来。她气得浑身发抖，双手握成拳头。

“克莱尔。”我发出了尖厉的哀求声，“保持平静——”

“你他妈麻烦大了。”

她说得完全正确。虽然理查森同意让我回家，但我总感觉这位斗志昂扬的侦探已经铁了心要把我锁在警察局后面的牢房里。

"你他妈还会有更大的麻烦，想一想你的政治生涯吧。"克莱尔继续说道。她说话突然变成了耳语般的低声，听起来更具威胁性。

她朝我扭曲地微微一笑，我从来没有想到她还能有这样的表情。她的目光中带着杀气，受委屈的女人通常都有这种表情。

"我要离婚。"她说道。

我揉了揉眼睛，喝下杯子里剩下的冷茶。单宁酸的味道，甚至让人觉得苦。克莱尔扔下的话还刺得我耳朵生疼。说完，她就上楼了，得胜而归地重重摔上卧室门。我想跑上去给她讲道理。幸运的话，我也能说服她，让她认识到这是个愚蠢的决定。今天早上发生了这些事情，她更需要我，而不是我需要她。与此同时，我必须确保媒体不知道我今天去了园畔警署。

媒体。真他妈见鬼。

我完全忘了今天中午市政厅的媒体见面会。

真糟糕。

就在这个时候，我的手机响了起来。我叹一口气，把手机从兜里掏出来。我知道是谁的电话。

"马克，你他妈在哪儿呀?"罗恩气急败坏地问道，语气中全是绝望的味道。

"抱歉，有事耽搁了，在——"

"立马撅屁股过来，你个蠢货。已经十二点过两分了。"

我拿着文件包，冲进市政厅粉红色大理石打造的休息室，记者见面会，我迟到了二十分钟。我一路狼狈地跑过来，集市广场上刮着风，脑子清醒了一点。我拍了拍自己的刘海，后悔了，出发之前应该抹一点发胶的。但当时真没时间，我赶紧穿上西装外套就出发了。

罗恩在楼梯口不安地走来走去。他的旁边是海马的木制雕像，海马看上去凄惨惨的样子。他眉头紧锁，焦头烂额。

“抱歉，罗恩……”

“他们居然还没走，你算是走运了，”他恶狠狠地瞪着我，“来的人不少。《星期日泰晤士报》《每日邮报》《独立报》，还有 BBC 和 ITV，甚至《每日邮报》的那个卷毛都来了。就是那位有四个前夫，一直写前夫故事专栏的，我的日记是这样说的。不要惹她反感，看你办得到不。大家这么有兴趣，我还真是惊奇。别忘了，有关注就是好事，我已经给大家分发了你的声明。”

罗恩搞得我紧张起来。

“你迟到了，一定要表现出悔恨。”他冲着我摇了摇食指，“要彬彬有礼。要严肃，但不要自命不凡。说你会是个超级棒的议员。别搞砸了。别他妈搞砸了。”

我乖乖地点了点头，他领着我上了楼，推开会议室的门。我立马露出微笑，大步走上演讲台，罗恩紧紧跟在我身后。演讲台上放了三个话筒，其中两个上面贴有 BBC 和 ITV 的标志。

“让大家久等了，我非常抱歉，”我拿出最具歉意的语气，“罗恩已经把我的声明给大家了。现在我非常乐意回答大家的任何问题。”

一屋子都是举起来的手。我选了最后一排那个秃顶的男人，觉得他没有什么杀伤力。

“BBC,”他说道，“混合婚姻的法案成功通过了，埃文斯先生，你怎么看呢？”

“当然是高兴了。”我咧开嘴，给了一个大大的微笑，“特别是在宣传过程中我也出了一份力，得到了书迷们的众多支持。如果能够当选为议员，我将会同样竭诚地为南剑桥郡服务。”

下一个问题。我指了指坐在屋子中间，一位戴着角质架眼镜框的女性。

“戴安·塔特，《每日邮报》，”她说，“昨天女王陛下通过了法案，但全国上下单日人的不满并没有因此平息。这个法案的经济代价到底是什么？很多人依然认为政府想要在辛勤工作的单日人头上收税，进一步让双日人得利。埃文斯先生，你的婚姻就是混合婚姻。此项法案会给你带来经济利益。是不是这个原因，你才不遗余力地在为混合婚姻的宣传造势呢？”

房间里的人都在憋着气窃笑。

“谢谢你的提问，戴安。”我朝她微笑了一下，“议会已经详细讨论了该法案的好处。我就重复一下主要的结论：从长期来看，这项法案有利于英国未来生产力的提高。我深信，凡是对我们国家有利的，我都应该支持。因为减税，我会从中受益。但是我单日人的妻子，克莱尔也会受益。混合婚姻会让双日人和单日人都受益。如果法案成功执行，会有大约两万单日人公民在未来十五年的时间享受到减税的利益。”

戴安·塔特翻了翻眼睛。我准备好了，等着她下一轮的攻击。

“**成功**。”她从鼻孔里发出了嘲弄的声音，站了起来说道，

“埃文斯先生，即使政府成功地通过议会推行了一份欠妥的法案，单日人和双日人之间的社会屏障也不会在一日之间就轰然倒塌。埃文斯先生，你的父母出席了你的婚礼吗?”

见鬼。

“没有，”我耸了耸肩，决定说实话，“但是根据我的日记，克莱尔的父母在场。她父亲把她交给我的时候，脸上挂着喜悦的表情。戴安，你说得没错，的确存在社会屏障。我们都是各自偏见的产物。社会屏障的确阻碍了我们社会的进步。但总要有人站出来，尝试着摧毁这些屏障，它们不会自行消失的。这项法案朝着正确的方向迈进了一步。”

罗恩在背后悄悄戳了我一下，催促我请下一个提问者。我选了第三排一个留胡须的男人，他穿着一件亮蓝色的高领运动衫。

“《剑桥晚报》，”他说，“你的竞选声明说，如果当选，你会为南剑桥郡混合婚姻的孩子进行呼吁。你希望能为他们做些什么呢?”

感谢上帝，终于有了一个温和的问题。答案是现成的，在罗恩的帮助下，早就准备好了，而且记在心里了。

“根据2011年的人口普查，就像伦敦和牛津，有很多混合婚姻家庭居住在剑桥，”我说，“剑桥也有很多混合婚姻的孩子。根据最近的一项研究，这些家庭的小孩，哪怕是单日人小孩，在学校的成绩也往往更好，上大学的可能性更高。先生，混合婚姻是行得通的，奇妙而且让人意想不到。如果当选，我将会呼吁为这些孩子减免中小学学费，减免大学学费。我们应该尽全力帮助他们，他们都是好孩子。”

第二排的一位女性戴着一对玳瑁吊坠耳环，她猛地举起了手。我冲着她点了点头。

“埃文斯先生，”她开口就提问，根本就没有介绍自己，“你的妻子有工作吗？”

好奇怪的问题。

“没有，”我说，“她没有工作。”

“你说她也会因为减税而受益。但你的妻子没有工作。”

我的上帝呀。这女人肯定是单日人。事实：目光短浅的蠢人往往会让我心烦意乱，特别是他们与无关的细节较上劲的时候。但我还是得给出正确的答案。

“你说得没错，”我说，“克莱尔目前的确不是纳税人。但是某一天，我的妻子也有可能工作。一旦开始工作，她就会成为因为减税而受益的众多单日人之一。”

虽然目前克莱尔想干的事情就只有离婚这一件，但一两个善意的小谎言肯定是无伤大雅的。罗恩狠狠地戳了我一下，示意我该请下一个提问者。我回答得不妙，他绝对听得出来。

一个围着粉色泡泡纱三角巾的女人冲着我挥手，她的口红是樱桃红色的。我指了指她。

“《每日邮报》，”罗恩在我耳旁轻声说道，“要小心。”

“你的声明上说，你的混合婚姻已经持续二十年了，”她一边说，一边不怀好意地露齿一笑，“埃文斯先生，真是了不起呀。你婚姻成功的秘诀是什么呢？”

“不要同时生对方的气。”话一出口，整个房间荡起了咯咯的笑声。看到效果不错，我又扔出了另一个准备过的小笑话，“挣的钱要比克莱尔花的多。”

这一来，众人都大笑起来。精彩。

“单日人和双日人之间的差异要比大多数人想象的小得多，”我继续说道，余光扫到了罗恩脸上赞许的表情，“我结婚二十年了，这是我了解到的事实。我和妻子都有相似之处，因此我们和睦相处。每天早上，我们都要对自己重复婚礼誓言，那就是我们彼此相爱的事实。”

“刚才你大力表扬了混合婚姻中的孩子，”这女人继续提问，还是冲着我微笑，“但是你结婚二十年了，却一个孩子都没有。”

“我们努力过，”我一边说，一边垂下了头，增强效果，“我的日记说，多年来，克莱尔非常渴望能有个小生命。看运气吧，也许未来埃文斯家也能有个小孩。”

房间里的人同情地低声说着话。

“我的确知道没有孩子的夫妇在精神和情感上的痛苦，”我说，“我会支持最近的一份提案，简化领养流程。这样一来，就会有更多的夫妇体会到为人父母的快乐。我知道，在南剑桥郡有一百四十一对夫妇还在等待领养小孩。他们应该成为父母。如果当选，我将使之成为事实。”

罗恩该为我骄傲了。我成功掩盖了我长久没有和妻子上床的事实（上次上床是什么时候，我都记不得了）。事实：克莱尔绝对没有胆量公开承认我们的性生活早已进入冬眠状态。我们夫妻的真实情况就是个秘密，只有我知，她知。

一个穿西装的男人，额发颇为夸张，坐在房间的右边，想要吸引我的注意力。我还看见了一个穿着绿色厚夹克的人站在他后面，扛着一台摄影机。摄影机正对着我的方向。

“埃文斯先生，”他说，“我叫布鲁斯 · 伯纳德，来自 ITV 的《直击犯罪》栏目。今天早上，剑河出现了一具女尸。”

妈的。

虽然知道伯纳德的摄影机正对着我，我还是没法控制住自己，脸色一下子变得惨白。这就是为什么今天上午有这么多记者出没于剑桥了，也是为什么这么多记者会来参加我的记者见面会。

“这个女人的身份已经确定，叫索菲亚 · 阿莉莎 · 艾琳，是附近格兰切斯特的居民。”伯纳德说道，“今天上午早些时候，警察传讯了你。你能解释一下为什么吗？”

整个房间的人都倒抽一口气。罗恩站在我的旁边，整个人都僵硬了。我发誓，他也和我一样，在尽力调整呼吸。我应该告诉他理查森今天早上来访，还有后来我去园畔警署，遭受折磨的事情，可是没机会说呀。

索菲亚真的住在格兰切斯特吗？她在那里干什么？

“我……我……嗯……”

我吞了一口唾沫，不知道怎么得体地回答这个问题。房间里所有的记者都往前探着脑袋，他们已经嗅到了好故事的味道。他们看上去就像一群嗜血的鬣狗，围上了一头刚刚咬死的猎物。

“我……嗯……听到这个消息很震惊，”我继续说道，也想表现出震惊，“我觉得……嗯……我有责任帮助警察调查。我的日记上说，我在两年前的作家会议上见到了艾琳小姐。从她的行为看来，她是迷上了我和我的书。按照我的理解来看，警方是在构建她的心理状态。你是《直击犯罪》的记者，布鲁斯。我想你肯定明白每个小细节都有可能对案情有帮助。看起来，警方还没有排除自杀的可能性。毕竟，她在精神病院住了十七年，两年前才出院。”

天哪，我真是有点含糊其辞了。但是最后，我爆了点索菲亚的猛料，可能避免了一场灾难。伯纳德在笔记本上飞快地记着，皱紧了眉头，神情专注。我暗中松了一口气。罗恩也稍稍放松了点。前排的一个女人对我挥舞着她的手机。我举手示意她，希望她的问题能不涉及索菲亚。

“简 · 麦克唐纳，《女性周刊》。我去年为了一篇稿子，采访了你和你可爱的妻子克莱尔。”

啊，是的。事实：一位名为简 · 麦克唐纳的记者去年十二月到我家里做了采访。我在日记中对她的那几句评论可不客气。原因是她对我写的书没什么兴趣，对克莱尔的兰花更有兴趣，虽然她嘴里说是想要研究一下非正统的文学灵感来源。

“我的日记说，克莱尔是一位非凡的女性，”麦克唐纳说道，“她的肉馅饼和改善家居的想法都让我深为赞叹。我们圣诞节那期刊物的专题照片就是你家的起居室。之后，我和克莱尔一直保持联系。要知道，我们都喜欢异国花卉。事实上，我们偶尔还会互发短信。”

我不知道她这样絮絮叨叨到底是要说什么。但还是让记者侃侃而谈吧，目前我最好还是保持安静。

“你妻子刚刚给我发了条短信……”她继续说道，完全是不怀好意的语气，“就在一分钟之前吧，这条短信很**有趣**。”

哦，不。我知道短信的内容了。见鬼。我应该早一点打断麦克唐纳，请下一个提问者。可是现在为时已晚。整个房间都在屏息而待。记者们再次闻到了血腥味，集体朝前探着脑袋。我收回了放在演讲台上的右手，握紧了拳头，免得手指哆嗦。

家里那个心机女人。

“埃文斯先生，她说，她要和你离婚。”

罗恩推着我匆忙离开了会议室，脸上刻满了愤怒。他怒火中烧，我应该是从来没有见到过他这样暴怒。

“克莱尔的事情，你为什么没有告诉我？”他咬牙切齿地说道，“还有那个死了的女人，为什么不说？”

“没机会——”

“机会？你他妈的马上就要毁掉所有机会——”

“我知道，那个女人提起了克莱尔，我正在尽力挽救——”

“挽救？”罗恩的脸更红了，“你承认你和克莱尔有点‘小矛盾’，事情‘很快就会解决的’，你给自己挖了一个更大的坑——算了吧！你说这话的时候，我真想伸出手，死死钳住你的嘴。马克，你知道自己做了什么吗？”

我保持沉默。

“你出格了，搞砸了。你把自己的蛋蛋割下来了。你承认和克莱尔有问题，这就是说克莱尔要离婚是非常认真的。”

真他妈见鬼。罗恩说得对。

“我都可以想象明天报纸的大标题了：‘马克·埃文斯的混合婚姻摇摇欲坠——这些受人追捧的结合真的靠得住吗？’你的政

治生涯还没有开始就结束了。”

“但是我肯定，只要劝解一下，克莱尔会改变心意的——”

“你他妈就是个蠢货。”罗恩又恶毒地瞪了我一眼，“即使明天早上克莱尔醒来想要原谅你，可每个人都知道你的婚姻已经破裂了。她这么戏剧化地处理事情，肯定是被你惹毛了。”

我咬着下唇。

“一个人连婚姻都守不住，没人会投他票的。没人。”

“但我想不到该说什么——”

“你应该说那不是克莱尔。你该说她绝对不会发这样的短信。大家都收到过恶作剧的短信，还有恶作剧的电话。短信肯定是其他人发的。目的不纯的人，或是有不可告人的动机，有恶毒的计划。马克，你他妈还是作家呢，看在上帝的份儿上。你该找个恰当的形容词。关键就是：有人想要搞事，想要把你搞臭。”

罗恩是自圆其说的高手，他是对的。我应该那样说才对。我再次感到疲惫不堪，看到几英尺远的地方有个凳子，我一屁股坐了上去。然而罗恩还抱着胳膊，站在那里。

“搞政治的第一原则就是否认，”他一字一顿地咆哮着，“眼前就是灾难，你更要否认。”

今天晚上，我要把这两点记在日记里。

“非常抱歉，”我垂着头说道，“那个女人提到克莱尔，我的脑子就停止运作了。今天上午我就已经精疲力竭了。警察还出现在我家门口。”

“你还提那个死女人的事情，”罗恩又极具杀伤力地看了我一眼，“听到那个 ITV 家伙的问话，我心脏病都要犯了。只有有罪的人才会被警察询问。但你回答得还不错，说她是个自杀的疯子。只要有需要，你还是可以现场发挥的。但克莱尔的事情更糟糕。糟糕得很。”

“那我们该怎么办?”

罗恩叹了一口气。

“他妈的就算是笨蛋，”他说，“也知道损失是明摆的了。损失严重。需要开启止损模式。他妈的收拾残局模式。屎拉在裤子里，自己收拾模式。我给你两个选择。”

“继续。”

“第一个，就是让大家相信克莱尔是一时昏头了。她太情绪化了，才给那个女人发了短信。她犯了个巨大的错误，她依然爱你。她还要说，你会是个出色的议员。”

我摇了摇头。

“第二个，就是让克莱尔立刻在媒体上发一条声明。如果有可能，最好是在两小时之内。声明不是她本人发出的短信。这盆屎是克莱尔扣在你头上的，也只有她才能清理干净。”

“但我怎么才能说服她呢?”

罗恩又叹了一口气，在我旁边坐了下来。

“她又不是我老婆，”他说道，“你更了解她。她是更喜欢鲜花呢，还是更喜欢漂亮的贴身衣物。或者你是不是该趴在她脚下摇尾乞怜。马克，祝你好运。你真的需要点运气。”

我们应该以人性来定义单日人和双日人，而不是他们能够记住一天还是两天的事情。

——2015 年《国际反歧视协会宣言》

九

汉斯

距离这一天结束还有10小时45分钟

马克·埃文斯的邻居要么就是对周边的事情毫无兴趣，要么就是只对自己感兴趣，或者两者都是。我已经询问过四户人家了，可是没人看到或听到过任何有价值的事情。这真他妈叫人郁闷。时间过得太快，我已经浪费了三十三分钟了。埃文斯家对面那些排屋，还剩下两家人没有拜访。站在倒数第二户人家门口，我敲了敲门，一个看起来疲惫不堪的女人怀抱孩子来开门了。黑色的眼袋，T恤上到处溅的是捣烂的胡萝卜泥。孩子手里拿着一个巨大无比的蓝色拨浪鼓，他肯定有一岁了。

“下午好，”我亮出了自己的警徽，“我是剑桥郡警署的总督察，汉斯·理查森。我能问你几个问题吗？有关马克和克莱尔·埃文斯的。”

她耸了耸鼻子。

“他们怎么了？”她说道。

“如果可以的话，夫人，请你先说一下你的名字。”

“玛丽-简·卢瑟福。”小男孩在她耳边摇着拨浪鼓，她脸部抽搐了一下。

“双日人？”

“那当然。督察，我没有多少时间。弗雷德都快把我逼疯了。你到底想要了解什么？”

之前准备的问题，我都不打算问了。《犯罪调查学》上面说了，面对每一种情况，警察都应该随机应变。

“为什么你不喜欢埃文斯夫妇？”我问道。

她的脸上掠过惊讶的表情。

“你……你怎么知道我——”

“刚才我提到他们名字的时候，你耸了耸鼻子。你不喜欢他们什么呢？”

她抿起了嘴唇。小弗雷德又开始摇拨浪鼓了，这一次是朝着我摇。这噪声真是折磨我的神经。骗子就不该有枪，小孩子就不该拿大拨浪鼓。

“我不应该说的……”

“我不会告诉别人。”

“我真的不应该，但是他们……我一直都觉得纽纳姆应该是双日人的高档社区。**双日人**。即便这对夫妇中的一个多金又有名，但是这样的高档地段不应该受到污染……被某种等级的人污染。你明白我的意思？”

“我差不多懂了。但你喜不喜欢克莱尔·埃文斯这个人呢？”

她做了个鬼脸。

“为什么不呢？”

“每次我抱着弗雷德经过，她都妒忌地看着我。这一事实在我日记中多次出现。很可能是她一直都想要一个小孩吧。但是她真的不应该……”

她神色恼怒，没有说下去。

“为什么埃文斯太太不应该要小孩?”

“你今天早上没有听新闻吗?”她说道，“双日人和单日人的夫妇有百分之二十五的几率生出单日人的小孩。**百分之二十五呢**，你注意了。窃以为，这个比例相当大。”

“我不明白有什么不对的。”

“这个世界上愚蠢的单日人已经够多了，督察。大多数谋杀案都是单日人干的。这是事实，不是吗?事实就是，单日人已经给我们双日人制造了够多的麻烦。双日人不应该随随便便污染自己的血脉。你不同意我的看法?”

“也不是所有的单日人都是愚蠢的……”

她张大鼻孔，眯着眼睛看着我。

见鬼。我本来想要愤怒地回击她，可是我不得不打住，生怕暴露自己的身份。

“……但是我肯定很多人都赞同你的观点。”我补充道，尽量让自己的语气平和。

事实：我总是遇到像卢瑟福这样的双日人。虽然我很想冲他们大吼大叫，但我真不该激动。

那个巨大的拨浪鼓朝着我袭来，我转动脖子，正好躲过。拨浪鼓摔到地上，发出了尖厉的声音，小弗雷德听到了，高兴地大声尖叫起来。

卢瑟福太太叹了一口气。

“抱歉，督察先生，”她说道，“弗雷德太淘气了。你还有什么事情要问吗？”

“也没什么了。”我摇了摇头，“这街上，谁用拨浪鼓打人，我已经很清楚了。”

到了最后一户人家，这家的主人就是早上穿着紫色的晨衣，一头卷发，跑到院子里瞪着我和克莱尔的那位。我轻轻敲了敲亮晶晶的铜质门环，那女人几秒钟就来开门了，黑色的眼睛熠熠发光。现在她戴着一副大大的环形耳环，身上穿着色彩艳丽的针织裙子，裙子看上去就像一件长袍子。她修整过的指甲上紫色和绿色交替出现，正好和她的裙子搭配，每个指甲盖上都缀有闪亮的人造水晶。

“你好，”我出示自己的警徽，“我是剑桥郡警署的总督察，汉斯·理查森——”

“我早些时候看到你把马克从他家里带走了，”她说话有很重的鼻音，“他犯了什么事情？坏事？”

“我无可奉告。”她听我这么说，脸上浮现出失望的表情，“夫人，你的名字？”

“卡门·米兰达·斯科特-托马斯。”

“名字很气派嘛。”

“我妈妈是巴西人。她是以著名桑巴舞歌手的名字给我命名的。但我丈夫是英国人。”

“双日人，对吗？”

“是的。”

“我能问几个关于埃文斯夫妇的问题吗?”

“当然可以,”她说道,“进来说吧。”

我走进她的起居室。一大股檀香和广藿香的气味直冲我的鼻孔。与玛莎·布朗的家里不同,这里的家具铺张豪华。房间对面是两个落地窗,紫色的珠帘在微风中飘荡。斯科特-托马斯太太指了指天鹅绒沙发,示意我坐下,沙发上是苔绿色的靠垫。我摇了摇头,宁愿站着。

“你有没有注意到什么反常的事情?”我说,“昨天或是前天?他们有客人来访吗?”

斯科特-托马斯太太皱起了眉头。

“没有,”她说,“我觉得没有。但是我得说一下,我在家只能看到他们家的前门。看不到他家的侧门。”

“这个女人呢?”我拿出了索菲亚驾照的彩色复印件,“以前见过她吗?”

斯科特-托马斯太太兴致勃勃地仔细端详索菲亚的面孔。但是她又摇了摇脑袋。

“没有。”

我应该试一试不同的问话方式,稍微不同常规,有时会大有收获。

“那有没有什么事情**没有**正常发生呢?”

她眼睛一亮。

“我觉得马克昨天没有出过门。但也许他出过门,我没有注意到。”

“他不常待在家里吗?”

“我查一查呢。”她走到沙发前面，拿起沙发上的手提袋，从里面掏出日记来确认，“啊，是的，我的日记说星期四和星期五上午马克总是出去长跑。他会跑到水滩，然后再跑回来，每次都是。有一次我问他为什么，为什么要在这两天跑呢。他说作家需要动起来，要保持脑子的活跃。很有意思，不是吗？可能就是因为有意思，我才记下来的吧。”

真是非常有意思。如果星期五跑步是他日常活动中不可分割的一部分，那肯定是发生了什么不同寻常的事情，他昨天才会待在家里。他的确说了，他想照看妻子。但也许还有什么别的原因。他没有告诉我的原因。

“还有什么别的常有的事情没有发生吗？”

“两天前，那辆菲亚特经过这儿。但是昨天没有来。”

“一辆黑色的旧菲亚特？”

她点点头，一副吃惊的样子。

“什么时候经过的？”

“晚上早些时候。朝着那个方向驶去了。”她指了指格兰切斯特草坪的西尽头，那儿有路侧停车带，然后就是通往格兰切斯特的人行道。

“你看见车里的人了吗？”

“肯定是个女人。也许是金发。不太看得清楚脸，车窗贴有防晒膜。”

“经常从这儿经过吗？”

“哦，是的。”斯科特·托马斯太太用力点头，“到了他们房前，她就会放慢速度，然后再加速。奇怪得很，不是吗？但肯定是事实。哦，看，马克又……”

她指着窗外。马克 · 埃文斯开着一辆布满灰尘的黑色捷豹，正在自己的府邸外停车。他从车上跳下来。不远处是我的司机和警车，他狐疑地瞪着看了一会儿。接着就眉头紧锁朝四周扫视了一番，走过去，打开后座的车门。他抱出了好大一捧深红色玫瑰花束，我的眼睛都睁大了。那至少有一百朵。

“哦，我的上帝呀，督察先生。”斯科特-托马斯太太难以置信地吸了一口气，她的眼睛瞪得和墙上挂的水晶盘子一样大了，“这肯定是我见过的最大的玫瑰花束。”

“是挺大的。”

“马克肯定在妻子那儿遇到麻烦了。那种真正的麻烦。大坑呀。”

“你怎么知道?”

“玫瑰的颜色越深，坑就越深。花束越大，坑就越大。这是印在我脑子里的两个事实。马克总是大张旗鼓地动作，我母亲也是这样。很戏剧化。我希望我丈夫也能多少像他这样。但是我丈夫从来不给我买花。”

“请原谅，”我朝着门走去，“我有一句要紧的话必须对埃文斯先生说一说。”

这世界上有三种男人：拈花惹草的杂种，精致世故的无赖，还有就是可笑的混蛋。我真是不幸，居然遇到了一位集这三种特质于一身的男人。

——索菲亚·艾琳的日记

十

马克

男人就不应该一手抱着一百朵玫瑰，另一只手还要腾出来开前门。（从市政厅回来的路上，我把纽纳姆唯一一家花店的花架都买空了，自己还觉得这个点子不错。）钥匙就是扭不动，而花束已经快要从另一只手里落下来了。落到地上是什么样，我完全可以想象，残花断枝，四处飞溅。更糟糕的是，这甜腻的味道让我的脑袋发晕。

“下午好，埃文斯先生，”一个熟悉的声音传过来，“这么多花呀。看上去挺不错的。”

我的钥匙“哐”的一声落在了地上。我转过身来，我的死对头朝我走来，脸上挂着淡淡的愉悦表情。恐惧袭来，胸口发紧。理查森在这里做什么？他不可能已经发现……他是来逮捕我的吗？

我肯定不会发抖。不会。

“你……你在这里做什么？”

“我只是再问你一个关于《死亡之门》的问题。”他说道。

他肯定是在跟我开玩笑吧。都怪他，我才要抱着这一百朵快压坏我胳膊的玫瑰，它们代表的绝望令我感到窒息，它们繁花盛开，象征的就是从早上开始全面放大的每一件事情。多亏了这位理查森，他在我妻子面前毫无策略、直截了当地提起索菲亚，我的婚姻和渴望已久的政治生涯才会摇摇欲坠。这个男人既让我恐惧，又让我厌烦。

也许他是故意的。

“关于索菲亚，我把我知道的都告诉你了。”我咬紧了牙关，这句话几乎就是从牙缝里挤出来的。

“哦。”他耸了耸肩，“我本来就没打算问你索菲亚小姐的事情。我想知道贡纳和西格莉德 2000 年度蜜月的时候，为什么要一路去斯瓦尔巴特群岛，就为了看北极光吗?”

“有什么不对吗?”

“斯瓦尔巴特群岛太靠北了。在太阳活动周期的高峰，那儿就不是观看北极光的最佳地点。从数据的角度而言，他们在贡纳的家乡瓦尔贝格看到北极光的可能性更大。”

见鬼。我得现场发挥了。

“他们觉得自己可以在那儿看见北极光。我可从来没有说过他们见到了北极光。”

督察从公文包里掏出一本书页都变卷了的《死亡之门》，快速翻着。

“但书里有这么一句话：‘天空变得生机盎然，贡纳把她拥入怀中。’第十六页。”

“只是，嗯……只是一种修辞手法而已。”

“接下来你又写道：‘暗绿色的三角形在他们头顶上跳动闪

烁，劈出金黄乳白的镰刀状光芒，撕裂了天空，慢慢消失后，天空中又出现了帷幔一样的绿色火焰’，为什么要这样写呢？”

我的额头上迸出了汗珠子。并不是因为一百朵玫瑰太重我抱不动了，而是我的脑子要高速运转才行，否则这位督察就完全占上风了。

我有四个选择：

(a) 告诉他，我写的内容，我并不是**全部**都记得。那就是为什么我他妈写小说的时候，总是要翻回去看看自己写了什么。

(b) 承认自己对斯瓦尔巴特群岛一无所知，更不要说什么看到北极光了。

(c) 告诉他，我只是在诗情画意而已。

(d) 以上所有选择。

突然，我脑子里灵光一现。

“只有单日人才会把我的书这样逐字逐句地分析。但你肯定不可能是单日人吧，督察？”

他往后一缩。刚才他的眼神是不是突然黯淡了一下？但是他又挺起了胸膛。

“埃文斯先生，如果你觉得我是单日人，肯定是我的工作做得不够好。真是丢人呀，而我想的是要在今天结束之前就锁定杀害索菲亚·艾琳的凶手。”

我吞了一口唾沫。

“再见，埃文斯先生，”他继续说道，“调查过程中，我会一直关注你的。”

“很好，督察先生。”我结结巴巴地尖声说道。

“顺便说一句，希望你今天什么时候能到水滩跑跑。昨天早上你没能跑步，真是遗憾呀。但有时家里有事就是走不开，不是吗?”

汗珠子顺着我的额头往下滴，这位督察就像潜入了我的皮肤里一样。他到底是怎么知道昨天早上我没有按照惯例跑步的呢?

我喘着粗气，深吸一口气。不要恐慌。即便是恐惧就站在门外，拼命地砸门，想要钻进我的心里，也不要恐慌。我应该专注于眼前应该做的事情。把罗恩吩咐的事情做了。拯救我的婚姻，要不就来不及了。阻止我的妻子毁掉她自己，毁掉我们。

房子里到处都找过了，找不到克莱尔，她肯定是在主卧。我步履踉跄地走到紧闭的卧室门前。我调整好表情，摆出恰如其分的悔恨。我怀里依然抱着这一大捧玫瑰，甜腻的香味直冲鼻孔。

“克莱尔?”

她没有回答。

“求你了，克莱尔。我很抱歉。”

还是没有回答。

“求求你，和我说说话吧。”我决定求她，“求你了，我们重新开始吧。”

我什么都听不见。最轻微的呼吸声，衣服窸窣的声音，都没有。也许克莱尔不在房间里。

我转动门把。门立刻就开了。

房间笼罩在黑暗之中。窗帘是拉上的，中间只有小小的一条缝隙。下午的阳光从这个被遗忘的缝隙中照进来，在地板上照出了一个三角形的光斑。床没有整理。羽绒被就那么乱糟糟地堆在一侧。

我的妻子不在这里。

我走到窗户边，拉开窗帘，又走到衣橱前，猛地打开门，看她是不是在里面。

一幕幕可怕的场景从我脑海里闪过。比如说克莱尔在和《每日邮报》的记者（有四个前夫的那位）喝咖啡，而我却捧着一百朵让人恶心反胃的玫瑰站在我们乱糟糟的床边，沉默无助。两个受委屈的女人交心地说着知己话，最后就是头版文章，讲述马克·亨利·埃文斯见不得人的不轨行为。今年该报纸的独家新闻，头版就是我的大头照，头发凌乱，眼神狂暴。同样让人害怕的场景还有克莱尔主持自己的新闻发布会，重申离婚势在必行，她无意回到花心的丈夫身边。尤其是丈夫睡过的那个女人的尸体今天早上从剑河被打捞起来了。

我必须找到我的妻子。

我掏出手机，按下快拨键，拨出了克莱尔的号码。

没有回应。她的电话转到了自动回复：

“这是克莱尔·埃文斯的手机——”

我挂断电话。

见鬼，我的妻子去哪儿了？

我要排查所有的可能性。我要一个个排除，锁定我妻子目前的位置，不能等到为时已晚。我要请求她原谅我，不能让离婚和女尸这两件破事失控。

艾米莉·韦德。没错。我妻子可能正对着她最好的朋友倾吐苦水呢。事实：艾米莉以前也在校园蓝调做女招待，如今住在格兰奇路某处的公营公寓里。用日记一搜，难以置信，三个星期前她来家里和克莱尔喝茶，居然打包带走了七条手指巧克力泡芙。

我又掏出手机，寻找艾米莉的电话。我的联系人中没有她。

我一声哀叹。

还没有满盘皆输。艾米莉的电话或家庭住址可能在我书房的电脑里，我可能在其他什么地方输入了这些细节信息。我把玫瑰扔在克莱尔的化妆桌上，匆忙走出卧室，下了楼梯，穿过通往花园的门。屋外的风越刮越大，已是刺耳的厉声尖叫，听起来耳朵疼。

我朝书房走去。门半掩着。

见鬼。

今天早上克莱尔来找我，我肯定出门后是上了锁的。

警察趁我不在突袭了我的书房？我回来的时候，理查森正在格兰切斯特草坪鬼鬼祟祟地晃荡。但是他需要得到搜查证才敢这样做。肯定是克莱尔。她肯定知道所有房间的备用钥匙放在哪儿，其中就包括我书房的钥匙。

我推开门。我笔记本的屏保开着，图案是北欧极光。见鬼。克莱尔来敲门叫我，我忘记关电脑了。我敲了几个按钮，看她是否窥探了我的电子文档，还有我的电邮。看起来是没有。事实：我的电子邮箱，还有我的电子日记，设置的都是两分钟闲置不用就自动上锁。好像也没有人动过我的写字台。至少纸张、文件和文具都是我早上离开时候的样子。

但我的直觉告诉我，克莱尔在找其他东西。我扫视着书房的其他地方，好像一切都照旧的样子。我的目光落在了房间另一侧的定制书架上。

见鬼。

所有文件的前端，还有我所有书的书脊都朝外，整齐地码放在书架上。我忍受不了一点点的错位（理查森可能也患有类似的强迫症，他办公室的东西也是摆放得非常整齐）。书架最下方的一个文件夹冒出来一点。一定是有人把那个文件夹抽了出来，想都没想就塞了回去，位置不对。

我甚至不需要看标签就知道里面装的是什么。事实：其中的一些东西是我二十年的梦魇。这就是为什么我把它放在最下面，眼不见，心不念。

我把文件夹抽出来，往里一瞥。文件夹空空如也。有人拿走了里面所有的东西。

他妈的。我想我真是完蛋了。

就像罗恩预测的那样，我完蛋了。

“伴随你晚上睡觉的大脑和早上唤醒你的大脑是不一样的。”拉斯马斯盯着贡纳说道。

贡纳想要叹气，但不得不忍住了。他最好的朋友总是爱说显而易见的话。

——马克 · 亨利 · 埃文斯，《死亡之门》

十一

索菲亚

2013 年 11 月 11 日

真他妈累呀。

头真疼呀。

事实就是，私人调查真他妈没那么神乎其神。过去两周的“监控”相当折磨人。想想吧，在一动不动的方向盘后面连续磨蹭数个小时。开着一辆破破烂烂的菲亚特，车内的空调还有问题。我该买一辆漂亮的小宝马。可是宝马太引人注目了。我需要置身于毫无特色的有利地点，无人关注我，我才能监控别人。

这辆烂菲亚特。

我快烦死了，打呵欠，摆弄手指。涂指甲油消磨时间，与此同时，还要眯着眼睛，透过结霜的玻璃窗看外面。希望能有人从远处的大宅子走出来。

而且，到目前为止，我并没有搞到关于她的信息。我只知道她喜欢早上出来遛狗。星期三她开车到林顿的剑桥花艺学校，和其他无聊的家庭主妇一起往瓶子里插花。还有，她喜欢拜访住在格兰奇路公营公寓的某个家伙。还有，她的衣着品味真是有问题，真他妈难看。大多数时候，她都穿着宽松衬衣和宽大的卡其布裤子走来走去。她看上去比实际年龄大一倍。

钱买得到很多东西，可是买不到品味。

她丈夫喜欢别的女人，这也不足为怪。

大概就是这样了：这就是她的生活。好可怜。

两个星期也能发生挺大的变化，真是有意思。两个星期前，我认为搬到格兰切斯特是个好点子。我必须要监控这些相关的人。

但是，关于一个人，你真是找不到多少信息，奇特吧。我在网上也搜了，只找到惊人的爆料，她是个单日人全职太太。网上也有她的几张照片，都是签书会或是慈善会上和她丈夫一起照的。这些活动远远超过了她本来的生活地位。她穿着不合身的衣服，总是淹没在背景中，或是在她丈夫身后徘徊。痛苦的表情，瞪大的双眼。看上去就像汽车头灯照射下惊恐的母鹿。各种派对上，一个女人穿着昂贵的衣服，看上去却邋里邋遢，这样的照片也没有什么信息。只能说明一个事实，她这些裙子，都是她丈夫买的。

这些场合总是这么光鲜亮丽，找不到什么猛料。但我必须不断地挖掘，总能在什么地方找到猛料。

没有人完美无缺。

每个人的屁股都不干净。

他也不例外。还有他墨守成规的单日人妻子，她那头金毛猎犬都比她多点脑子。

肯定有猛料。

我要保持斗志。我要坚持。我要对付从过去走来的恶魔。我曾经想要忘记，却再也忘不掉的幽灵。迎头直面它们。伸出手来，掐死它们。

就像以前他们在圣奥古斯丁给我们说的那样，**关注积极的东西**。因为现在我拥有了以下这些东西：

鞋子。只要穿着还能走，就买最炫的高跟鞋，越高越好。（我不知道谁发明了鞋跟高六英寸的女鞋，反正我希望他或她，已经荣升天堂。）

精致的内衣。花边和丝绸的睡衣。越颓废越好。穿着朴实的白衬衣，白色的弹力裤，在没有窗户的走廊上走来走去，多年下来，肯定会有这样的后遗症。套在屁股上的是超大的棉质灯笼裤。老奶奶才穿的那种。不开玩笑，奶子上挂的是没有吊带的胸罩。也没有金属的内圈，防止病人用金属圈互相戳。脚上是廉价的袜子和薄薄的纸拖鞋。没有腰带，也没有鞋带，防止病人上吊。

别人的秘密。我在发掘别人的秘密，慢得要死，但也有成效。我的案宗卷是越来越厚了。

人人都有秘密。准确地说是两种秘密。一种是不想让别人知道的秘密，一种是不想让自己知道的秘密。第二种秘密，当然了，必须要有他们可悲而充满缺陷的记忆。

他们说，在都是瞎子的世界里，一个独眼男人就可以成为国王。这个世界上全是些记忆有缺陷的倒霉蛋，超强记忆的女人就有可能成为女王。

我要让马克·亨利·埃文斯发现他自己的秘密。

方法要残忍。

2013 年 11 月 29 日

上个星期天，又是康定斯基酒店。大厅里一派圣诞景象，点睛之笔就是一株挂满灯泡、闪闪的圣诞树。前台把 261 房间的钥匙递给我。说亚当斯先生还没有到。转开门把手，她说得没错。里面没人。走到窗前，看到路灯的灯光照在人行道上，路面反射出点点微光。远处的路灯薄雾萦绕，就像从过去走来的某个飘渺幽灵，回来纠缠着我的灵魂。

我突然感觉到孤独。眼前就是漫漫一夜云雨，但我还是觉得孤独。

性，不过就是肉体的相会、体液的交换、动物欲望的发泄。

敲诈勒索的工具。

我要收集到更多扳倒他的工具。仅靠一把榔头和一把凿子是无法摧毁一栋大楼的，需要大型的推土机、大型的落锤破碎机，还要他妈的很多炸药。

我想过杀死他，灭掉他眼中的亮光。哦，我想过的。刚从圣奥古斯丁放出来时，我想过的。我甚至还仔细考虑过用什么办法杀他才好。用破冰锤敲烂他的脑袋，莎朗 · 斯通的风格。用丁字裤做个绳索，套在他脖子上，勒死他，看着他喘不过气。用大锤敲烂他的脑袋，头颅破碎的声音一定会让我心满意足。用我克里斯提 · 鲁布托高跟鞋的钢鞋跟在他脸上研磨，看着深红色的血流出来，流成一摊，看着他的生命从他体内渐渐流失。

我甚至还可以逃之夭夭。看到我卑鄙的行为，警察拼命想要把点点滴滴的细节串起来，可是一觉醒来后，日记本上只有残缺的只言片语。他们不可能把所有的事情都写下来。而受害人已经不在了，没法告诉他们到底发生了什么。

但是，复仇最好还是分阶段执行。

痛苦最好是一点点地增加。

他应该在监狱里待着，待上好长好长的时间，体验一场很久的折磨灵魂的监禁。他进监狱前要剥夺他所拥有的一切，包括他那悲惨的婚姻。如果玛莉丝卡当初没有点醒我，我注定会在圣奥古斯丁慢慢地腐烂，他就该享受这种腐烂的过程。如果我后来没有那么沉着镇定，我就无法脱离炼狱。

不管怎样，此时此刻，我就是感到孤独。星期天，康定斯基酒店，261 房间的窗前。

无法控制的孤独。

我也不知道为什么。也许是意识到自己几天前就已经四十三岁了。没人知道。爸爸和可怜的妈妈已经不在了。继母艾吉压根就不会在乎。我和这个男人上床已经两个月，我当然不会告诉他我已经四十三岁了。

那天我庆祝了一下，吹掉了半瓶伏特加。陪伴我的只有那只姜黄色的猫，名叫鲁弗斯。

一只甚至都不属于我的猫。

四十三。到了这个年纪，就会想一想这辈子没能完成的东西。到了这个年纪，就是小小的一个刀口，甚至完全在控制下的手术刀切口，好像都永远无法愈合。到了这个年纪，想到在精神病院待了十七年，耗掉了成年后的大好时光，就觉得那也许不是最佳的生活方式。到了这个年纪，你就明白了，那些岁月是再也回不来了。

这个时候，我大声咒骂出来。咒骂它的不公平。真他妈不公正。

但是我紧紧咬住牙。我不要可怜自己。

孤独是属于懦夫的。自怜是属于白痴的。

人生不公正地打击了我，一脚踢在我的肚子上。然而，我不应该再觉得自己可怜。

我应该尽情欢乐，只要有欢乐，就享受。

从今以后，就要这样。

门吱吱呀呀地开了，打断了我的思绪。他走进来，一如既往，欲望就挂在脸上。手里拿着一个包装精美、扎着缎带的盒子。

“提前给你圣诞礼物。”他一边说，一边轻轻笑着，把礼物递给我。

我打开盒子。里面是大内密探的一套内衣，36－26－37（他在我身上摸上摸下也那么久了，尺码都对）。深红色的花边，精致细腻。长及大腿的吊带裤和吊袜带。

当然。我理应知道他迷恋吊袜带。

他送妻子的是玫瑰。一个星期前，我看到他捧着一大把玫瑰，走进他纽纳姆的大宅子。一半粉红色，一半白色。肯定是给他妻子的。但是，他给情人吊袜带。

下流、淫荡的吊袜带。

马克·亨利·埃文斯就过着这么陈腐的生活。他的小说里也充斥着陈词滥调，当然不足为奇。

“宝贝，穿上给我看看。”

这种时候，我就会觉得马克·亨利·埃文斯对原型是有了解的，只是方法完全不一样。他的小说中全是撒谎的恶棍，就连主人公也有两面三刀的倾向。他小说人物的原型肯定就是**他自己**。

我当然应允。效果来了。没几秒钟，他就扑在我身上，大力开工。大汗淋漓，就像一头猪。他把我翻了过来。有些男人交合起来就像野生动物，好奇特。过了几分钟，他把那活儿拉出来，满足了，一头扎在我旁边的枕头上，开始打呼。脸上刻着交合之后的满足。

他的钱包扔在边桌上，我伸手拿了过来。九张崭新的二十英镑钞票，一叠信用卡，一张纸条，上面写着：**我生命挚爱的生日和我的生日**。

我把这张纸条抄了下来（也许哪天会用得上，谁知道呢），在昏暗的灯光下，我仔细看着他的侧脸。我完全可以伸出手去掐死他，或者用丝袜和文胸的吊带打个死结，套在他的脖子上，或是掏出铅笔刀，切开他的喉咙。

耐心。

耐心，索菲亚。耐心是圣人的美德。

也是罪人的美德。

于是我站起来，走到房间的尽头，我在角落里藏了个针孔摄影头，我把它关上了。

即便假象模糊了真相，侦探也要把有关这个人的真相找出来。

——《犯罪学教程》第四卷（牛津大学出版社，1987 年）

十二

汉斯

距离这一天结束还有 10 个小时

她是个疯子。绝对癫狂。她也完全不知道好的侦探是怎么工作的。但她的日记的确让人欲罢不能。深不见底的尖酸刻薄，再加上适度的疯狂，即使是意志坚定的督察也忍不住一页页地翻下去。她的日记又占用了我宝贵的二十分钟，我还是想要继续读。

但我得先喝点咖啡。我的脑子急需咖啡因刺激。我站起来，脚都坐麻了，我做了个鬼脸，伸伸腿。就在此时，托比拿着一摞纸冲了进来。

“汉斯，”他说，“我查到了她在巴克莱银行的记录——”

“我猜一猜。她富得流油。”

“每个月，她都从一家瑞士遗产服务管理的信托基金领到4179.23英镑，”他一边说，一边用指头在最上面的那张纸上从上往下挪，“第一笔转款是在 2013 年 4 月 1 日。最近的一笔是在 2015 年 6 月 1 日，五天前。”

“谁打的款？”

“我给瑞士方面打了电话，想要找出那个人的姓名。但是对方不配合，说要严格为客户隐私保密。”

我叹了一口气。这些顽固不化的瑞士人，见鬼。我掏出日记本，输入了“瑞士人 + 联系人”，眯着眼睛看了看搜索结果。

“瑞士人才知道怎么跟瑞士人打交道，”我说，“我也是吃了亏，才懂得这个道理的。给瑞士联邦办公室的海因里希 · 海因茨打电话。我帮过他的忙，他欠我一个人情。”

“我马上就去办。”托比点了点头，“我联系了爱德华 · 佩里，艾琳的房东。她的房租每月 1795 英镑。之前，那栋屋子闲置了十三个月，2013 年 10 月的一天，她突然就给佩里打来电话，说想第二天就搬进去。房东说，她是模范租户，从来没给他惹过任何麻烦。”

我口述这两个数字和日期，记录到录音机里，然后再次把注意力转移到托比身上。

“圣奥古斯丁。”

“啊，是的，”托比点头说道，“外赫布里底群岛的赫利赛岛上的确有个私人精神病院，圣奥古斯丁女修道院医院。位于赫利赛岛，占地五英亩。和瑞士人一样，他们也不帮忙，拒绝告知是否收容过艾琳。”

他哗哗地翻着手上那一摞纸，找到一张，大声读了出来。

“他们在网站上说：‘我们为有着严重心理问题的女性提供周全的高质量住院医疗，只为二十五位病人提供专属的五星级住宿条件。’”

他递给我一张照片。我朝下瞥了眼。看见一处威严的混凝土建筑，周围全是老灌木丛和低矮的树木。周围的景色有一种风吹雨打的荒凉味道。远处的海洋灰色调，波涛起伏，白浪翻涌，让人望而生畏。

“有钱就买得了守口如瓶，”我叹了口气，“你继续打探这件事情。”

我刚踏出门外，准备去买咖啡，迎面就碰上电脑部门的菲奥纳·阿勒顿。我注意到，她今天戴着厚镜框的学院风眼镜，套着豹纹紧身裤。

“彼得破解了艾琳记忆棒的密码，”她激动得一脸褶子（昨天我在咖啡自动售卖机碰到她，她的脸也是这样）。但她脸上的表情可能与索菲亚记忆棒里的内容也有点关系吧。

“破解密码的时间超过了二十五分钟，”她继续说道，“好像是用了字母和数字，组合挺复杂的。但他最后还是破解了。”

“里面有什么？”

“也许你该下去自己看一看。”

我真的很想喝咖啡，可跟着菲奥纳到她地盘走一趟的欲望更加强烈。每走一步，她绷紧的裤子都会在屁股那儿拉出纹路，就这样她领着我下了两层楼梯，来到了地下室。一进办公室，汗脚袜子和奶酪洋葱薯片的味道混合在一起，浓郁地灌进了鼻孔。刺眼的日光灯下，到处都是一闪一闪的电脑屏幕。菲奥纳的两位年轻助手弯腰驼背地挤在房间的一处角落，张着嘴盯着眼前的电脑屏。一个人的嘴巴张得又大又圆，一边看，一边摇头。另一个看起来笨手笨脚的年轻人，下巴上的胡子应该有好几天没有剃了，眼珠子都快从眼眶里掉出来了。

“彼得，”菲奥纳说道，“请你把录像放给汉斯看看吧。嗯，就放 2013 年 11 月 24 日的吧。那个更能说明问题。”

我知道要放什么内容。

那个年轻人轻声笑着，调出一个文档，点击播放按钮，然后又伸手去拿薯片。

屏幕上出现了一张大床。白色的床单，质朴的羽绒被和枕头。屏幕的左下角出现了一个男人，手里拿着行李箱走过。他穿着暗色的西装，打着灰色的领带。左手拿着扎了绸带的盒子。他把行李箱放在床边，然后就走出了摄像范围。

“之前在哈罗兹[1]买的，”一个男人的声音说道，声音听起来挺熟悉的；这么清楚的抑扬顿挫，我几个小时之前才听到过。

“提前给你圣诞礼物。”

先是拆开包装纸的声音，然后就是高兴地小声尖叫。

“太美了。”女人娇喘吁吁，沙哑地说道。但是我从中听出了冷嘲消遣的味道。

“你就是适合深红色，不是吗？”

“哦，亲爱的，你真宠我，”她说道。沙哑的声音变成了悦耳的银铃般的水声。但是我还是从中听出了虚伪，“我就是喜欢大内密探嘛，合身就更喜欢了。”

“宝贝儿，穿上给我看看。”

一个女人从屏幕左下角出现，背对着摄像头。她穿着和服样式的袍子。染过的头发盘成了一个圆发髻。手从盒子里拎起一包

1 英国著名百货公司。

红色蕾丝的东西。女人走出了摄影范围。几分钟后，一只看不见的手把炭黑色的钱包扔在了边桌上，然后又把灰色的领带扔到了床上。领带展开落在床单上，看上去就像一道深深的伤口。

那个男人又出现在屏幕上。他的外套已经不见了。衬衣的最上面两个扣子解开了。他走向床边的冰箱，拿出了一瓶贴有金箔的香槟。他走向摄像头，再次走出了摄影范围。不一会儿，听到瓶塞被拔了出来，接着就是倾倒液体的声音。

女人走进了屏幕，和服袍子已经脱掉了。她穿着深红色的文胸，若有若无的内裤。穿着黑色的丝袜，绑着黑色的吊袜带。

我终于看到了她的脸，至少是大部分脸。她戴着眼罩，眼罩上装饰有黑色的蕾丝，遮住了脸的上部分。没有遮住的脸下部看起来挺熟悉，但还是略有不同。在天堂自然保护区，我看到的下巴是可怕的惨白色，而彼得电脑上出现的下巴淫荡骚红，斗志昂扬。视频里的脸也更为有棱角一些，这段视频之后她体重增加了一点。今天早上，我看到的嘴唇因为死亡而扭曲变形，现在屏幕上的嘴唇却是在邪魅地微笑，也抹成了血红色。

“你看起来真是销魂。”那个男人的声音。

女人没有回答。她轻快地走到床边，处在了屏幕中央。她安稳地坐在床上，把松开了的灰色领带套在了自己脖子上。她抬起手来，解开了脑后的发髻，金色的头发立刻像瀑布一样垂在她的肩头。眼睛望着镜头外的地方，她挑逗地把头发往后一甩。她开始舔舐自己的大拇指，整根拇指。

“你个小骚货。”女人一开始舔拇指，那个男人就发话了。他的声音中流淌着肉欲。

女人还是没有回答。她张开双腿，把舔舐过的拇指插到了下面蕾丝边遮掩的缝隙中。

“你可以猜到下面会发生什么了吧。”菲奥纳干瘪瘪地说道。

然而，年轻的彼得正对着屏幕吞口水。

“她真有一两手呢。”他一边说，一边朝嘴里塞了一片薯片。

菲奥纳翻了翻眼睛。

屏幕上，那个男人扑向女人，还穿着衬衣，就是要在火热的前戏里脱掉。他甚至都没费神去脱裤子，裤子就掉在他的膝盖下面。他就那么兀然凶残地开始了。

“汉斯，我想你已经知道是怎么回事了。”菲奥纳又翻了翻眼睛。

“清楚了，”我点头说道。“记忆棒里还有其他的录像吗?”

“总共有六个。两个在同一地方，其余四个是另一个卧室录的。”

“道具不同，姿势不同。”

菲奥纳点点头。

“法国女仆装、刑杖和鞭子，还有些震动得厉害的东西。所有的录像里女人都戴着眼罩。蕾丝的眼罩，男人肯定是好这口。”

屏幕上的男人把他的领带从女人脖子上取了下来，捆住了女人的双腕。男人把女人推倒在床上，然后就继续抽插。男人呻吟着，女人尖声夸张地发出喘息声。

“这男人是谁呀?”菲奥纳往上推了推自己角质架的眼镜。

年轻的彼得转过头望着她，嘴上挂着咬了一半的薯片。

“马克 · 埃文斯。”他说道，“两天前，有人在我门下塞了一份宣传册子。我必须承认，他的照片比工党宣传单的候选人好看得多。”

“早些时候，我带他到局里聊了聊天，”我说，“他就像不肯唱歌的金丝雀。我得找个法子让他说话。”

屏幕上的男人把女人翻了过来。

我看不下去了。

“但这女人为什么要录这些东西？”菲奥纳问。

“还不是很明显吗？”我说，“想毁那个男人呗。”

我回到办公室，手里拿着一大杯咖啡，结果看到哈米什坐在我的办公桌上。他正把什么东西塞进他胸口的兜里。我僵住了，眯着眼睛看着。会不会是我的副手在我办公室里窥探，想要找到我伪装双日人的铁证呢？

也许不是。不要偏执狂想。看着哈米什挺胸凸肚的样子，肯定是有一肚子的消息要说。他又出现了，看在他带着消息而来的份上，我也就不计较了。

“汉斯，”他的屁股还是放在我的办公桌上，“埃文斯的新闻发布会结束后二十分钟我就来了一趟，但你不在，我就决定去吃午餐了。”

“是的，我不在，”我点了点头，“之后我碰到他了。他满脸愁云，不堪重负，精疲力竭的样子。市政厅那儿发生了什么？”

“记者什么五花八门的问题都提了。连你今天早上找他谈话都问了。”

“他们究竟怎么知道的？”

“我不知道，”哈米什摊开双手说道，“ITV 的布鲁斯·伯纳德挖出来的。就是那个脑袋瓜子上留了一大片刘海的家伙，今天早上在自然保护区，老是碍手碍脚的。”

我一声叹息，在椅子上坐下，一口吞下了杯子里的咖啡。

“他们肯定是想知道为什么我会找他到这里来。”

“他想要转移话题，甚至还厚颜无耻地说他想要帮助我们建构艾琳的心理状态。还补充说，艾琳在精神病院待了十七年，两年前才出来的。话一出口，一片骚动。”

也只能怪我自己了，我把这些消息告诉了埃文斯先生。

“媒体肯定会盯住我们，如果他们想要挖到更多的东西，”我叹着气说道，“迟早会动手的。”

“我离开市政厅的时候，伯纳德就对我死缠烂打了。”

“别理他，”我说道，“也别理其他人。”

“《女性周刊》的一位记者扔了一个爆炸性消息。所有人都从座位上跳了起来。”

我对着哈米什扬了扬眉毛。

“她收到了埃文斯妻子的短信。看起来，克莱尔·埃文斯想要离婚。”

“什么？”

“是的。简直炸了窝。”

“肯定是我造成的。埃文斯说了什么？”

“他吞吞吐吐地说今天早上他们是有点不快。他觉得事情很快就会恢复正常。你真应该看一看他选举经纪人的那张脸。我记得他叫雷德福德。可怜的家伙，看上去都要吐出来了。”

“正常。”

“雷德福德走上来，推着他的委托人就走了，免得埃文斯再说出更多没救的话。然后就没了。记者见面会就结束了。当然了，记者一个个都是失望的表情。听到离婚，记者最是热血沸腾的。”

“妙。”我一边说，一边回想今天早上遇到埃文斯太太的场景。特别是我暗示她丈夫可能有婚外丑事的时候，她脸上惊讶的表情。这就是马克·埃文斯搬了一百朵玫瑰回家的缘故。我应该猜到的。我掏出录音机，说：“愤怒的妻子克莱尔·埃文斯告诉记者，说她要离婚。”

“我们的一组巡警小分队发现了艾琳的菲亚特。”哈米什说道。

我口干舌燥，我要保持平静。小分队效率太高了，见鬼。我应该说点什么，什么都行。

“你的屁股挡住我了。”我说道。

“抱歉。”哈米什挪到椅子上坐下了。

我不能让手闲着。我深吸一口气，伸出手，随意地把白棋的“后”往前挪了挪。哈米什受不了的样子，皱着眉头看着我的奇怪举动。

“我还是不明白你为什么要折腾那个棋盘。”他佯装恼怒地摇了摇头，“不管怎样，他们在纽纳姆找到了艾琳的菲亚特，它停在格兰切斯特草地另一头的路边停靠区，到处都是凹坑。就在滑轮草地旁边，往前一点就是进入格兰切斯特的公共人行道。

我脑子里“滴答”响了一声。

索菲亚在日记中提到过几次待在她的菲亚特车里监视埃文斯

的房子，空间狭小，很不舒服。卡门·米兰达·斯科特-托马斯前天晚上看到过这辆菲亚特。所以，索菲亚肯定是在监视马克和克莱尔。那就是为什么她的菲亚特会停在格兰切斯特草坪的尽头。但是，为什么她要四处窥探呢？她在找什么？到底发生了些什么事情，最后导致了她葬身水中？

我对着录音机说："死者的黑色菲亚特找到了，在格兰切斯特草地的尽头。"

"刑侦科去了，"哈米什说道，"和玛杰里一样，他们也希望能在今天结束之前拿出报告。"

"康定斯基酒店。"

"汉斯，别着急呀。我正要说呢。康定斯基的客人名单里没有马克·亨利·埃文斯。但是 2013 年 9 月到 2014 年 7 月之间，有一对亚当斯夫妇经常出没，男的叫马修，女的叫维罗妮卡，他们一共入住了十二次，大多数都是在周末。正如你说的那样，房间号是 261，都只待一晚上。"

"这就更好了。"我说完后，对着录音机说道，"康定斯基酒店，十二次见面，两次录像。"

"维罗妮卡·亚当斯肯定就是索菲亚·艾琳，"哈米什说道，"如果是这样，她肯定就是埃文斯的情妇。"

我惊奇地扬起一边眉毛。也许时不时地，我的副手还是能够跳出框架思考嘛。

"说得好，"我说道，"正是这一点，埃文斯才这么令人作呕。我第二次去艾琳的住所，拿回来一根记忆棒，里面记录了六次这个女人和埃文斯的'床上体操'。"

"什么？艾琳录制了性爱录像?"他的嘴巴一下子张得很大。

"没错，"我点点头，"我猜是为了勒索。"

"可为什么呢?"

"我得读完她的日记。"

"埃文斯还真他妈的可疑，"哈米什说道，"忍不住就要想是他干的。但谁是凶手，我们不能下结论，还是得等验尸报告出来。毕竟我们在艾琳的尸体上没能找到任何外伤。"

"好了，哈米——"

"《犯罪学教程》里说我们不能对犯罪性质和行凶者的身份贸然下结论。"

我叹了一口气。哈米什又变成了目光短浅、亦步亦趋的教条主义者，再跟他讨论只是浪费我的时间。我应该给他找点事情做。

"我需要艾琳更多的信息，"我说道，"特别是她的背景。她父母的详细情况，不过他们有可能都去世了。她可能有个叫艾吉的继母。她所有学校教育的情况，大学教育等。二十年前，她可能是剑桥的学生。"

"她以前是剑桥的学生?"哈米什冲我眨着眼睛。

"也许是。"

"那我们这位金发女郎不仅有大胸，还有大脑了?"

成功有四个变量。但不幸的是，没人知道这四个变量是什么。

——马克·亨利·埃文斯，《存在天注定》草稿

十三

索菲亚

2013 年 12 月 1 日

觉得自己挖到猛料了。今天早上哆哆嗦嗦地在菲亚特里待了他妈的五十五分钟。等待。哈欠。咒骂。两眼蒙眬，还要狠命地盯着远处的大宅子。我惊奇地发现，她从家里出来了。跳上她的路虎揽胜，迅速开走了。我旋转钥匙，点燃引擎，谨慎地保持距离，跟踪她开出了纽纳姆。顺着沼泽路而下，沿着特兰平顿街而行。我觉得她肯定是要到维特罗斯买东西。

但是，她车头往左一摆，进入了长街，然后往右打方向盘，进入了罗宾逊道。这条街，我很熟。因为这条街通往阿登布鲁克医院。爸爸发现我把日记扔在垃圾箱后，我被注射了镇静剂，处在监控之下，在那家医院待了二十二天。只要意识到自己在病房里，我就会尖叫，尖叫到自己的眼珠子都要掉出来，尖叫到嗓子冒烟。

她停好车，下车，从主楼的前门走了进去。我犹豫了。双开门就在前方，里面潜伏着恶魔。黑乎乎的尖锐碎片，曾经撕裂了我的灵魂。但是我咬紧了牙关。我对自己说，必须进去。我必须知道她来干什么。

于是，我深吸一口气，跟了上去。

大厅很大，装饰都变了，肯定翻新过。但周围的人看上去还是一样的。穿着白大褂的医生大步走来走去。穿着蓝色制服的护士穿梭往来。空气的味道还是没有变，刺鼻的消毒水味道。所有的医院都是这种甜腻到有些病态的气味，掩饰的是骨子里的腐烂。掩盖着正在慢慢腐败的人类存在。

就在这个时候，我呼吸急促起来。喘不过气。眼前闪过一幕幕自己在阿登布鲁克饱受折磨的场景。我看见手一双双伸过来，把我扑倒。医生一个个垂着眼睛，盯着我看，觉得我无可救药的表情。护士一个个把尖尖的针戳在我的胳膊上、大腿上。他们还大声嘀咕，说要不要把我的嘴堵上。他们给我套上了约束衣，不让我挣扎。他们把我锁在房间里，压低了嗓子在外面交流。声音很低，但我还是听见他们说我没救了。阿登布鲁克的医生对我无能为力了。我该被送到合适的精神病院，也许还会好起来。

索菲亚，振作起来。

我就近靠在墙上，大口大口地喘着气。我想要平复沸腾的思绪。压制如潮水般涌来的惊恐，这份惊恐要击碎我的灵魂。我要冲刷掉过去。我需要动用所有的意志力，克制住，千万不要尖叫着冲出大厅。

谢天谢地，我的脑子再次回归正常的运行模式。我看到一个护士挂着关切探询的表情朝我走来，立刻就恢复了。我知道，我必须继续前进。必须看起来正常，不能歇斯底里。阿登布鲁克医院的医护人员服务热忱，他们会把我扔到轮床上，再次绑得结结实实，这是我无论如何都不想看到的一幕。他们会用吸满镇静剂的针筒给我注射。

身处医院，看上去身体不适，绝对要不得。这就好比在法庭上表现出一副有罪的样子。

我甚至能够做到镇静，还想到了她已经不见了好一会儿。大厅尽头有门。长长的走廊，没有什么亮光。走廊通往主楼边的配楼。我太熟悉了。

精神科。

即使歇斯底里的情绪在嗓子眼冒泡，我也逼自己追踪她。我现在这样真是又滑稽又讽刺：为了挖到猛料，我**主动**踏进了精神科。就是这里，十七年前，我滑进了多年的耻辱经历。就是在这里，我的希望和梦想都成了泡影，不可及的泡影。

继续前进，索菲亚。

我很快就意识到她消失在迷宫一样的走廊里，完全不知道她去哪儿了。我蹒跚着走上走下，几分钟的时间，竭尽全力控制自己不要号叫。我肯定是把她跟丢了。就在这时，我眼角瞟到她出现在一个角落，就在通道的另一头。顿时全身涌过一种难以置信的窒息般的解脱感。

一位相貌堂堂的男子，银灰色的头发，迎她走进了诊室。门关上了。

我赶紧走了上去。

门上的牌子写着，27 号房间：赫尔姆特 · 容，外科学士，博士，医学研究理事会精神科。

那么，赫尔姆特 · 容，外科学士，博士，医学研究理事会精神科，很快这位医生就会进行两种会诊了。消过毒的 27 号房间并不舒服，有些会诊就将在这里进行。

给疯子会诊。说得委婉些，就是精神障碍者。如果精神正常，就不会找精神病会诊医生。走进那扇门的那个女人肯定有精神上的功能失调。

他还会和我交涉。

和马克 · 亨利 · 埃文斯一样，这位外科学士，医学研究理事会精神科博士，医生赫尔姆特 · 容，有了跟我共度好时光的机会。

幸运儿呀。

2014 年 5 月 10 日

好长时间没有写日记了。事实上，好几个月了。好事连连的时候，真是没有写这个的冲动。有事情想要咆哮一番，写东西就更让人想要宣泄。反过来，有事情想要炫耀，写东西更为让人享受。真的，就这点意义，所以我还在写日记。单日人和双日人写日记是为了生存。我不是。但我的日记有更为高尚、更为宏伟的目标。我的日记是**他妈的报复日志**。

今天，我有权得意傻笑。事情按照我的意愿在发展。我挖到了猛料。

结果还不仅仅是猛料。

真是肮脏呀。黏糊糊的、腻嗒嗒的污秽。

她的医疗记录就是这么说的。刚从容医生的硬盘里收获来的。

想一想，我应该感谢爸爸给了我灵感。虽然他做了很多错事，但他活着的时候，还是说过有用的东西。

“成功是由两个变量决定的。”他说。

决心。还有钱。

或者换成“意志力和金钱”，他对艾吉就是这么说的，眉毛还得意扬扬地扭了扭。他都不知道我在偷听他们谈话。

“砸够了钱，问题就蒸发了。”他又另外补充道。

艾吉把他的话记在了心里，狠狠地记住了。2008 年冬天，爸爸心脏病发作几周后，她肯定是贿赂了圣奥古斯丁的医生。慷慨地掏了腰包，她得到了想要的诊断。他们出示了一份权威证明，简洁扼要地说我的状况还不能照料父亲的产业，害得我在外赫布里底群岛行尸走肉地多待了几年。

现在，我既不缺决心，也不缺钱。我有的是意志力。相比在圣奥古斯丁的时候，我也有的是金钱。

但是，爸爸低估了第三个变量的重要性。

诱惑的力量。特别是配上紧身的黑色连裤袜和淫荡的深红色内裤，效果更好。

男人都一个样。无论是小说家，还是精神病学家，都是一个样，都是裤裆里的那个东西说了算。想要进入他们的硬盘，唯一需要忍受的就是另一种形式的硬盘（准确地说，就是大力的抽插）。容医生的密码很简单，不过就是过世妻子的名字。现在好多医生都远程访问他们的工作记录，这一点也帮上了忙。口袋里装着巴掌大小的小巧电子设备。

真是方便。

和这位容医生——外科学士和精神科的博士，我甚至没遭什么罪。虽然他已经到了令人起敬的六十四岁，相貌还是不错的。他也没有脱发（一头的银发，看起来很性感，就像雪豹一样）。他老婆死了一年，他技术有点生疏，但床上功夫也不赖。

顺便说一下，精神病医生的秘密也是不少呢。比如说，一次，他一不小心就给一位老年病人开了每天 25 毫克的安定，连续四个星期，而正确的剂量应该是 2.5 毫克。他卑躬屈膝地写了一封信给那个可怜的女人，求那个女人不要起诉他专业上的过失。

那个女人居然没有上瘾，也没有告诉别人，他可真幸运。

两万五千英镑，问题解决了。

而克莱尔·埃文斯的病例也是同样精彩，她长时间服用抗抑郁药物，这就更有趣了。忘记按照医嘱服药，她就会有自残的倾向，两次用刀切伤了自己。这两次事件都很糟糕，赫尔姆特让她住进阿登布鲁克医院，留院观察。2013 年 4 月，她第二次来医院，还缝了两针。在医院待了一晚上，处于严密观察之中，以防她再次自残。抗抑郁药增加到更厉害的剂量。

她身体依然好得很。

啊哈。这个墨守陈规的贱货有个肮脏的小秘密。

她割腕，有自杀倾向，是个抑郁症患者。

真有意思。

恰好，我很清楚一些关于自杀的事情。

自杀或自杀未遂在圣奥古斯丁是常事。一次，我看见一位病人想要从窗户跳出去。而我们的楼只有三层高。一位路过的护理员反应迅速，把她一把拖了回来，然后就给她上了药，让她人事不省。有个褐色头发的女人，住在我隔壁的第四个房间，效果要好得多。她用脑袋撞房间的墙壁，然后就撞碎了。脑袋碎了，不是墙壁碎了。那个浅金色头发的女人住在我隔壁第八个房间，她死得还挺时尚的。她把爱马仕铂金包的带子系在了床单上。天知道她从哪儿搞到的那个包（至少她在功能性配件方面还是挺有品味的）。天亮之前，看护最大意的时候，她从房间溜了出来。太阳升起来后，他们才找到那个女人，在后院的一棵矮白杨上挂着呢。从那以后，只有不怎么疯的疯子才能在后院走走了。只有不会威胁自己生命，或者不会威胁他人生命的人才能去。

比如说玛莉丝卡·范·戴克和我。

我从来没有试过自杀。即使我掉在最黑暗的深处。即使我仇恨被监禁的每一秒。我都从来没有想过要自杀。

在我的内心深处，我本能地就是想要活下去。

我忍得下来。

不像那个吞药丸、割腕的克莱尔。

她的病例启迪人心。一个单日人，什么都有了，还是不幸福，这还真有可能。

我想了很久，但我想明白了。网上的照片就是答案，她看上去总是不在自己的舒适区。身处双日人经常出入的聚会和其他场合，她有时甚至处于恐惧当中。她丈夫那个群体的双日人，富有，受过良好教育，那些人远在她本来阶层之上。在记忆和理解这个世界方面，那些人的能力是她的两倍。文雅精致的人。这些人肯定让她感到相形见绌。

她是嫁给双日人的单日人。她无法融入自己丈夫的世界，永远进不去。单日人和双日人就不能在一起生活。在一起，其中一个人就要变成疯子，甚至是不想活了。

我期待利用这点龃龉。

当然要在恰当的时机。

耐心，索菲亚。

耐心。这是走向成功的第四个变量。

在圣奥古斯丁待了十七年，耐心，我做得到。

2014 年 7 月 31 日

运气真好。真是天上掉馅饼，我都不敢相信了。幸运真是偏爱等待的人。

今天晚上早些时候，他打电话来。先是给我道歉，说我们下一次见面得等到八月下旬了。他说要带克莱尔到尼维斯待两个星期。

我知道原因。毕竟容医生就开过这样的处方，要经常到气候温暖的地方，遏制妻子的抑郁。"阳光、大海和性生活，"他写道，"从长期效果来看，可能会胜过依他普仑和去甲文拉法辛。"

马克优先考虑自己的妻子，有那么一瞬间，我还真想冲他尖叫。那个单日人，愚蠢，想自杀。但我知道马克肯定没有按照医嘱跟他妻子上床，就平静了。他在别处上了床。一个男人也就只能折腾那么多。就算是色情狂也有限度。裤裆里的那个东西不是随时都能干活儿的。从加勒比海回来的男人，晒成性感的古铜色，干起来才更带劲。

所以，我闭紧嘴巴，听马克要给我说的第二件事情。

他决定要动手了。多年来，他都渴望从政，现在终于要行动了，他准备作为独立候选人竞选南剑桥郡的席位。作为深受喜爱的作家，他想得到的都得到了。名声、财富，还有诸如此类的东西。是该想点别的东西了，更大、更好、更让人满足的东西。政界，进入政界他就可以影响到别人的生活，甚至是改善民生。

这些新动向意味着两件事情。他说。

我们的关系必须更加小心，要严防别人发现我们的关系。必须另外找一个更为隐蔽的地点。康定斯基酒店的公共大厅，那儿已经不适合了。他会调查一下，在伦敦租一个精致的公寓，也许就在切尔西[1]找个地方。只要有合适的机会，他就会第一时间给我钥匙。

我当时想，马克真是和纳尔逊太不一样了。当年，纳尔逊在伦敦公开炫耀自己的情妇。但是想要从政的马克·亨利·埃文斯却打算把自己的情妇塞到切尔西隐蔽的衣橱里。

他补充道，我们不可能再像以前那样频繁见面了。周末的时候，他很可能要在剑桥进行竞选活动。

好的。我柔声说道。

过了几分钟，他说再见，语气荡漾着轻松的感觉。我说的话肯定是让他倍感欣慰。啊，我是一个善解人意、小心谨慎的情妇。我要淋漓尽致地扮演这个角色。但是，挂上电话之前，我还得掩盖住欢欣的语气。真是天上掉馅饼呀，真是想都想不来的

---

1 文艺界人士聚居地。

好事。

这么说，马克 · 亨利 · 埃文斯就要进入政治舞台这个虎穴了。

真是天大的好消息。政治的世界是如此野蛮残酷。全国的媒体，还有地方媒体，把这些想要进入政界的人一个个解剖得彻彻底底，他们的竞选平台、过往的记录、时尚品味、谈话中的种种失态、个人生活、见不得人的家丑。

首当其冲的就是情妇。

有自杀倾向的抑郁妻子。

马克 · 亨利 · 埃文斯把自己的脑袋送到了我门前，放在盘子里端了过来。现在，我知道了，2015 年的普选就是他垮台的开始。比我想得还要快，比我想得还要摔得惨。野心大，往往会从更高的地方摔下来。啊，政治那种摄人魂魄的快乐，充满美妙的各种可能。摧毁是美妙的行动。我要看着他慢慢地被毁掉，一层层地毁掉，一点点地毁掉。

懂得等待，就会等到好事，也会等到恐怖的事。

我等了很久了。

一个人有怎样的智力、怎样的洞察力，研究他的眼睛，你就会得到所有的答案。看他够不够聪明，能不能隐瞒住自己的秘密。

——《犯罪学教程》第四卷（牛津大学出版社，1987 年）

十四

汉斯

距离这一天结束还有 9 小时 30 分钟

靠听别人说话，这位精神病医生肯定收入不菲。他点着头，表示自己在注意听，从来不打断对方说话，同时手心朝上，表现出一种开放的身体姿态。

正如索菲亚日记上说的，他一头的银发真是很漂亮。

我很快扫了一眼他的办公室：干净利落的家具，柔和的灯光。书柜上是亮闪闪的摆设书籍。一张舒适的沙发摆在房间的一个角落，还配有松软的浅蓝色靠枕。房间里甚至还有一股好闻的白麝香味道。这里就是那种可以敞开心怀谈论自己的地方。完美。

“嗯，容医生，”我决定开门见山，“你是这家医院的精神病医生，双日人。”

“没错。”

“你有一位叫克莱尔 · 埃文斯的病人？”

这位精神病医生的脸上掠过一丝诧异。

“嗯……是的，”他又点了点头，“如果我研习日记没有出错的话，她是我最初的一批病人，那时我还是初级咨询师。”

“她有什么样的精神问题？”

“我不能说，”他坚定地扯了扯嘴唇，摇了摇头，“保密。”

“她有抑郁症，”我说道，“有过两次轻微的自残。第二次自残，她割破了自己的手腕，在阿登布鲁克医院住了一天。从2013年4月开始，你就给她开了双倍剂量的抗抑郁药。”

这位医生的眼睛瞪得就像子弹弹孔那么圆。

“你……你怎么知道这些事实的？”他说道，“她本人告诉你的？”

“另有渠道。”

“那你来这里是为了什么？”

“证实一下我知道的东西。”

精神病医生眨了眨眼睛。

“比如说，我知道，你给一个病人开了每天25毫克的安定，连续四个星期。你给了那个女人一张两万五千英镑的支票，让她不要起诉。”

他喘着粗气。

“给阿登布鲁克医院的上层指出这个小小的事实，对我来说不会是难题，”我拿出了最和蔼可亲的态度，“事实就是，我以前也和你的上司有过书信往来。”

“督察，你想要什么？”他的眼睛眯成了一条缝。

“我想让你对我坦诚相待。我反正也知道埃文斯太太的病历，但是有几个相关的问题，我可能用得上你的专业意见。她抑郁的原因是什么？”

“我也不能给出准确的答案，”他微微皱着眉头，摇头说道，“治疗了她这么多年，也是没有确切答案。”

“那她抑郁的类型是什么呢？”

他还是犹豫。

“容医生，25 毫克，”我轻声说道，清楚地吐出这几个字，“这安定的分量真是不少，不是吗？”

他无奈地哀叹了一声，抬起手掌，做了一个默认的姿势。

“我要查一查医疗记录，准确起见。”他说道。

“当然了。”

这位精神病医生掏出巴掌大的电子设备，敲了几下，然后才回答。

“克莱尔·埃文斯虽然有临床抑郁的表现，但并不是教科书式的抑郁症患者，”他一边看，一边读道，“她也不属于典型的双相障碍[1]，但是使用双相障碍的药物有效果。过去，我也试着让她服用过三环抗抑郁药，但是有副作用——”

“你还没有回答我的问题。”

“督察，精神诊断是很棘手的。更像艺术，而不是科学。我认为她是非典型情绪不稳定病例。”

“偶尔会导致自杀倾向。”

“督察，‘自杀’这个词不对，”容医生颇用力地摇着脑袋，“我并不认为埃文斯太太有自杀倾向。她的两次自残行为是一种

---

1 双相障碍属于心境障碍的一种类型，指既有躁狂发作又有抑郁发作的一类疾病。

处理深层情绪问题的方式，或者说是释放被压抑的挫折感的方式。”

“她的个人情况引发的问题？”

医生沉默不言。

“比方说和配偶关系艰难？她本人是单日人，嫁给了双日人，这个事实加重了她的问题？”

他的眼睛瞪了瞪。

“你可以这样说，”他叹口气，点了点头，“她总是把自己和她丈夫比较，特别是记忆上的局限。我们可以这样说吧，这会造成长期的自卑。”

所以索菲亚对克莱尔·埃文斯的猜测可能是正确的。这个死去的女人比我想得要敏锐。

“顺便问一下，你有没有与一个叫索菲亚·艾琳的女子有过性关系？”

震惊的表情在容医生的脸上一闪而过。但他挺直了腰板，咬紧了牙关。

“我的性生活和这个有什么关系吗？”他反问道，同时手心朝下，表现出了更具防御性的姿势，“你这是哪门子调查？”

“谋杀案。”

“但是——”

“索菲亚被谋杀了。”

“什么？”

“今天上午早些时候，人们在剑河中发现了她的尸体。”

这位精神病医生张着嘴望着我。

“不，”他脸色惨白，摇着脑袋说道，“不可能。索菲亚不可能死了。”

“如果你多讲一些关于你们俩之间的事情，可能对我们追踪凶手有些帮助。”

“但是，怎么可能有人要谋杀像索菲亚这么可爱的女人？”他摊开手说道。

“这个问题提得好，容医生。”我冲他赞许地点了点头，“我正要在今天结束之前找到答案呢。”

“她是怎么死的？”他的声音在颤抖。看上去，他真是应该躺在自己舒服的沙发上，靠着软软的枕头了。

“我们还在等尸检报告，”我说，“你们第一次见面是什么时候，在哪里？”

他用颤抖的双手掏出电子日记本，输入了几个字。

“我……嗯……事实是……我们第一次见面是在下午茶的舞会上。剑桥市政厅，2013 年 12 月。我妻子去世一年后，我就开始跳交际舞。那天，索菲亚真是光彩照人。她比大多数在场的女人都要年轻，相貌出众。她朝我走来，邀请我跳舞，我觉得很荣幸。”

于是这个狡猾的小女人迈着华尔兹舞步，跳到了医生的床上。她的日记就是这个意思。

“跳舞之后，你们又有了进一步的发展，是不是？”在这一过程中索菲亚可能用上了带劲的深红色小内裤之类的工具，我想还是不要让医生知道我对此知情吧。

“是的。”医生看上去有些局促不安。

“持续了多长时间?”

“大概三个月的样子。”

“怎么结束的?”

医生皱着眉头，在日记本上输入了几个字。

“我真希望事实不是如此，”他叹着气说道，“但是，2014 年 3 月，她给我打来电话。当时我本来还想要带她去奇尔特恩丘陵玩儿，在乡下待上一个星期之类的。她说，我们在一起的时候，她挺享受的，但是她想要翻开生活的另一页。这是她的原话。”

“你当时很吃惊。”

“的确如此。我觉得我们俩关系挺好的。但我们的年龄差可能是个问题。她从来没有告诉过我她多大。对此她讳莫如深。但是，她肯定……肯定……至少年轻我二十岁。”

想要的东西搞到手了，索菲亚肯定就甩了这人。她的日记就是这个意思。

“我……我不怪她。”他说道，目光变得恳切。我们这位老练的精神病医生肯定意识到自己也是警察怀疑的对象，他可承认了自己是索菲亚的前情人。

“我们相处的时光留下的都是正面积极的事实。”他说道，为了强调这一点，他还冲我挥了挥自己的电子日记本，“索菲亚是……是……活泼外向的女人。她让我感到了幸福。我希望自己也让她感到了幸福。”

索菲亚的小说家情人说她是“精神错乱，无药可治”。索菲亚的邻居觉得她“甜美又有魅力”。她的精神病医生情人刚刚用“活泼外向”来形容她。这个死了的女人在不同的人眼里是如此迥异，真是奇特。

“她从你那儿得到了东西，这倒是让她觉得挺幸福的，”我说道，“她有没有提到过克莱尔·埃文斯？”

听到我的问题，医生的脸上又闪现出了惊讶的表情。

“没有，”他说道，脸上惊讶的表情很快消失了，茫然地皱着眉头，“我想她没有提过。我脑子里没有记下这个事实。我还是看看日记怎么说吧。”

他敲了敲电子日记本，然后摇了摇脑袋。

“我日记本上没有这个记录，”他说，“你为什么这么问呢？她们是朋友？”

“我觉得不是，”我摇了摇脑袋，“肯定不是**朋友**。顺便说一下，你应该把那个便携设备的密码改一改了，就是可以远程登录病人记录的那个。用亡妻的名字做密码，太好猜了。”

医生坐在那里，僵住了，一动不动。看到他这个反应，我想要的证实，已经到手了。我应该回去拿起那本日记，好好地梳理一番。也许，我甚至应该相信里面的东西。容医生曾经的情人为什么会对容医生苦恼的病人纠缠不清呢？我想要从中找到答案。

男人有时候就是大混蛋。

——索菲亚·艾琳的日记

十五

克莱尔

我的双手在颤抖。艾米莉想让我平静下来，她尽力了。她给我冲了一杯热巧克力，还喂我吃了点胡萝卜蛋糕。我的唇间还残留着蛋糕湿润的甜味。可是，眼泪一直顺着我的脸颊往下淌，在和马克对峙的时候，我强忍住了这些眼泪。

我用词平静，甚至有分寸。我确定无疑的语气，甚至自己都吃了一惊。

“我要离婚。”我说道。

他眨巴着眼睛，一开始好像没有听明白我的话。但是，接着他的嘴就张开了。我带着一种自命不凡的满足感跑上了楼，我知道，我重重地打击了他，就打在了他色眯眯的花花肠子上。而且还是在他要出席剑桥市政厅的记者见面会之前。时间一分一分地过去，我想要给他更重的打击。这时简·麦克唐纳给我发来短信，说她就在马克的记者见面会上，我知道这是天赐良机。

我直接就给她回短信：

“他很快就要成为我的前夫了，你应该是这个意思吧。我们要离婚了。”

盛怒之下，我觉得这是个好主意。我要打倒马克，这就是最引人注目的方式了。市政厅的记者肯定都快把他生吞活剥了。但我的手机马上就开始响个不停。我接了一个电话，一个陌生的电话号码。

“喂。”我说道。

“下午好，”手机里传来了一个兴奋的女人声音，“请问是克莱尔·埃文斯吗？”

“我是。”

“太好了。”对方的声音在快乐地颤抖，“我是《太阳报》的杰玛·戈达德。你刚才发了短信，我们都兴奋了。到底怎么回事？你丈夫劈腿了？”

我想把所有的事情都告诉她。可是没能说出口。不知怎地，承认马克爬到了别的女人床上就像一记响亮的耳光打在我脸上。作为妻子，作为女人，我颜面扫地。不管怎样，是我没能管住自己的丈夫。

我没有吱声，戈达德肯定解释为我默认了，她滔滔不绝地说开了：

“太好了。你肯定有很多话想对我说吧。如果你肯让我们独家报道此事，我们会付给你一万五千英镑。我们彻底地曝光一下你们多年混合婚姻的问题……”

我自鸣得意的感觉一下就蒸发了。我脑子里一片混乱，挂断电话，关掉手机。我发现自己需要一个关切我的朋友，一个倾听我痛苦的人，肯定不是《太阳报》揭发丑闻的采访。

于是，一个小时后，我到了艾米莉这里，还哭个不停。来到艾米莉家里，我肯定都用了一盒纸巾了。她同情地看着我，我所有的感受都翻腾起来。

我又擦了擦眼睛。

“我居然被马克糊弄了这么长时间，”我一边说，一边强忍住抽泣，“他一开始到伦敦，我就该觉得可疑，就该意识到他在那儿有了情妇。”

“这不是你的错，”艾米莉拍着我的背说道，“不要责怪自己了。”

“早就有预兆的，”我哽咽着说道，“一开始就是这样的，我就不该信任马克。他从来没有爱过我，一开始就没有爱过。我居然认为他是爱我的，真是难以置信。”

“胡说，”艾米莉一边说，一边又递给我一张纸巾，“你怎么也不会预见到今天会发生什么。宝贝，不要责备自己了。你这样，只能让事情更糟糕。马克才应该觉得自己是坨屎，你不要这样。”

“我现在该怎么办？”我擦着脸颊，说道。

“想一想你该要多少赔偿金，”她突然得意地笑了一下，给出了一个实事求是的答案，“你可以从那个混蛋那儿得到多少钱。分一半的财产，你这辈子就不愁了。你一定要联系奥沙利文律师。我才在《太阳报》看到消息，他给佩特拉·克鲁斯争取到了七千五百万英镑。”

“谁？”

“一个女演员，她发现自己的丈夫和别的女人上床了。”

我叹了口气。

“我说呀，你去躺一下，会感觉好点。”她继续说道，又怜爱地在我背上拍了一下，“你哭了也差不多一个小时了。看起来一团糟。宝贝，跟我来。我们还有一张空床。你应该休息一下。”

我应该听从艾米莉的建议，反正也想不出什么更好的事情可做。我抓起手提包，跟着她走过门厅。她把我领进了一个狭小的房间，里面有一张很小的双层床。

“躺下吧。”她一边说，一边拍了拍枕头，拉开了薄薄的被子。

我把手提袋扔在了旁边的桌子上，一头钻进被子。我闻到了陈年樟脑球和螨虫的味道，被子上螨虫和灰尘已经几个星期没有挪窝了吧。艾米莉给我盖好被子，吻了吻我的额头，赶紧走到窗户边上，拉上窗帘。

“你很快就会感觉好点的，”她说道，“等你起来了，厨房里会有胡萝卜蛋糕，当然还有热巧克力。我会给你烤你最喜欢吃的司康饼。”

她关上了门。

艾米莉认为我躺一下就会感觉好一些，但并非如此。这张床散发着灰尘和樟脑球的浓烈气味，闻得我脑袋都晕了。我起身，跌跌撞撞地走到窗户边上。拉开窗帘，推开百叶窗，结果看到的是三一学院伯勒尔学生公寓的壮观景色。

三一学院的舞会。我哀叹了一声。那天晚上，我就该明白是没有好结果的。

我蹒跚走到手提包旁边，拉出了“1995 年，夏季学期”的文件夹，我是从马克的书房里搞到的。我没花多长时间就找到了这份文件，因为他强迫症般地习惯按照时间顺序收纳，非这样不可。

我飞快地翻着眼前这堆发黄的文件，扬起来的灰尘差点把我呛住。里面有各类收据和信件；我翻过几张计划表，是五月周[1]在业余喜剧俱乐部剧院上演六场莎士比亚《第十二夜》的事情，马克可能参与了其中的制作。看到三一学院财务部门的一封信，我停了一下，信中核实的是马克的研究员津贴（夏季学期，九百七十五英镑）以及他的就餐权利（一日三餐，包括贵宾席）。

我找到了马克参加三一学院舞会门票的存根。

“标准晚礼服着装。”上面写着。**幸存者照片**[2]**：早上 7 点。马车：早上 7 点 30 分。**

门票存根后面是一张折叠起来的《泰晤士报》。我打开发黄的报纸，用手抚平了多年的皱褶。上面的日期是 1995 年 6 月 15 日。

我呼吸加重。我的日记缺少了十二天的内容，这正是其中一天。

头条标题是“父母死于康沃尔空难，五岁双日人男孩幸存”。我快速浏览了相关的文章，不明白这内容和马克有什么关系。为什么马克要把《泰晤士报》的第 11 版保存在文件夹里呢？我开

1 剑桥大学的假期。

2 参加舞会，体力好，支撑到第二天早上的人被称作幸存者，要拍照留念。

始浏览其他的小标题。我的目光落在了最下面的一篇小文章上，题目是“失踪女学生”。文章是这样的：

> 一位双日人女学生从6月12日晚失踪至今，警方寻求线索。安娜·梅·温切斯特，现年二十四岁，剑桥大学露西·卡文迪许学院毕业生。室友最后一次看到她时，她在穿衣打扮，准备参加三一学院五月舞会。警方得知，温切斯特小姐并没有出现在该舞会现场。该女子为白色人种，身材苗条，身高大约为五英尺七英寸，深棕色头发，棕色眼睛。最后一次出现时身着桃红色晚礼服，戴着长及手肘的白色手套。

我僵住了。我1995年6月12日的日记不是说我看见马克和一个穿着“漂亮桃红色裙子和白手套”的女孩手牵手吗？我快速翻着其余的文件，最后找到了另外两份折叠的报纸。第一份报纸是《剑桥晚报》的第三版，日期是1995年6月17日。大标题是“失踪的剑桥女孩令人担忧”。文章配有一张棕色头发女孩的照片，瘦瘦的，一双笑意盈盈的眼睛。

马克多年前牵手的是这个女孩吗？我紧紧攥着报纸，手指关节都发白了，接着就开始读文章的内容：

> 一位剑桥大学露西·卡文迪许学院毕业生6月12日晚上在切斯特顿地区失踪，情况不容乐观。
>
> 双日人安娜·梅·温切斯特现年二十四岁，最后一次出

现是在乔治街的卧室里。她本来计划那天晚上和朋友们一起出席三一学院的五月舞会。去年温切斯特小姐拿到了艺术史的硕士学位，今年一月开始一直在菲茨威廉博物馆做实习生。

劳拉·帕特逊是温切斯特小姐的同班同学，双日人，她表达了对朋友的担心。

"我不知道安娜为什么失踪了，"她说，"感觉完全不真实。她本来应该晚上10点钟到舞会。我们说好了10点45分在三一桥上见面，一起看烟花。但安娜没有来。我们都焦急万分，希望她能平安。这么多人都很爱她。"

剑桥警署的汉斯·理查森警官说道："女儿失踪，安娜的父母非常痛苦，这完全不符合女儿的性格。如果有人知道任何情况，请站出来。"

我觉得口干舌燥。汉斯·理查森？不就是今天早上那个灰白头发的侦探吗？他出现在我的花园里，把我的生活搞得天翻地覆。

我把手里的报纸放在一边，拿起了第三张折叠的报纸，也是《剑桥晚报》，日期是1995年6月18日。这一次，我直奔主题，目光直接就落在了下面的文章上，题目是"失踪女孩的手提包找到了"。文章的内容是：

失踪双日人安娜·梅·温切斯特的水钻香奈儿手提包找到了，地点是剑河行人桥下面，旁边就是仲夏公园圣乔治堡酒吧。彼得学院划船俱乐部的双日人学生詹姆斯·坦匹斯特-斯图尔特在一次训练中找到了这只手提包。

“我和队友正要准备出发去拜特水闸，看到桥下面有个东西漂在水面上。”他说，“我们划船过去，仔细看看。结果是女士的手提包，带子穿在了桥墩的铁叉上。”

剑桥郡警署的汉斯·理查森警察证实说，手提包里面有一张三一学院五月舞会的门票，上面是温切斯特小姐的名字。如若有人知道她的行踪，请立刻与警察局联系。

我的脑子里充斥着各种问题。为什么我没能好好研习三一学院舞会后十二天的日记内容？为什么我会把这些内容从日记中切掉？马克刚拿走了我的初夜，没两天就和别的女孩上床，发现了这一点，我精神上受到了创伤？他追求我只是为了满足自己的肉欲，发现了这一点，我心碎了？或是因为更多的其他东西，我才想要遗忘？或者是更为阴暗的原因？或者是因为这个失踪的二十四岁的女孩安娜·梅·温切斯特？

先是一个**死了**的女人。现在又是一个**失踪**的女人。

也许我不应该过度解读这些事情。也许安娜只是马克的朋友，毕竟他们都在剑桥读书。如果我的某个朋友消失得无影无踪，我也会着急焦虑的。肯定是因为这一点马克才保留了这些文章。好吧，就是这样，可我的确看到了马克和一个穿着漂亮桃红色裙子、戴着白手套的女孩在一起。但这肯定只是巧合。那天晚上，剑桥另外还有两场五月舞会。剑桥镇上至少有一打女孩穿着桃红色裙子、戴着白手套走来走去。

那天晚上，我看到的女人不可能是安娜·梅·温切斯特。不是那个牵着马克手的女孩，也不是和他上床的女孩。

或者就是她呢？

我突然想到了另一个可能性，再次慌乱起来。如果安娜就是和马克上床的那个女孩，而那天晚上，她的室友并**不是**最后一个看到她的人。我——克莱尔·埃文斯，那时还是克莱尔·布歇，看到了她正要去参加三一学院的舞会。我看到了她和马克手牵手，几分钟后打了起来。

这样一来，那天晚上，马克肯定就该是最后见到安娜的人。

我突然笼罩在了黑色的绝望之中，疯狂地想要从两周空白的记忆中挖出什么东西来，任何东西都行。我站起来，在房间里来回走动，想要从脑子里扒拉出什么信息。我一脸苦相地望着天花板角落的蜘蛛网，希望这些东西能够激发出什么回忆。我眯着眼睛望着窗外的红砖建筑。可我的脑海里还是漆黑一团，一片沮丧的空白。我想，最初就没有花工夫研习过，现在无论怎么挖空心思，也是不可能想起来的。

叹着气，我回到桌子旁边，继续翻看马克文件夹里面的东西。我翻到哈里森事务所的两张发票，我停下来看了看，发票来自剑桥的一家律师事务所，是咨询费。日期分别是 1995 年 8 月 20 日和 24 日，费用是一百三十五英镑和二百二十九英镑。真不知道马克有什么事情要咨询律师事务所。还有一张欧内斯特·琼斯[1]珠

---

1 欧内斯特·琼斯是英国的珠宝饰品连锁店。1949 年开始营业，主要经营男女首饰，有项链、手链、戒指、耳钉和名表等。

宝商的发票，两克拉的钻石戒指，日期是 1995 年 7 月 13 日，价格是一千八百八十八英镑。

我深吸了一口气，瘫倒在艾米莉的床上。

德维尔酒店楼上的阳台上，马克单膝跪地，突然掏出了镶嵌着独钻的戒指，向我求婚，那难道不是 1995 年 7 月 14 日的 21 点 07 分吗？不同于那两周的空白，我立刻就想起了这一小小的事实。另外：我张着嘴，望着耀眼的戒指，一时间一句话也说不出来。惊讶过后，我意识到马克是真的要娶我，我快乐得要飞到天上了（但我还是尽全力不要表现得太轻浮）。

附带说一下，我的左手还戴着这枚钻石戒指。订婚戒指戴了这么多年了，我跟马克说要离婚，可也忘了把它摘下来。

我咬着下嘴唇，盯着手指上闪闪发亮的宝石。房间里光线暗淡，这枚钻石还是亮闪闪的。二十年前，马克掷出了一千八百八十八英镑买了这枚戒指，我该觉得荣幸呀。一个男人至少应该花两个月工资购买订婚戒指，我不是在《大都会》杂志上看到过吗？如果那学期，马克三一学院研究员的津贴是九百七十五英镑，那他要么就是求人，要么就是借钱，要么就是狠狠地拿出了个人的积蓄，才买下了这枚戒指。

为我买下的。

但是，当初马克爱过我吗？或是因为别的原因他才求婚的？如果我们相遇的第一天，他只是肉体上对我有欲望，那为什么最后又向我求婚了呢？

我想，我是知道答案的。我不能忽视自己已经知道的事实。

深吸了一口气，我开始撸手上的戒指。订婚戒指一下就滑落了，可婚戒还是牢牢地套在手指上。二十年的婚姻，十根手指变得又短又肥，左手的无名指当然也是如此。我咬紧牙关，更狠命地拉扯。最终，猛地一下，金戒指终于被拉下来了，我松了一口气。

我把戒指放在桌子上，就好像从手上卸下了两个巨大无比的重物。肩膀都感觉轻松了许多。

我奇怪地有了解放的感觉。

但是，我还是感到一丝不安。一个个疑问就像秃鹰一般，在我的脑海里盘旋，赶也赶不走。今天上午早些时候，我肯定马克与索菲亚·艾琳的死毫无关系。我认为，马克不是杀人犯。他是个**骗子**。他和别的女人上床，让自己的妻子不幸福，让自己的妻子精神恍惚。

可是，现在又来了个失踪的女人。

我的脑子里冒出了一个念头。

也许我该跟那个侦探谈一谈，他或许能解释温切斯特小姐失踪的原因。也许还能照亮我那空洞的两周黑暗时间。跟他谈的时候，我还能打探一下我丈夫不轨行为的事情。

如若有人知道她的行踪，请立刻与警察局联系。

这个电话晚了二十年，但晚一点总比没有好。

我伸手去拿手提包里的电话。我正在掏电话，有人在外面敲门。

“进来吧。”我说。

门“吱呀”一声开了，艾米莉站在门前。因为慌张，她的脸色有点发红。

“宝贝，抱歉打扰你，”她一边在围裙上擦拭满是面粉的手，一边快步走进来，“到处都是文件，你肯定在找什么东西吧。没出什么事情吧？有没有睡着？”

“没有。”

“马克，嗯……马克打了我的座机，”她说，“他问你是不是在这里。”

我呼吸加重。

“你怎么回答的？”

“我说是的。”

“你告诉他我在这儿？”

“嗯，是的……我告诉他了。他说他要过来，跟你谈一谈。”

“他说什么？”我惊恐地瞪着艾米莉。

“抱歉。”艾米莉举起手，面粉洒到了地毯上，“但是，他来了，我们也可以不让他进门。即使他在门外大吵大闹也不让他进。不管怎么说，他不敢闹的。要知道，我对门就住着两个爱管闲事的邻居，他们肯定会手痒心痒，给报社打电话的。”

我跳起来，开始收拾东西，把马克的文件塞进手提包。

“抱歉，克莱尔。”细纹布满了艾米莉的前额，“我太傻了，居然告诉马克你在这里。但我也告诉他，因为他这样的所作所为，你在这个世界上最不想见的人就是他。”

她是我最好的朋友，我伸出手，捏了捏她的胳膊，表示我没有生她的气。

“艾米莉，说实话没什么不对的。我真烦透谎言了。即便你没说，我现在也要走了。”

“你要到哪里去？”艾米莉一脸惊讶。

“我要去见一位侦探，他也许能帮我想起二十年前发生了什么。”

“二十年前？”

“是的，1995 年的夏天。”

英国 1953 年人权法案

2007 年（修订案），第八条第一款和第八条第二款

第八条：尊重隐私和记忆的权利

1. 无论是在生前还是去世后，单日人和双日人都享有个人和家庭生活、家庭和日记被尊重和保护的权利。除非是此人在生前特别交代要保存私人日记，否则死者的电子日记和手写日记都应该被销毁，或随死者一起火化。

2. 公共权力机构不得干预此项权利，只有在以下情况中例外：公共权力机构的行为必须合法，且涉及民主社会的国家安全、公共安全，为了缓解混乱局势或是调查犯罪，公共权力机构在获得批准的情况下，可以调查死者的日记以维护上述利益。

十六

汉斯

距离今天结束还有8小时30分钟

我看了一眼墙上的钟，已经是下午三点半了。我早就该吃午饭了，现在肚子饿得咕咕叫，这才想起自己已经连续十个小时调查艾琳的案子了。我应该走出去，买点快餐。但是桌上的电话响起来了，我叹了一口气，拿起话筒。

“汉斯，”一个女人的声音传了过来，“我是前台。有个女人想要见你，她说她是克莱尔 · 埃文斯。你今天早上到她家拜访过。”

我一下就来了精神。

“派人把她送到我办公室。”

“那就菲奥纳吧。她正好路过。”

真是出乎意料的发展呀。克莱尔 · 埃文斯这么大老远地来园畔警署见我，会有什么事情呢？事实：我看人的直觉一向很准。直觉告诉我埃文斯太太是个有秘密的女人。当然了，我已经知道了她在服用抗抑郁药品，过去还试图伤害自己。然而第六感告诉我，这些都是表面现象。

几码的距离，门外出现了两个女人的身影。早上，埃文斯太太的眼睛是薰衣草的颜色，现在，眼睛的颜色暗了一两度，而且眼皮肿了。

“女士，请进去吧。”菲奥纳说完，冲我眨了眨眼睛，走开了。

“啊，埃文斯太太，”我站起来迎接她，“很高兴再次见到你。请坐。”

她坐了下来，之前她丈夫也坐在那把椅子上。这一次见面，她的手紧张得无处安放。我觉得她的手看起来也不一样了。虽然手腕上还戴着一个金镯子，可是手指上已经没有了戒指。我发誓，今天上午早些时候，我是看到她戴着一枚钻石戒指和一枚婚戒的。我瞥了一眼，手指上原本佩戴戒指的地方肤色要浅一些。市政厅记者见面会传出了消息，看来哈米什说的是真的。

“请问你来是?”我说。

她没有回答。她只是盯着自己没戴戒指的手看。事实：有时，沉默与滔滔不绝一样，很能说明问题。她一言不发，我知道这是因为她的内心波涛汹涌，矛盾挣扎。

“艾琳小姐的日记有没有说他们是两年前开始的?”她抬起头，目不转睛地看着我。透过她的眼睛，可以看到她内心翻腾混乱。

我点点头。

她叹了一口气。“我想也是。两年前，马克待在伦敦的时间多了起来。我日记就是这么说的。”

“真是抱歉。告诉做妻子的他们的丈夫可能出轨了，我也不想，可这是工作的一部分。”

她耸了耸肩。“马克不在剑桥待着，他一开始这样做，我就该觉得可疑的。但是我没能觉察出来。其实从结婚开始，就有迹象的。”

这么说来，亨利·埃文斯一贯拈花惹草。

“你已经决定要和他离婚了。”

克莱尔·埃文斯一下露出了惊讶的表情。但她挺了挺胸膛，抬起下巴。

“消息传播得真快呀。”

“肯定是我造成的。如果我没有到你家去，你就不会知道，不是吗?”

“如果你妻子对你不忠，你还想和她维持婚姻关系?”她目光炯炯地说道。

“我没有结婚。工作占据了我大部分时间。”

“你真幸运。”她说道，接着又沉默起来，又盯着自己的手看。

我等她自己开口说话。事实：沉默时间长了，大多数人都会觉得不舒服。他们通常会急于说点什么来填补空缺。着急之后脱口而出的话，最能说明问题，这是我多年的经验。

“艾琳小姐的日记有没有说马克……爱上了她?”她突然冒出了这么一句。

“我不能回答这个问题。”

她的眼睛闪过一丝放松，我应该没看错吧？一闪而过的希望，希望自己的丈夫没有爱过那位情妇？如果是这样，她潜意识里肯定还是希望和解的。

“那你还在调查马克?”

“我们在跟踪所有可能的线索。这些线索就包括了可能与艾琳小姐非常亲密的人。”

“有什么发现吗?”

“这也不能说。”

“你就像一堵石墙。”她冲我翻了翻白眼，“你娶工作为妻，所以就这样了。”

“你来这里，肯定不是为了告诉我，我像一堵石墙吧。埃文斯太太，你到园畔警署来到底是为了什么?”

她张开嘴巴，什么都没有说，几秒钟就闭上了。我再次等待她开口。

“我……嗯……我来是为了向你打听一个叫安娜·梅·温切斯特的女孩。”

“安娜·梅·温切斯特?”这次轮到我露出惊讶的表情了。

“是的。她是剑桥的学生，1995 年在去往三一学院舞会的路上失踪了。你是当年调查这个案子的警官，至少当年的报纸说是你在调查这个案子。”

没错。事实：1995 年，安娜·梅·温切斯特的确是在前往舞会的路上失踪了。这是我刚当上警官调查的案子之一。但是，为什么克莱尔·埃文斯会对温切斯特的案子感兴趣呢?我绞尽脑汁，拼命想克莱尔和安娜之间有什么关系。但是，我的脑子一片空白。

“你为什么对她感兴趣呢?”

“那年6月13日到24日在我脑子里就是个黑洞，”她说道，脸上突然出现了胆怯的表情，“所以我就找了这期间的几篇报纸文章看看。其中就有安娜的消息。希望你能多告诉我一些关于她的事情。”

这真是古怪有趣。

“你没有这十二天的日记？”

“我，嗯……以前有的。但是，我，嗯……可能给弄丢了。”

我目瞪口呆。丢失日记可不是小事。日记就是与过去相连的生命线，除非是没法子，否则怎么也要保留下来的。事实：《个人日记保护法案（1995）》规定公民必须在家里安装保险柜来储存日记的复印本，减少了盗窃和敲诈勒索的事件（但公共场合携带日记本引起的失窃依旧是个问题）。

“丢了？根据《个人日记保护法案》，你应该报案，你报案了吗？”

“嗯……没有。”她的眼神非常尴尬，“这样说吧……我也许应该在家里再找找。”

“但是在丢失日记之前，你肯定努力研习过这几页的内容吧。”

她的下唇在颤抖。

“也许不够努力吧，”她叹了口气说道，回避我的目光，“这几页不知道放在哪里了，就这么回事吧。所以我就来这儿了，希望你能告诉我安娜最后怎么样了。”

“埃文斯太太，”我也叹了口气，“我在调查刑事案件，忙得不可开交，你甚至也知道我在调查什么。很抱歉，我现在的工作不涉及过往的失踪案例。”

“求你了，督察先生。”她的声音带着刺耳的绝望，“至少告诉我那个女孩怎么样了？你最后找到她了吗？”

也许我应该回答她的问题。毕竟克莱尔·埃文斯也和我一样，是个单日人。单日人之间应该互相照应。（否则还有谁会照应他们呢？）事实：失踪的少女，就像没人回答的问题，的确让人内心煎熬，这种感觉我自己是知道的。

“我查一查吧。”我一边说，一边转身在身后的架子上寻找一本紫色的笔记本，上面写有“强迫失踪和主动失踪：教训总结”这几个字。把笔记本拿在手里，我查找标注了“U-V-W”这一列。荧光笔重点标注的一栏内容吸引了我的目光。

冯·迈耶，丽莎。可怜的丽莎，我还能写什么呢？我本来有机会在一天之内解决她的案子，却没能做到，我一辈子都会因此而不安，痛彻心扉呀。[注意：我应该——

心口一阵痛楚，心跳都快停止了。我几乎不能呼吸。我强迫自己不看丽莎这一段内容，继续看这一列下一段落。

温切斯特，安娜·梅。1995 年 6 月，在去三一学院五月舞会的路上失踪，十九天之后出人意料地出现在朋友的公寓门前，蓬头垢面，饥肠辘辘。医生说她的压力水平高得吓人。问及失踪的原因，她就像个牡蛎一样，死活不开口。很遗憾，从她那儿，我什么信息都没有得到。[注意：问询温切斯特之后，我觉得自己应该更多地学习提问技巧。伦敦有“与人交谈，获得有用信息”的课程，下一轮的课，我要去挤一挤，报个名。]

我抬起头，看着克莱尔·埃文斯。

“是的，找到了。”我说。

“找到了？**真的**？”

“失踪后十九天找到的。”

“感谢上帝。”她一脸轻松，“她遇到什么事情了呢？”

“不知道。”

“她最初是为什么失踪的呢？”

“她不肯说。”

“好奇怪呀。”

“干我这一行，常看到古怪的事情，”我耸了耸肩说道，“因为人就古怪，总是做奇怪的事情。真是糟糕，人就是这样，这是事实，所以我们这些可怜的侦探才整天头疼。你以前跟安娜熟吗？”

她摇摇头。

“那她的案子和你有什么关系呢？”

她望着我的棋盘，过了几秒钟回答。

“我只是觉得不寻常而已。正好时间也和我记忆迷失的那几天吻合。”

我感觉到克莱尔·埃文斯闪烁其词。一个人二十年前失踪了一段时间，为了这个，大老远地跑到园畔警署，只有绝望的人才做得出来。

“有人为安娜的失踪烦恼，你认识那个人?”我决定追问下去。

“我不知道马……”她生生地把话吞了下去，“不，我不认识。”

我突然想到了什么。

“也许是你的丈夫?差不多的时间，你丈夫不也是剑桥的研究生吗?”

她紧紧地抿住嘴唇。但她挺直了背，喃喃地说道：“不，我觉得马克不认识她。”

“你肯定?”

她点点头，但我感觉到她在隐瞒什么。

“顺便问一下，你能说一说你丈夫昨天干了什么吗?”

我突然换了话题，她眨巴着眼睛望着我。

“我必须回答你的问题吗?”她的目光暗淡下来，反问道。

“不，不是必须的。”我保持平静的表情，“但我也回答你有关温切斯特小姐的问题。我的问题涉及的是你想要离婚的男人。”

她叹气。

“好吧，”她说道，“马克昨天在家。”

“他没有离开过房子?”

她摇头。“没有。我昨天感觉不好，大部分时间都在床上。他一天都不停地过来看我状态怎么样，还给我做了午餐和晚餐。但我一点都没有胃口。”

“出什么事情了?”

她犹豫了好长时间，然后才回答。

“情绪有点低落。”

听得出来，她的声音里明明白白就是诚实的味道。

“知道为什么吗？”

她闭紧了嘴巴，过了几秒钟，摇了摇头。

“不知道。”

她的眼神变得浑浊，她很有可能说的是实话。

“前天呢？前天你丈夫在干什么？”

“等一等。”

她打开手提包，里面塞满了发黄的文件。她掏出电子日记本，皱着眉头敲了几下。

“马克在书房吃的午饭，吃完饭好继续写作，”她一边说，一边抬起眼皮望了我一眼，“吃了晚饭后，他又回到书房，继续做事情。我觉得他星期四没有离开过家。”

我感觉埃文斯太太是按照日记本上的内容实话实说的。今天早上我盘问她丈夫的时候，她丈夫也是这样说的，细节吻合。哎。

“谢谢你。”我说道。

“我必须走了。”她一边说，一边把电子日记本放回手提包，然后猛地合上了包。她站了起来，看起来比坐下去的时候高兴了一点。但是，就在她要朝门走去的时候，她两只眼睛直直地望着我。

“马克没有杀害索菲亚·艾琳，”她坚定地扬起了下巴，“没错，他和别的女人上床了。因为这个，我要跟他离婚。但马克不是凶手，他不是会出手伤人的那种人，这是我确定无疑的事实。”

“希望你是对的。”

她叹口气。

“好吧，督察，谢谢你花时间回答我的问题。”她说完就走出了房间。

安娜·梅·温切斯特？什么鬼。

我正打算冲下楼梯，去资料室，这时我发现菲奥纳又出现在了我门口。她脸上挂着一个大大的微笑，大小与手里的塑料袋差不多。

“看你这样子，着急到什么地方去啊，”她一边说，一边把手里的东西拿给我看，“但还是先调查一下这个三明治吧。”

“菲奥纳，你真是救星，”我一把从她手里抓过包装袋，“我怎么才能报答你呢？”

“刚才你就是一副饿了的样子，”她咯咯地笑道，我则是赶紧撕开锡纸包装，把面包塞进嘴里，“我知道早就过了你的午餐时间了，日记上就是这么写的。我可怜你了。不过，报答我也容易。这周你也请我吃午餐就行了。”

我平时的午餐时间，菲奥纳居然写在日记里，还用心研习了，我觉得有些感动。她还如此艺术地想要跟我约会，我也该赞叹才对。

“克莱尔·埃文斯还真是有个性，不是吗？”菲奥纳一边说，一边又冲着我眨了眨眼睛，“不过她丈夫决定占领更高的山头，我也不觉得奇怪……”

“喵。你真狡猾得像一只猫。”

“我只是说了实话而已。她还真是没法和彼得电脑上的那个女人相比呀。克莱尔的曲线全长错地方了。”

“一旦结婚，人就是要多长几磅。这是事实。”

“哦，我的天呀。”她冲我翻了翻白眼，“你是在替克莱尔·埃文斯辩护吗?”

“当然不是，”我一边摇头，一边想要体面地把剩下的三明治一口吞下去，“我只是指出一个显而易见的事实。”

“哈。你是不是喜欢大胸的金发女子?”

我想要叹气，可是嘴巴里塞满了香煎培根。我觉得菲奥纳是在和我调情，也有可能是想要知道我对女人的真实喜好。

“案子调查得怎么样了?”看着我脸上的表情，她轻轻笑着说道。

我吞下了剩下的三明治，然后回答道：“还是问题比答案多。埃文斯太太意外来访，增加了我心中的疑团，甚至是成倍地增加了。”

“大胸金发女人可能不好对付哦。”她突然得意地冲我笑了笑，“找一个棕色头发的瘦女人，更温顺，你可能过得要好些。”

“也不一定。”我一边说，一边忍不住看着桌上索菲亚的相册，好多照片，里面的她都还是以前那个棕色头发的瘦女子，“要知道可是有个头发乌黑的美女站在我面前，心胸开阔，肯给我买午餐呢。”

菲奥纳尽力掩饰脸上的微笑。我必须保持电脑科主任对我的好感，可是我也不能给她过多的想象空间。今晚我应该把这些事实写在日记里：即使对方有着可爱的眼睛，还穿着令人着迷的豹纹裤，我也不应该再和同事调情了。这很危险。我还想在四十五岁之前被提拔成刑事警司呢，这可是单日人从未有过的成就。

吃下培根，我的大脑又有了活力。我赶紧冲到地下室的存储室，以前的案件卷宗都放在那里。具体有多少卷宗躺在那里吃灰，没有人知道，我想至少有上万卷吧。事实：数字化需要花钱，而警署经费一向都紧张。就算等到我退休，这些发霉的老卷宗可能还是继续躺在地下室遭罪吧。

这个又大又深的房间闻起来有一股霉湿的味道，我皱起鼻子，冲向房间的另一头。我摇动柜子上的手柄，柜子顺着地板上的轨道轰隆隆地移动。大概三十秒不到，标有“W-X”的柜子和标有“Y-Z”的两排柜子之间就有了一个通道。我一下就钻进这个通道，左右上下扫视，寻找相关的抽屉。我拉出了标有“Wi-Wo”的抽屉，立马就开始翻看里面的文件夹。我看到了“温切斯特，安娜·梅”的文件夹，就在“温奇，哈利”和“温达尔，伯特兰”的文件夹之间。

我打开文件夹，找到了最上面的报告：

供刑侦总警司杰弗里·莫纳亨参考

问询温切斯特，安娜·梅

（失踪人口序列号 14745）

1995 年 7 月 9 日

我对安娜·梅·温切斯特（家庭住址：科顿，布鲁克小道 288 号）进行了问询，地点是阿登布鲁克医院，时间是

1995年7月9日。她失踪了十九天的时间（从1995年6月12日到7月1日）。

根据我的笔记，我第一次尝试问询温切斯特小姐是在1995年7月2日，问询并不成功。她摇头，拒绝解释自己的遭遇。她还冲我大喊大叫，叫我离开房间。她的医生把我推出房间，让我下个星期再来。他说，温切斯特小姐的压力水平依然高得不正常，我这样让她更为激动，妨碍她恢复。因此，一个星期之后，我再次回来对她进行第二次问询。第二次，她的神智更为清楚，但依旧不肯描述自己的经历，问询持续了十分钟。但是，我听到温切斯特小姐亲口肯定自己没有遭到绑架、袭击和强奸，也没有遭到违背本人意愿的控制。

那在这十九天中，温切斯特小姐身处何处，遭遇了什么呢？关于这一点，她本人明确表示要“保密”，因此我们也只能尊重她的意愿。她是成年人，医生也没有做出患有精神疾病的正式诊断。然而，我的感觉是温切斯特小姐有严重的精神障碍，很有可能是因为这一点她才会失踪。虽然她表达连贯，我却听不懂她在说什么。我已经起草了一封正式的书信，递给了她在阿登布鲁克医院的医生，表达了我对她精神状态的担心。

接下来，我咨询了刑侦督察西蒙·哈里斯，对温切斯特案子，我们决定结案。

汉斯·理查森警探，1995年7月10日

我摇着脑袋叹了口气。没想到呀，自己做警探的时候，写报告的风格是这么华而不实。

我飞快地翻阅着其他发黄的文件，都是多年前我做的调查记录。翻到安娜·梅的照片，我哀叹了一声。照片已经模糊不清，脸部轮廓看不清楚，就像幽灵一般。肯定是因为地下室潮湿，这张拍立得照片褪色了。从这张幽灵一般的照片上，我只能看出来她的脸很瘦，头发齐肩。

把褪色的拍立得照片放在一边，我很快地浏览面前的文件。没花多长时间，我就再次了解了温切斯特案件的一些关键事实。

1. 安娜是白人，大约5英尺7英寸高，非常瘦削。眼睛和头发都是深棕色的。这些细节都告诉了媒体。

2. 1995年6月12日，她的双日人室友玛丽·伊利斯·桑德斯是最后一个看到她的人。安娜的父亲于1994年10月再婚，两天后，安娜就搬到了桑德斯小姐空闲的房间。1995年6月12日下午大约7点15分，玛丽·伊利斯经过安娜的房间门口，看到安娜在涂抹唇彩。那个时候，安娜已经穿上了长及脚踝的桃红色晚礼服，戴上了长及肘部的白色手套。

3. 搜查了安娜的房间，没有发现任何可疑的东西。安娜的父亲和朋友都非常肯定地认为她在失踪前行为完全正常。

4. 她的双日人同学劳拉·帕特逊说，安娜给她说好了晚上10点45分在三一桥见面，一起看烟花，但是安娜没有出现。

5. 劳拉说安娜经常和大学的小伙子们出去约会，但看起来她好像没有固定的男朋友。

6. 1995 年 6 月 17 日彼得学院的桨手在仲夏公园附近的桥下面发现了安娜湿透的香奈儿手提包，里面有她三一学院五月舞会的门票（上面有她的名字），睫毛膏，粉红色的唇彩，还有一个粉盒。以下的信息没有发布给媒体：包里还有她的日记本和早孕测试棒。因为浸泡在水里，安娜日记上的墨水已经被冲掉了，无法解读上面的内容。我把日记送到了专家那里分析笔痕，安娜出现之际，报告依然还在等待之中。

遗憾的是，我没能找到安娜 · 梅 · 温切斯特和克莱尔 · 埃文斯之间有任何联系。那为什么克莱尔要特地来到园畔警署向我询问安娜的事情呢？我告诉她安娜十九天之后找到了，为什么她脸上会有如释负重的表情呢？

我再次浏览了文件夹里的文件，可还是找不到这两个女人有联系的蛛丝马迹。安娜 · 梅 · 温切斯特曾经失踪过，把注意力转移到这件陈年旧事上可能会极大地浪费我的时间。也许埃文斯太太说的是实话，她对温切斯特的案子感兴趣，就是因为时间上的巧合，她脑子里那十二天的事实全部消失了。

我应该回去调查索菲亚 · 艾琳的案子。我还希望今天就能找到杀害她的凶手呢。

我正准备重重地合上文件夹，突然注意到了几个写得很小的字。铅笔字，潦草地写在最上面的那份报告的右下角：ITR007。

事实：加入警队后，我发明了一种只有自己知道的简单密码。看到了这个密码，我就知道自己在办公室最下面，在上锁抽屉里保存有关于温切斯特调查的东西。东西上面贴有小标签，上面写着“007”。

这一点，只有我知道。

看起来有希望。我觉得自己还可以在温切斯特的案子上再花上几分钟。我把文件夹塞回抽屉，大步走上楼梯，半路上从自动贩售机上又买了一杯咖啡。

回到办公室，我关上门，打开了桌子最下面的抽屉，翻查里面的东西。没一会儿我就找到了 ITR007 号。

是磁带，没有其他的标记。

事实：ITR007 是英文缩写，代表的是“问询磁带记录 7 号”。

没错。事实：最开始当警察的时候，我偷偷录制了几份问询的磁带。有一天晚上，我的第一位指导警官啤酒喝多了，吐露说，有一次他问询一个恶棍，那个恶棍看起来语无伦次，当时他悄悄把问询录了音，之后听这份录音，就解决了案子。我受到启发，之后几次问询过程中，特别是知道对方很难对付的情况下，我都在衣服下面藏了一个声控的录音机。当然了，上面的人肯定不同意这样的举动。但当时我相信，这些磁带是未雨绸缪的举动。想着，如果有人对我的工作起了疑心，靠着这些磁带，我就有了遮羞布。如果问询的时候没留意，还可以回顾磁带里的内容。现在回想起来，当时的自己真是没有安全感呀。

但是，没有经验，又哪来自信心呢。

7 号磁带肯定是我悄悄录制的与安娜的对话。7 月 10 日的报告上说问询持续了十分钟。这点时间还是花得起的。也许在交流的过程中，安娜提到了克莱尔·埃文斯，而多年前克莱尔的名字在我看来却是无足轻重。

就在同一个抽屉的角落里有一个微型磁带放音机。我拿出放音机，把磁带放进去，按下了播放按钮。嘶嘶嘶的声音之后就是一个男子的声音。我吓了一跳（真没想到，自己年轻时候的声音这么青涩）。

男：舞会那天晚上之后，一直到你出现在劳拉的门口，这段时间你在哪里，能告诉我吗？

女：这是秘密。

男：这段时间，你经历了什么事情？

女：很多事情。各种各样的事情。

男：比如说？

女：总有事情发生的。无论你喜不喜欢都要发生。

男：但是，是什么事情呢？

女：秘密，我刚才没有告诉你吗？

男：你失踪几天后，我们在仲夏公园的人行桥下发现了一个手提包，里面的舞会门票上有你的名字。你的包怎么到那儿去了？

（沉默）

女：东西会漂起来，不是吗？

男：有人抢走了你的手提包？

女：让他们放马过来试试呢，我倒想看看。

男：那就是你的手提包丢了？

女：没有。

男：那你的手提包怎么不在你身边了？

女：我不再需要那个包了。

男：为什么不需要了呢？

女：我肩上的负担就够重了。

男：我不懂你的意思。

女：只需要钱而已。

男：你把钱花在哪里呢？

（沉默）

男：我们还找到了你的日记本，在你的手提——

女：真他妈的太看重日记本了。

（短暂的沉默）

男：那你怎么记录事情呢？你记在其他地方了？

女：我看起来是要拼命想要记住事情的样子吗？

男：我们在你的手提包里找到了一根早孕测试棒。你觉得自己有可能怀孕了？

（长时间的沉默）

女：我不想再说话了……不想。今天早上护士又在我胳膊里注射了东西。

男：但我们需要谈一谈到底发生了什么呀。请告诉我实话。

女：每个人都在问我这个鬼问题。今天早上爸爸又问了一遍。

男：因为他担心呀。他觉得你可能遇到了不好的事情。

女：哦，是的。爸爸只在乎他自己，还有和他上床的女人。一直都是这样。我早就应该知道了。

男：你为什么消失了这么长的时间？

女：什么事情都不想做呗。

男：你知道你自己什么都不想做，你也知道自己没有遇到任何事情。你还知道自己身上有现金。从这些看来，你是把这些事实记录下来了。这段时间，你还写了什么东西，可以告诉我吗？

（沉默）

男：（听得出叹了口气）劳拉说你本来应该晚上10点45分与她见面，一起看烟花的。为什么没有——

女：劳拉是个贱货。爱慕虚荣的心机婊。一直都是。我应该早点认清这一点的。

男：但是十九天之后，你还是出现在她门口。在那之前，你在哪里呢？

女：（大声地哀叹了一声）你别烦我，行不行？

男：你为什么决定要去劳拉家呢？

女：一次做贱货，一生都是贱货。你和她一样，真讨人嫌。

男：你是怎么活下来的？你吃了什么？

女：我不饿。

男：在去舞会的路上，你做了什么？路上你遇到了什么不好的事情吗？

女：男人都是杂种。那个人更是杂种。

男："那个人"是谁？

女：所有的男人都是混蛋。马克尤其是混蛋。他狠狠地欺骗了我。

男：马克姓什么？

（沉默）

男：（叹了一口气）注意了。有没有谁伤害了你？比如说这个"马克"？你有没有被抢劫，或是被绑架，或是被强奸，或是被拘禁？

女：没有。操他妈的，没有。没人抢劫我。没人绑架我。没人强奸我。也没有人拘禁我。答案是没有。我说清楚了没？发生了什么是个秘密。你能不能滚开，让我一个人待着？

男：很高兴你没有受到伤害。我这就走。

女：感谢上帝。

（录音机被关上的声音）

我关上了放音机，尴尬得满脸通红。听起来青涩就够了。更糟糕的是，《如何问询》手册一共有三百七十九页，其中每一条，我都违背了。比如说，手册上说"在问询的过程中应该是主动倾听"，还有"只有万不得已的时候才能采用诱导提问"。

我不仅是个幼稚的警探，还是个可怜的警探。

我的确应该感到羞愧。也许，我对自己的助手不应该这么苛刻。现在我只希望自己的审问技巧经过这些年的锻炼已经提高了。

我杯子里的咖啡已经变得冰冷了，但我还是喝了一大口。咖啡顺着喉咙流下去，就像酸臭的咳嗽糖浆。安娜提到了一个叫“马克”的男人。确切地说是一个混蛋的名字叫马克。当年，我没把她说的话当回事，但我真是应该进一步询问的，我应该加把劲，把马克的姓氏从她紧闭的嘴巴里掏出来。

当年我为什么不这么做呢？年轻呀，傻呀。

1995 年犯下的错误还真多呀，就像死苍蝇，越来越多。

“马克”肯定是马克·亨利·埃文斯。不可能是别人。他肯定也是安娜的男朋友，否则她不会说自己受了欺骗。这也是为什么一个小时前，马克的妻子克莱尔跑到警署来向我询问安娜的事情。

马克、安娜和克莱尔二十年前就纠缠在一起了。但怎么纠缠在一起的呢？难道三一学院舞会那天晚上马克对安娜做了什么恐怖的事情，安娜这才消失了十九天的时间？为什么克莱尔没有留下那段时间的任何事实？

《每日电讯报》2015年2月2日

殴打单日人的精神病学家认罪

一位英国精神病学家承认用棍子敲打匈牙利单日人的脑袋，还让他们遭受了严重的精神虐待，其目的是为了提高他们的短期记忆。

这位精神病学家现年四十七岁，双日人，名叫史蒂夫·坦普尔，他承认同时犯下二十五起对他人进行身体和语言虐待的案件。十年前，争议下的单日人平等基金会（EMF）拨给他一笔研究经费，他从英国移居布达佩斯，进行单日人研究。

坦普尔博士为自己辩护，说所有参与研究的单日人都签署了全面的豁免协议，同意他使用非正统的研究方法。他声称所有的参与者都渴望获得更好的记忆力。他说，大多数人都因为自己低端的工作和遭受歧视而苦恼，在高等教育和更好的报酬方面更是如此。

坦普尔博士认为他成功地复制了2005年哈佛大学在小白鼠身上进行的试验，得到了两名成功的人类案例，他这是开创性的劳动，不应该受到谴责，而应该受到表扬。他声称通过在头部反复敲打和情绪虐待，他将一位女性单日人转变成了双日人。他还说自己成功地提高了一位男性单日人的记忆力，达到了“远远胜于双日人”的境界。

但是这位所谓的由单日人转变成的双日人拒绝出庭作证，而上个星期，那位记忆力“远远胜于双日人”的单日人男性在上班回家的途中消失得无影无踪，法律观察者指出，这一事实极大地削弱了坦普尔博士的证词。

庭审还在继续。

十七

马克

艾米莉·韦德站在公寓的门口。粗腰上系着围裙，已经凝结成块的奶油粘在围裙上。我闻到了一股浓郁的融化黄油和焦糖的味道。她肯定是在厨房烘焙。

但是艾米莉咧嘴冷笑，一副不宽恕的阴沉表情。她还冲我挥舞着一把刮铲。

“克莱尔不在这里。”她说。

“但你说过，她和你在一起呀。”

“刚才是在，没错。”艾米莉眯缝着眼睛看着我，“但已经走了。十分钟之前走的。”

“我肯定她还躲在你家里。”

“我说的是实话。”她开始低声吼叫了，“我才不撒谎，不像……有些……人。”

“求你了，艾米，”虽然她尖酸刻薄地挖苦我，我还是决定求她，“我得和克莱尔谈一谈。”

“她不在这儿，”艾米莉拿着刮铲对着我，咆哮道，“你打来电话，她就走了。她说要到某个地方去，理清楚过去的事情。即使她还在这儿，我肯定她也不会和你说话的。你做了那样的事情，她不会和你说话的。她什么都告诉我了。”

“你说‘过去的事情’。克莱尔有没有提到1995年的夏天？”

我看出来了，艾米莉的眼神闪过一丝惊讶，转瞬即逝，再次流露出来的又是敌意。

“跟你没关系。你把她伤害够了，克莱尔说离婚是非常认真的。过不了两天，你就会接到她律师的电话了。律师可是要让你大出血的。”

她砰的一声摔上了门，走廊里没有了烘焙的香味。

我得马上找到克莱尔，阻止她进一步伤害她自己，进一步伤害我，进一步伤害我们两个人。但是她到哪儿去了呢？我一点头绪都没有。

我得想一想。

也许我应该站在克莱尔的角度思考问题。她偷看我“1995年夏季学期”的文件夹，肯定是非常想要了解那一阶段的某些细节。事实：克莱尔把文件夹里所有的东西都拿走了，她要么就是急于离开我的书房，要么就是不知道自己到底在找什么。

但为什么克莱尔突然对1995年的夏天感兴趣了呢？

我坐在捷豹车里，郁闷地敲打着方向盘。

可还是什么都想不到。

事实：我和克莱尔第一次见面是在1995年的5月末。克莱尔是不是铁了心要找到我俩早期关系的蛛丝马迹呢？索菲亚·艾琳这件事情就糟透了，可是那件事情更让她魂不守舍吗？如果是这样，她到底想要搞清楚过去的什么事情呢？难道是……难道是那一系列的事情让她心烦？那些事情最后的顶峰就是我们站在了三一学院教堂的神坛前。这些事情来势凶猛，叶子还没能变成绚丽的红色和黄色，我们就被迫顺着过道走向了神坛，是那些事情吗？我重重地拍打方向盘，最后的结论是我应该查看一下自己的日记，查看一下那个久远而多事的夏天。熟悉一下必要的事实。

见鬼。纸质的日记，没办法按一下按钮就调出内容来。该死的乔布斯先生，怎么不早一点发明电子日记，我启动了车子，引擎刚一点燃，我就一脚踩上油门，加速前进。我飞驰通过了格兰奇路，就没有把限速标志放在心上。

从艾米莉的公寓到我家，只花了四分钟。我猛地踩刹车，车子发出刺耳的声音停了下来，我跳出车，顺着花园的小路匆忙往下走，去往书房。一把推开门，我径直走向定制的铂金保险柜，就在房间的尽头（我想我们在个人喜好方面都是偏执狂）。事实：保险柜的密码是十二位：280276140669。我输入密码，坚固的金属门静静地从左往右滑开了。

我的纸质日记本和文件夹一样，都是严格按照日期顺序整理的。日记本排放得非常整齐，我的手指沿着其末端，找到了标有“1995 年 5 月—9 月”的那一本。我根本不知道自己该从何处开始读，想了想，就从我和克莱尔第一次见面那天开始吧。事实：第一次见面是在 1995 年 5 月 26 日。我翻了几页笔迹潦草的日记，找到了相关的内容。

这天日记的后半部分是这样写的：

我带上汉娜·阿斯特-达灵顿到校园蓝调用晚餐，结果没过几分钟，她就怒气冲冲地夺门而出，原因就是那个女服务生把笔掉在了她的膝盖上，墨水溅出来，洒了她一裙子。之后的对话真是精彩绝伦，我应该写下来。昨天我拜读了海史密斯教授的《作家的十个窍门》一文。教授说，所有想成为作家的人都应该在日记中记录真实生活中的对话，这样才能写出精彩的对话。想要成为成功的作家，就必须一丝不苟地记录自己的日常经历。海史密斯肯定是对的（但我还是暗自有一丝怀疑，书本上精彩的对话不是真正的对话，同样地，精彩的色情描写也不是真正的性生活）。

——哦，不。小姐，我很抱歉。

——天哪，看你做的好事。这条裙子是我上个星期才买的。

——小姐，我真的非常抱歉。我付钱给你清洗，或是付钱重新给你买一件。

——你个蠢货。你一个做服务生的，能挣几个钱，你怎么可能买得起这条裙子！上帝呀，我真是烦死这个地方了。到处都是愚蠢的单日人。

——冷静点，汉娜。

——马克，你应该带我去度微酒店的。我的日记说那儿要高雅得多。这个蠢货一过来，就毁了我的迪奥裙子。上帝呀，我已经没有胃口了……

我觉得紫色的墨水点洒在裙子上，倒有一种前卫的感觉，很有趣（这裙子看上去更像涂鸦风格，而非迪奥风）。

我的约会对象和我想的不一样。她提起裙摆，愤然离开了餐馆，离开之前对着可怜的女服务生更是一顿臭骂。我必须说，汉娜走了，我没什么遗憾的。有时，她陪在身边，真是让人感觉室息的腻味，而且她容易戏剧化。我猜，她想的是我要跟着她走出来，脸上还要挂着安抚她的表情。但是我决定了，阿斯特·达灵顿小姐做作又夸张，我才不想跟着她走呢。而且今天早些时候，我们上床，她让人失望之极。躺在那里，默不作声，就像一条死鱼，想着我把苦力都干完，而且奶子下垂，就像沙袋一样无趣。

然而这位单日人女服务生就完全不一样了。她的面颊就像十多岁的孩子，红润润的，整个面孔散发着孩子般天真无知的魅力。更妙的是，她弯下腰捡笔，我看到了她丰满的事业线。紧身上衣太小了，胸部几乎夺衣而出（我喜欢到校园蓝调，部分原因就是他们总是喜欢让单日人的女服务生穿风骚的衣服）。她的屁股也是让人难以忘怀，宏伟丰满。她的眼睛，虽然因为羞辱噙满了眼泪，却炯炯有神，宛如夏天烈阳。可惜我不是诗人，否则我真要浓墨重彩地用诗词描写她薰衣草颜色的双眸。她道歉，提出自己掏钱支付我被毁的晚餐。我愉快地接受了，这样就有机会更长时间地欣赏她的圆润丰满。

我看着她在餐厅里忙上忙下有二十分钟的时间，注意到另外几个就餐的男性也垂涎地望着她。倒霉，她给我端来的波尔多葡萄酒喝起来就像猫尿，这样的葡萄酒，就是那种喝低端葡萄酒的老家伙这辈子都不肯买的（或者下辈子也不会)。校园蓝调也应该学着储存一些体面的波尔多葡萄酒了。但我还是勉为其难，把整杯酒都喝完了。人生短暂，不应该浪费在劣质葡萄酒上，可是劣质葡萄酒配上佳人在场，也可口一些了。我在桌子上留下了一点小费，还有一张纸条，邀请她这个星期一晚上 7 点 30 分在度微酒店用晚餐，我向另一个女服务生（艾米莉）确认星期一是她的休息日。

我确定这个凹凸有致、电眼放光的美丽金发女子会来的。她看起来就是很容易到手的那种类型。我甚至在想，整日都是装腔作势的双日人娘们儿（还有复姓），睡着了嘴里念叨的都是卡夫卡，找可爱无邪的单日人女招待换换口味，应该耳目一新吧。尤其是这些酥胸的女招待，看见就想凑上去摸一把。

凑上去摸一把？看着发黄的老日记本，我张大了嘴。年轻的时候，我居然在日记上喷过这样骇人听闻的垃圾？那天晚上，我肯定是喝醉了，神志不清。还有劣质的葡萄酒。作家年轻时候的轻率行为和狗屁文章会成为老年的噩梦，这句话还是有些道理的。我哀叹一声，又翻了几页，翻到了星期一日记的最后部分：

度微酒店的晚餐很棒。魅力十足的金发女子［注意：她的名字是克莱尔·布歇］穿着超低领的鸡尾酒礼服出现了，整个晚上大部分时间我都在打望下面若隐若现的春光。虽然不能进行高一级的智力层面的谈话，我们的交谈也还算不错。出于某种原因，我告诉她自己想要出书，可是都失败了，特别是我几次参加《泰晤士报》的短篇小说竞赛，都没能进入初选名单。我不知道怎么说起了这个，就在龙虾肉被放在方形的盘子端上来的时候，我就滔滔不绝地说起来了。也许是因为生活中到处都是双日人，我的潜意识一直都不情愿在他们面前承认自己的失败，害怕承认自己在写作方面是个终结失败者。也许是看到她那双摄人魂魄的薰衣草颜色的大眼睛，我放松了警惕。她的确洋溢着某种富有同情心的内在美，一种安静却又敏感的同情心。用完晚餐，我更加快乐了。涉世未深的单日人女孩，如此简单的存在观点，令人耳目一新，和她们待在一起也许还真不错呢，她们不太会因为你并未成功的事情来判断你。

她迟早会答应的。如果我一直给她玫瑰，然后再点高档香槟酒，她更是会答应的。今天我点的是库克香槟77，她很是激动。这不错，我在三一学院见到的双日人丫头们很少感动。[注意：下一次我们就吃鱼子酱。我打赌，她之前肯定没有吃过鱼子酱。这样一来我就能站在有利的位置，占领她那诱人的双峰了。]

我再次哀叹了一声。**诱人的双峰**？这不仅是糟糕了，简直就是令人作呕。我正要翻过这一页。下一则日记的开头（1995年5月30日）吸引了我的目光：

今天早上喝咖啡的时候，安娜·梅·温切斯特坚持认为以后我会成为政治家。

——你通身就有政治家的气质，我从你的眼睛里看出来的。

——政治家？你肯定是在开玩笑。我一直都想成为作家。

——你会成为作家的。但是，写作不能真正满足你的欲望。

——真的？

——看你的眼睛，我就知道你是一个要不断证明自己的男人。证明给自己看，也是给周围的人看。政治可能会填满你内心的空洞。

——我们才认识几天的时间。你怎么会知道的？

她轻轻笑起来，然后回答道：

——马克，我们是灵魂伴侣。灵魂伴侣当然知道对彼此而言，什么才是最好的。

[注意：到时候还真应该认真考虑一下从政的可能性。安娜有可能是对的。就这么几天的时间，她就能这么深刻地琢磨我，也许还真是命中注定呢。]

如果二十年前安娜没有说这些话，我今天有可能就不会出席那个该死的记者见面会。多年前似乎毫无意义的对话居然影响如此深远，真是让人感到惊奇。

但是，现在我应该关注的是克莱尔，不是安娜。叹了一口气，我把日记翻到 1995 年 6 月 3 日的内容：

昨天晚上，我给克莱尔·布歇吃了鱼子酱，又给她灌了香槟，然后她就范了（我的策略成功了）。那瓶罗兰百悦香槟，我也喝了不少，大约有四分之三吧。我居然还能硬起来，真是奇迹。

做下来甚至还有惊喜，她竟然还是个傻乎乎的处女。但是，我应该猜得到才对。她脸上孩子一样的天真无知肯定是有原因的。

现在，我相信了，再也没有比“夺取纯洁少女初夜”（这种说法多有魅力呀，昨天我在《中世纪双日人文学》上看到的）更让人心旷神怡的东西了，特别是像她那样的尤物。（也许就是这个原因我才硬起来了？）现在，我明白了为什么会给殉道者许诺天堂里会有九十九位处女等着他们——或者是七十二位？早上醒来，我发现她已经在晚上悄悄走掉了，在我高潮后睡着了的某个时间走的。希望她一路上没有碰到门房主管。

这日记写得懒洋洋的，我都忍不住想要笑出声来。我觉得，一个血气方刚的二十五岁男子斩获了一两个不错的猎物，应该可以很是夸耀一番吧。年轻的马克·亨利·埃文斯的确是个白痴。

事实：接下来碰到克莱尔的经历可不愉快。我应该读一读自己的记录，也许就会明白克莱尔现在为什么会纠结于过去。我又翻过两页，翻到了 1995 年 6 月 12 日的内容，深深吸了一口气：

在外面等了四十分钟，一个女孩出来告诉我，安娜到科顿父母家去拿项链，耽搁了时间，可能要晚点。安娜终于出来了，穿着华丽的桃红色裙子（脖子上并没有项链，要么就是她在说谎，要么就是那个女孩在说谎），脚上蹬着高得难以置信的细高跟鞋。她的脸色有点激动后的潮红。让我等了这么久，她也没有道歉。她只是紧紧地拉着我的手，朝着三一学院走去，最初十五分钟一声不吭。接着，我吃惊地听到她脱口而出：

——我要离开几天时间。

——没什么不可以呀。

——你说过要带我去康沃尔度周末。你说要租一条船，这样我们就可以荡起波浪，在水面上度过一个舒适的下午。

——我日记里没有这样的事实记录。

——但都是你说过的呀。我甚至还把这些写下来了。星期五我们要去康沃尔吗?

——我不可能整个周末都在那儿。这么短的时间，没法准备。

——那我们就在诺福克郡过一个晚上。你真的说过，想要带我去沙丘上野餐。我们开上一瓶香槟，欣赏沼泽日落。

——嗯……好吧。我也没记下这样的事实。

——马克，你写日记也太有选择性了。

我耸了耸肩，然后回答道：

——我不可能把所有说过的话都记下来。

——我要离开一段时间，想一想该拿我继母怎么办。她威胁我，我都快疯了。

——抱歉，安娜。你总不会要我听你这么一说，马上就放下所有的事情跟你走吧。这可是剑桥的五月周。这周末的活动可多着呢。

——但是你说过的，你为了我什么事情都愿意做，就是最小的事情也愿意。只要我需要你的帮助，你就会做。

——我真的这样说了？

她突然停了下来，手叉在腰间，瞪着我看。

——你只是顺口一说，不是当真的，是不是？你是在欺骗我。

——别这么情绪化。

——你怎么敢说我情绪化？你怎么敢这样？

——安娜，冷静。

——我操，马克。

就这样，几分钟的时间，我们就从手牵手变成了打架。她扬起手就给了我一耳光，之前我完全没有意识到安娜脾气这么火爆。我不知道她怎么会对我发这么大的火，可能是她觉得我说的话不中听吧。在安娜的进攻之下，我必须得自卫呀，如果被打黑了眼眶，那就正好和我的燕尾服一个颜色了，我无论如何也不想这样出现在舞会上。打着打着，安娜失去了平衡，高跟鞋一歪，脑袋撞在路灯柱子上，发出了令人毛骨悚然的声响。我吓得张大了嘴巴，几秒钟之后听到她喘息着说道：

——哦，我的上帝。真他妈见鬼。

我弯下腰，想拉她起来，可是她拒绝握住我的手，甚至还想要打我。谢天谢地，我没让她疯狂的手掌打到我。最后，我走的时候，她跪在地上，蜷缩在路灯旁边，紧紧抱着脑袋，还在尖叫。

我大步走过葡萄牙街，沿着马格达莱妮街而行，前面又是惊吓。克莱尔·布歇叉着双臂，眼睛里冒着火，稳当当地站在我面前。

——我刚才就看见你了，马克。你牵着她的手。耶稣绿地那儿发生的事情，我都看见了。全都看见了。你和她上床，不是吗？我再也不想见到你。

我正想要拿出最尖刻的话：只不过是露水情而已，我们一开始就不是一对。然而我还没有来得及张嘴，克莱尔就昂首阔步离开了，免了听我挖苦。（女人们好像都疯了。）我一边咒骂这镇上的女人，一边顺着三一街往前走。看到学院外面前来参加舞会的人排成了蛇形长队，我哀叹了一声。看到派对的人群中有埃莉诺·罗斯柴尔德，穿着黄色的裙子，光彩照人，我决定和她一起……

是的，就是这个晚上，我与这两个女人的麻烦开始了。叹了一口气，我翻了几页，翻到了1995年6月15日的内容：

今天下午，我在《泰晤士报》看到消息，说星期一三一学院的舞会，安娜没有出现。最后一次有人看到她，她正在自己的房间，为舞会打扮。

我的下巴都要掉下来了，脊背一阵发凉。耶稣绿地我们分手后，她正歇斯底里，之后她到底出了什么事情？

我想要给警方打电话，想要告诉他们我护送安娜去舞会，走到半路分手的。可是我打住了。如果有人知道我和安娜先是打了一架，然后她就消失了，这就糟糕了。更糟糕的是，她失踪的前一天晚上我们还吵过架（6 月 11 日的日记是这样说的，虽然日记上还说我们后来又和好了，随即而来的性爱很美妙）。如果我要对安娜的失踪负责，那就完蛋了。如果有人，比方说，在我刚离开耶稣绿地就伤害了安娜，那我也会备受谴责，毕竟当时我们正要去参加舞会，而且她双膝跪地，心烦意乱。如果安娜因为情绪反应过大而行为冲动（比方说跳河），那我同样也要受到谴责。

一个小时之后，电话铃声响了，这个电话更加坚定了我保持沉默的决心。电话的那头传来一个女生的声音，她介绍自己是劳拉·帕特逊，安娜的同学。

——我的日记说 6 月 3 日晚上，安娜决定放我的鸽子，原因就是她想要和一个叫马克·埃文斯的家伙用晚餐。你最近有看到她吗？

我使劲吞了一口唾沫，一时不知道该怎么说才好。我决定承认我和安娜在那天一起用了晚餐，但最近没有看到过安娜（至于“最近”这个词，我的理解就是记忆所及的范围，也就是昨天和前天）。劳拉听起来挺失望的，但她解释说自己是想帮助警方调查。我答应她，如果发现了与安娜相关的事情，就打电话告诉她，同时请她有什么事情也告诉我。我手颤抖着放下电话，但愿劳拉不知道自从 6 月 3 日，我和安娜已经上床三次这件事。

突然我想到了一点。6 月 12 日的日记说克莱尔 · 布歇看到我和安娜争吵的全过程：耶稣绿地那儿发生的事情，我都看见了，全部都看见了。我这才意识到如果警察向克莱尔询问安娜失踪的事情，她就有可能说出让我获罪的事情。我必须想个办法，确保克莱尔永远都不知道那个女孩是谁。即便是她偶然知道了安娜的名字（并且知道了安娜神秘失踪的事情），我也得确保她会站在我这边。

下午 6 点 30 分，我抓上钱包，从三一学院的后门朝着校园蓝调的方向冲过去（太糟糕了，我不知道克莱尔住哪儿）。我出现在餐厅门口，她厌恶地看了我一眼。看到有顾客朝着我们这边看，我求她出来说几句话。她嘟着嘴巴，抱着双臂，拒绝了我的请求。我继续高声求她，引起了餐厅老板（我记得老板的名字是詹金斯）的注意，他走过来严厉地责备我干扰员工工作。晚上十点半，克莱尔的晚班结束了，我又来到了校园蓝调。她从餐厅里大步走出来，根本就忽略我的存在，直接从我面前走了过去。她的眼睛就像薰衣草颜色的石头。我跟在她后面，说自己那样对待她，很抱歉。但是克莱尔跳上自行车骑走了，只给我留下个冷漠的背影。

我明天会再来餐厅。我需要克莱尔站在我这边，不要和我对着干。

我一边摇头，一边叹气。事实：十二天之后，克莱尔的确原谅了我。为了证实这一点，我翻到了 6 月 24 日的日记。内容是：

大约10点45分，克莱尔出现在餐厅门口。她的目光停留在我捧着的一大束深红色玫瑰上。但她还是嘟着嘴，挺直了腰板，继续大步朝着自行车走去。我跟在她后面，态度谦卑，不停地道歉。我惊奇地发现，她重重地叹了口气，然后转过身来，眯着眼睛看着我。

——不要再对我不忠。

——对不起，克莱尔。请再给我一次机会，我会证明给你看，你才是我唯一在乎的人。

我把手里的玫瑰花束塞到她自行车的篮子里。她对我略微点了点头，就骑车走了，但是她的背影看起来轻松自如了。

虽然我觉得克莱尔快要原谅我了，但我还是要继续全力以赴，争取她站在我这边。明天晚上，我还得带上一大束玫瑰，继续在校园蓝调旁边徘徊。克莱尔好像真的非常喜欢深红色的玫瑰；我确定，穷追猛打就能打开她的心扉。

我翻过几页，翻到1995年7月4日的日记，哀叹了一声。

这一天两枚晦气的炸弹坠在我头上。上午10点，电话响了，是劳拉·帕特逊打来的。

——我打电话来，就是想给你说，三天前的早上安娜出现在我家门口。

——真的？感谢上帝。到底怎么回事？她怎么失踪了呢？

——我也不知道。

——嗯？

——她什么都没说。什么都不肯告诉我。

——我不明白你的意思。

——她还穿着舞会的裙子，看起来满脸病容，肮脏不堪。

——什么？她出现在你家门口的时候还穿着那条裙子？

——是的。裙子都烂成一条条的了。看到她小臂的擦伤，我很担心。她的头发都打结了，油腻腻的。但是更让我担心的是她的眼神。她看起来……魂不守舍。我叫了救护车。

虽然我还是担心有人把安娜短暂失踪的账算在我头上，但一种轻松的感觉还是传遍了我全身。我又问了劳拉几个问题。她说，到目前为止，无论对谁，安娜都是什么都不肯说。我觉得更轻松了，如果安娜对自己的经历缄默不言，我就怎么也不可能招惹上麻烦了。

可是轻松的感觉太短暂了。后来我在橡树店和克莱尔见面吃午饭。克莱尔来到这家咖啡馆，面色潮红，眼睛发亮。其实一开始我就应该意识到有什么不对劲的。但我正想着怎样才能跟她结束又不要太伤她的心，太棘手了。不管怎样，我已经认识到了，双日人和单日人之间的关系是好景不长。

服务生刚给我们端来了焦糖蛋奶冻，我正想对克莱尔说，你应该找一个比我更好的人。《才和女孩上了床，怎样分手才能幸免于难呢?》一书上最老套的屁话就是这个了，而我正想用这句话。我觉得，男人一旦束手无策，就会想到使用这些陈词滥调。我正要开口，克莱尔放下勺子，一只手颤抖地在餐巾上蹭了蹭，急匆匆地说了一句我一百万年也不想听的话。

——我怀孕了。

我的叉子“哐当”一声掉在了混凝土的地面上。有几秒钟的时间，我肯定是目瞪口呆地张着嘴望着克莱尔。

——不要只是那样瞪着我，马克。你倒是说话呀!

我眨巴着眼睛，怀疑的黑点一个个地在我眼前跳动。

——你确定?

我既痛苦又迷惑，好不容易蹦出了这几个字。克莱尔用力地点头作为回答。她解释说，连续五个早上，她都在珀金斯太太的浴室里呕吐，昨天她搞了一根早孕测试棒检测了一下，结果发现是蓝色线条（而且她的例假已经晚了两周），于是她今天上午早些时候就去看医生。医生确认她怀孕了，已经有四周了。

这些单日人的处女，子宫真他妈肥沃，我也只能想到这些了。我很想从咖啡馆逃走，但一种责任感迫使我坐在椅子上。我被压在那里。责任就像张着大口的深渊，我就坐在刀锋一般的悬崖壁边。

——那我们拿这个孩子怎么办呢?

我想要说，立刻打掉。我不想要这个双日人和单日人的杂种毁了我的生活，趁着还来得及，还没有毁掉我的生活。

但是我管住了舌头。如果我打掉了自己骨肉的消息传开，我的声誉就毁了。我怎么胆敢想要杀死自己的孩子呀？

我沉默的时间长了，克莱尔焦虑起来，眼神变得幽暗。

——听到这个消息，你至少是高兴的吧？

我把勺子狠狠地插进焦糖蛋奶冻里，舀了一大块放在嘴巴里。

——我们是要结婚的，对吗？

听到她的话，我差点噎住了，但我还是保持了冷静。

——我们以后再讨论这个，行不？

听了我的回答，克莱尔紧锁眉头。想要争取时间想出可行之策，我给她说，明天午餐再见面进一步讨论这些事情。克莱尔的样子并不满意，但她还是同意明天中午1点在后街咖啡馆见面。接着我就迷迷瞪瞪地回学院房间，差点就被三一街上逆行而来的自行车撞倒。

真他妈的，我到底该怎么办？我就不该在那个日子干了这个处女，真是倒霉透顶。

我皱起眉头。克莱尔想要找的是不是我刚读过的内容呢？如果是，她具体要找的是什么呢？也许是安娜的来龙去脉？不可思议呀。据我了解的事实看来，克莱尔不知道谁和我在耶稣绿地打架。

再说，那已经是很久以前的事情了。

克莱尔是想要搞清楚我们结婚的那天早上到底发生了什么吗？

我们结婚的那一天。该死的。事实：我差一点就迟到了。真是乱成一团，触目惊心。如果之前就和安娜把问题解决了，那该多好呀。如果我对她友好一点，用词更委婉一点（我居然称自己是作家）。叹了一口气，我把日记翻到了 1995 年 7 月 8 日的日记：

我决定今天早上去医院探望安娜。我轻手轻脚地走过房门，进入她的房间，不知道她看到我会有什么反应，心里害怕。但我其实不用担心。她羞怯地对我微微一笑，仿佛我们之间没有吵过架一样，然后她就垂下眼帘继续看手里的书（《爱丽丝漫游仙境》）。我站在她的床边，看到她瘦骨嶙峋，沉默寡言，完全不是以前那个火爆爆的她（我之前的日记不是写了吗？她在床上就像长了利爪的母老虎，名副其实的母老虎）。

——那天晚上我们吵架真是傻，我很抱歉。你打我都是对的，我活该。

安娜还是盯着手里的那本书。她的沉默表明她原谅我了，我的胆子大起来，就问她到哪儿去了。但她只是叹了口气作为回答。

——安娜，希望不是因为我。

——那天晚上你简直让我发了狂。我撞上了路灯。一切就回来了。

她的下唇开始颤动起来。

——什么回来了？

——过去。过去所有的事情。蜂拥而来。

——嗯?

——真相是负担。特别是你二十三岁生日之后对自己隐瞒的真相。

——你什么意思呢?

——你离开之后，我就坐在耶稣绿地那儿号叫。突然之间，东西太多了，消化不了。实在是太多了。

——我完全不懂你的意思。

——但这样也可能有好处。有些记忆是狗屎。但有些记忆又给你希望。魔鬼藏在细节当中，马克。因为细节才重要。

——我真的不懂……

——我记得我们第一次见面的那天。在菲茨维廉博物馆的大厅，就在长长的楼梯下面。我朝你走来，我看到你的眼睛亮了起来。即便是在那个时候，你知道的，我们之间就有些什么。即使我们是陌生人，我们也是相似的精灵。你跟我握手，按理说，不应该握手那么长时间，你的眼神还是那样，闪着亮光。现在我又想起来了。你眼中的亮光。

——也许你记得没错，是有亮光，但是——

——嘴唇往上一抿。我也记得。你求我给你电话号码，当时你那么急迫，嘴都翘起来了，仿佛是想到要再次失去我就受不了。

——你把这些都写下来了，我还挺惊奇的。

——我记得你所有爱意的小手势。每一个都记得。比如说，有一次你把我的一缕头发从脸上扫到一边，你的手指触摸到我的皮肤，就像蝴蝶的呼吸。没有哪个男人对我这么温柔过，甚至阿里斯泰尔也没有。现在我明白了。你真的在乎我，马克。发自内心。

——你肯定把所有的时间都用来写这些事实了。

——我爱你，马克。你也爱我，不是吗？马克，告诉我。我要听你亲口说这三个字。

就在这个时候，一个事实闪过我的脑海：再有几个星期，我就要娶克莱尔·布歇了。那随之而来，第二个冷酷的事实就是：我不应该继续欺骗安娜了。虽然听她说爱我，我觉得很受用。

于是我叹了一口气，尴尬、急切、孤注一掷地说道：

——我，嗯，我同时又遇到另一个女孩。我，嗯……很快就要娶她了。安娜，对不起。真的对不起。

她喘着粗气，震惊之下，目光暗淡下来。接下来几秒钟，我不知所措，不知道说什么好，结果说出来的话拙劣苍白。

——本来不应该这样的。但你安全回来了，我真的很高兴。安娜，好好照顾自己。快点好起来吧。

我站起来，走出了房间，不敢看她的脸。走到外面明媚的阳光中，轻松的感觉就像湍急的流水在冲刷我的灵魂。我觉得我脱身了，安娜没有把她暂时的失踪赖在我头上（但我还是在想，这十九天，她去哪儿了呢）。

然而从我们交流的情况来看，安娜不太对劲，我当时怎么就没想到呢。我说自己同时遇到了另一个女孩，要和她结婚了，我不应该那样脱口而出，这太冒失、太失礼了。意识到自己本应该做得好一点时，这样的后见之明真是诅咒。而且后来和克莱尔结婚的当天又发生了那样的事情。我哀叹一声，翻到了1995年9月30日的内容：

我扣好礼服衬衣的扣子，房间的电话响了。是皮帕打来的。

——我一直在劝爸爸妈妈，坚持到了最后。

——我来猜猜答案。爸爸还是一点儿也不肯让步。

——应该是这样了。他说，他绝不会参加双日人和单日人的婚礼，就是唯一的儿子也不例外。

——他是不是又长篇大论地咆哮了一番我的愚蠢？

——嗯……是的……的确是。给你说实话吧，马克，爸爸说只有蠢货儿子才会娶蠢货单日人，他和蠢货儿子不会有任何瓜葛。你知道的，妈妈本来还是想违背爸爸的意思，想要来剑桥。可是爸爸把她说服了。

——没关系。那我们就今天下午晚些时候见面吧？

——嗯……事实上……

——你也不来了，是吗？

——对不起。但是爸爸说，谁敢参加你的婚礼，就剥夺谁的继承权。我也在内。显然，失败的蠢货、愚蠢的儿子，还有头脑简单的女儿，他都不肯容忍。

——没事。你今天下午不必来的。来了爸爸就会生气，不用的。

——真的对不起，马克。

挂上电话，我叹了一口气，姐姐没有骨气，整个家族都是这么狭隘。我继续穿衣服。我眯着眼睛看着镜子中苦恼的自己，开始系领结。突然意识到，自从克莱尔告诉我她怀孕之后，我的额头上就添了几条皱纹。但是我已经做出了决定，就要坚持到底。即使我势利傲慢的家族对我们的混合婚姻不理不睬，我也要坚持到底。

就在这个时候，我听到了身后轻轻传来窸窸窣窣的声音。还没来得及转头，我就看到了另一张脸出现在镜子中。苍白瘦削的脸，让人目瞪口呆的鲜红色嘴唇。

——你今天结婚啊。

这个时候，我该有所行动的，我应该保护自己。但我呆站在那里，系领结的手指僵住了，就像看到了蛇的老鼠。一条有着血红色嘴唇的眼镜蛇，发出了“嘶嘶嘶”的声音。接下来，我知道的就是她把冰冷的刀刃放在了我喉咙下方。

——我还听说她是单日人。一个愚蠢的小小单日人。马克，你着了什么魔？

我感觉到刀刃在我的皮肤上划过，一阵刺痛穿过了我的喉咙。我目瞪口呆地看着，一股血流坚定地蛇行而下。聚集在我的白色领结上面，留下了鲜红的血迹。

——你在这里干什么？

我的声音颤抖而微弱。她把冷冰冰的金属移到了几毫米之外没有血迹的地方，我只能张着嘴干瞪眼。

——我到这儿来祝贺你呀。如果你需要，我还可以给予你我的怜悯。

——用这么大的一把刀吗?

——你把我扔在那儿。一切汹涌而来之后，过了一两个小时。趁着没人看见，我从圣乔治堡酒吧偷走了这把刀，甚至想过用这把刀自杀。太多了，一时真是受不了。但是我没有。我觉得你内心深处是在乎我的，我就没有死。

她停下来喘口气，嘴唇都在颤抖。我觉得我应该让她继续说下去，免得她又在我脖子上戳一个洞。

——你没做蠢事，我很高兴。

安娜只是翻了翻白眼作为回应。

——马克，我很有耐性。我会继续这样下去的。

我想问安娜为什么还要拿着刀抵着我的脖子，但我觉得还是不要引她关注手里的凶器为好。

——我明白了，肯定会继续下去的。

——马克，你永远也不会明白那天晚上在耶稣绿地发生了什么。

——我以为你原谅我了。

——我以为你爱我。

就在这个时候，我突然想到，摆弄刀子的女孩属于特别危险的物种。而且这个凶器还放在我的脖子上，就在这之前还在我的脖子上放了血。

——马克，你是个混蛋。你看到漂亮脸蛋儿就挪不开脚。即使是个蠢货单日人的脸。

——但是克莱尔怀……

——你从我病床边走了，我想的只有那个女孩，你要娶的那个女孩。因为记忆，事情就在你脑子里一遍遍地播放，让你愤怒。

——我当时太突兀了，很抱歉。我真的——

——我呢，当时还在做梦，想着洁白无瑕的婚纱，然后你就出现在了阿登布鲁克……

眼泪顺着她的脸颊流了下来。

——你喜欢毁掉别人，是不是，马克？

我想要慷慨陈词地为自己辩护，如果这个时候有人被毁了，那也是我（一分钟之前，她才乐于助人地指出，我今天下午就要娶单日人）。但我也意识到，安娜手里的刀垂了下来，她正皱着眉头望着镜中满面泪痕的自己，好像是第一次好好看到自己一样。

我手肘猛地一戳，狠狠地撞在安娜的肋骨上。她踉跄着往后退了大概一码的距离，脸都扭曲变形了。我快速转过身来，冲了上去，扑向安娜的一侧肩膀，直接把她撞倒在地。“哐”的一声，她重重地落在地板上，震惊中，鼻孔张得很大。

——救命啊！

虽然安娜已经倒地，但手里还握着那把刀。我立刻跪在地上，拼命地想要抢夺凶器。我抡起肘部，重重地落在她的右肩上，伸出手去够那把刀，她高声尖叫。我都快要夺下那把刀了，这时她扭开胳膊，抬起膝盖，直接招呼我的腹股沟。我疼痛难忍，一时失去了招架之力。就在这时，我看到明晃晃的刀子往上朝我刺来，阳光透过窗户，照在了刀刃上，如流水一般。

——救命！

我朝旁边一闪，想要躲过刀子。可是太晚了，我的小臂感到了火辣辣的剧痛。我低头一看，这是安娜给我的第二道伤口。刀子齐整整地划开了衬衣的袖子，穿透了下面的皮肤。

亮闪闪的东西又朝我袭来。我抬头一看，原来安娜已经跪在了地上，正举着刀子朝我的头部扎来。她的脸涨得通红。她在咆哮，张开了血红的嘴唇，露出了牙齿。天哪，我发誓，她的眼睛完全就是怒火冲天的疯狂漩涡。

这个时候，我完全不能动弹，我也无法呼吸。我只是直直地瞪着安娜。也许是看到白色的袖子变成了红色，也许是小臂钻心的疼痛，也有可能是意识到她想要我的命。

刀子在空中画出一道向下的弧线。

我还是僵在那里，就像祭坛上待宰的羊羔。

可是刀子偏向了一边，“哐当”一声落在了地板上。涣散的目光再次聚焦，我发现房间里不再只有我和安娜两个人。我的伴郎威廉和保罗冲过来救我了。感谢威廉，他打掉了安娜手里的刀子，保罗把安娜紧紧地按倒在地（保罗本人就是三一学院英式橄榄球队的传球前卫，幸好呀）。

——她想要杀了我。

我爬了起来，跪在地板上，用食指指着安娜。

——她疯了！

——我没疯。

保罗紧紧地按着安娜，她还在拼命挣扎，恶狠狠地说道。

——我只是想证明一个观点。马克，我们是灵魂伴侣。我们本来有机会在一起的。我们第一次见面，我就从你的眼睛里看出来了。但是，你却毁了一切。

威廉指了指我的右臂。我低头一看，袖子已经浸透了鲜血。

——马克，她已经伤到你了。我要叫警察。

——我没有想杀他。请不要打电话叫警察，求你了。我只是想要回到过去。但我知道回不去了。我什么都记得，就回不去了。事情更糟糕了。

我挣扎着站了起来，低头看着安娜。她泪流满面，浑身发抖。鲜红色的口红已经抹花了。睫毛膏也花了，脸上一条条的黑色。她看上去憔悴不堪，骨瘦形销。那一天（日记上是这样记录的），在菲茨维廉博物馆的大厅，一个生气勃勃的女孩朝我走来，脸上挂着大大的笑容，对我说，我要么就是个诗人，要么就是个政治家，要么就是用斧头砍死臭鼬的凶手，现在那个女孩只剩下一个外壳了。我突然觉得非常可怜她。我承认，我们之间的确有过实实在在的感觉，但这只是一闪而过的念头。甚至我心里还闪过后悔的念头，但只是一丝后悔，后悔另一种可能没有成为事实。如果不是各种事情搅在了一起，我们在一起可能还挺融洽的。虽然安娜精神情况不稳定，虽然她脾气臭，但她依然是我认识的女人当中最聪明、最有洞察力、最机智灵敏的（我的日记就是这么说的，我还记录了我们之间关于易卜生、瓦格纳和伍尔芙各自优点的热烈讨论）。我们命中注定第一次偶然相遇的那一天，我在日记上甚至是这样写的："虽然温切斯特小姐有点招风耳，但她的个性中真的有一种让人神魂颠倒的东西"。但今天上午我怎么也不可能向安娜承认这一点。今天晚些时候，我就要娶另一个女人了，我当然不会这么做。

这些念头在脑子里都是一闪而过，很快就淹没在无比的轻松中。安娜的确是聪明又活泼，但她很有可能是个潜在的精神病。而那个女子怀了我孩子，娶她，绝对是正确的。而且克莱尔·布歇甜美迷人，肯定不是疯子，这一点我是百分百地肯定。

——让她走吧。

保罗皱起眉头，额头也跟着起了皱纹，显然他觉得我和这个女孩一样都是疯子。

——伙计，她想要戳死你。

——保罗，让她走吧。

保罗松开了手。

我走到安娜身边。总而言之，我真的可怜她。

——走吧。走吧。不要再来打扰我了。如果你再来，我就要报警了。不要忘了，你刚才用刀戳我，我朋友可是看见了。

我举起了右臂，袖子上浸满了鲜血。

安娜害怕得缩了回去，好像是刚看到我鲜血淋淋的手臂一样。

——马克，我没有想伤害你。我真的没有。

她低声呜咽道。

——安娜，你走吧。

安娜爬了起来，蹒跚走出我的房间，肩膀还随着她的抽泣一耸一耸的。威廉大步走过来检查我的伤口，咯咯地笑起来。

——真不敢相信，你居然让她这么走了。看看她在你胳膊上做的好事。但你还算幸运，看起来伤口不深。

——我说叫警察是开玩笑的。但明天我要给阿登布鲁克医院打个电话。她疯了。他们得找个医生检查一下她的脑子。

[注意：一定要给阿登布鲁克医院去个电话，这是明天上午的第一件事情。可怜的安娜肯定是疯了。我要给他们说，安娜用刀子扎我，可能会威胁到周围人的安全。这是为了她好。]

保罗皱着眉头看手表。

——伙计，按照安排的时间，还有五分钟你就该交换结婚誓词了吧?

——见鬼。

我跑到衣橱前，拿出晨礼服。穿着沾满血迹的衬衣，我把礼服套在了外面，别上了花束，看得保罗和威廉目瞪口呆。

——没人看得见血迹。我们必须赶快跑。如果克莱尔到了，我们还没站在神坛前，沃尔特斯牧师肯定要晕过去。

我们跑了过去。连蹦带跳地经过了牛顿、培根和丁尼生的塑像，相当不成体统。到达时间是 12 点 29 分。谢天谢地，还看不到克莱尔和她父亲的影子。克莱尔认为迟到是一种时尚，她总是这样干，我倒是该心存感激了。我们三个出现在过道口，克莱尔的母亲和她的四个姐妹坐在左边，她们的帽子都无比艳俗，之前参加婚礼还真是没福气看到过。她们转过头，看到我们，松了一口气的表情（也许他们觉得我这位称心合意的双日人新郎有可能在最后一分钟临阵退缩吧）。过道的右手边，不出所料，一个人都没有。沃尔特斯牧师紧锁眉头，来回踱着步子。还差一分钟就要举行结婚典礼，而这时新郎还没出现，可怜的牧师可能不习惯这种情况吧。

我冲到他面前，一个急刹车，停住脚步，累得上气不接下气。

——抱歉，先生。路上有事耽搁了。

——我都怀疑你是不是变卦了。

沃尔特斯牧师不满地看着我，我才想到他之前肯定没有主持过双日人和单日人的婚礼（也没什么，凡事总有第一次）。

——我没有变卦。

——你确定？

——当然确定。

教堂的门厅突然传来动静。大门打开了。艾米莉穿着淡紫色的短裙，沿着过道走了下来，手里捧着白色和粉色的玫瑰。艾米莉的身后是克莱尔和她的父亲，她父亲穿着小了三个码的晨礼服。脸色红得吓人，要么就是兴奋得要爆炸了，要么就是喝多了威士忌。克莱尔光芒四射，魅力十足，虽然微微有些丰满，身上的裙子出乎意料地有品位。

——看，你多美。

我是真心的。我至少是娶了一位美人，即使她是个单日人，却从内到外真真切切地散发出优雅和魅力。她让人耳目一新，天真质朴。有一种让我感到温暖的简单灵巧。我轻轻说出了这句话，她肯定是听到了，给了我一个明媚的微笑。

谢天谢地，婚礼进行得非常顺利，没有发生任何事情（虽然坐在过道左手边席位上的人大声抽泣，不时地打断仪式的进程）。

——你愿意娶克莱尔·布歇为妻吗？只要你们还活在这个人世，你就会一直爱她、安慰她、尊敬她、保护她，放弃所有其他女人，对她忠贞不渝？

——我愿意。

——你愿意每天早上都告诉自己你爱克莱尔·布歇这个事实吗？

——我愿意。

然而，在我伏下身子亲吻她的时候，我看见自己的新婚妻子眯缝起了眼睛。一吻之后，参加婚礼的客人爆发出了欢呼声。踏着门德尔松《婚礼进行曲》副歌部分，我们走出了教堂的大门，克莱尔的第一句话就是：

——马克，你的衣领怎么了？上面有血迹。

——没什么，刮胡子的时候划伤了，小口子，没事。

我很轻松地就说出了这些话，甚至还从容地耸了耸肩。

——马克，你的额头上还有口红。额发挡住了一部分，但我肯定那是口红。

我的嘴一下就张开了，就像触目惊心的伤口一样，在这种情况下，我居然做出了目瞪口呆的表情，真是糟糕到了极点。我这副表情就是承认有罪，至少克莱尔会这样想。更糟糕的是，我居然伸出两个指头摸了一下自己的额头，这一下，口红被抹开了，真是血红色的罪证。威廉和保罗怎么就没有看到安娜在我头上留下了这么个东西呢。不过我想，大多数男人，包括我自己，都不会注意到这种小事，而女人却很在乎这些。

克莱尔的眼睛都要喷火了。

——你刚才和其他女孩在一起，是不是？她吻了你的前额。马克，你今天早上干了什么？你还在和别的女人睡觉？马上就要娶我，还和别的女人睡觉？

——荒唐。

就在这个时候，我感觉有人在背后拍了我一下。我转过去一看，原来是克莱尔的父亲。我们的客人也出来了。她父亲两条结实的胳膊抱住了我，都要压断我的肋骨了。

——我的孩子，欢迎加入我们的家庭。

他雷鸣般的声音灌进了我的耳朵，我还闻到他嘴里刺鼻的威士忌气味，还看到他脖子后面有个刺青，裸体女人的图案。他松开了手，我看到克莱尔处在她母亲和姐妹的围攻之下，克莱尔成功捞到双日人做丈夫，她们一个个都激动不已。克莱尔眼中的暴风骤雨渐渐退去。家人如此关注她，她挺欢欣的。

——赞美上帝！我终于把你嫁掉了！

尊敬的布歇太太尖声尖气地说话，房檐上的鸽子肯定都听到了。我看得触目惊心，布歇太太戴着巨大无比的俗艳帽子，不停地挥舞着胳膊，然后在克莱尔脸颊上吻了一下，接着又拿了一份教堂的服务指南来扇腋窝，腋窝周围的衣服已经湿透了。

感谢上帝，我心想。避免了一场灾难。

接下来的婚宴波澜不惊地过去了，没有太多的麻烦。可想而知，威廉作为伴郎，进行了一番演说，旨在挖苦讽刺我。到了晚上，克莱尔的父亲醉成了烂泥，瘫倒在地上。我1982年的玛尔戈葡萄酒灌进了他的肚子，全浪费了（多亏我和学院财务主管的关系好，才能以59英镑的低价从三一学院的地窖购得这些葡萄酒）。他大概都不知道自己喝的是什么。我就该从合作社买半箱最廉价的劣质葡萄酒。克莱尔的姐姐妹妹不停地给威廉和保罗抛媚眼，我都数不过来有多少次。

最后，还有六分钟就要午夜十二点，我和克莱尔在三一学院的前门道别。我叫了一辆黑色的出租车送她回磨坊路，车子已经在铺满鹅卵石的街道上等着了。

——星期四，在弥尔顿路见。你肯定会喜欢我选的那栋房子的。弥尔顿路 23 号。住在那儿，你每晚到校园蓝调上班就方便了。房子有点小，不过看起来很舒服。很抱歉，没法今晚搬过去，租期是从星期四开始的。等搬运工把我的东西从三一学院搬过去，我一定打发他们过来搬你的东西。

克莱尔张开了嘴巴，但什么都没有说出来。我看到她的下唇开始颤抖。

——克莱尔，住在弥尔顿街，我们会幸福的，至少我们要朝幸福的方向努力。我一定会成为作家的，我保证，我不会再游荡在三一学院，装模作样地做学术人了。

克莱尔的眼里噙满了眼泪。

——马克，我不想把那件事情写在日记里，关于你额头上的口红。我真想忘记自己看到的，因为今天其他的事情都是那么美好。

就在这时，我突然感到筋疲力尽。今天真累呀。早上，我曾经约会过的疯女孩想要刺死我。下午，我娶了一个单日人，这让我家人感到厌恶。现在我只想一件事，那就是回到自己的房间，瘫倒在床上。

——克莱尔，我没有对你不忠。

我吻了一下她的脸蛋，朝着房间的方向大步走去。我暗自窃喜，幸好宿舍的主管公事公办，翻着规章守则，坚持说我的房间只限于单身生活，我结婚了也不例外。这样我就还拥有五个独享空间的夜晚，可以思考。

可是，我就这样开始了婚姻生活，真是的。这肯定是我写过的最长的日记。足足有二十二页纸呢。这也是迄今为止，我人生中最惊心动魄的一天。

明天，我还有好多事情要思考。娶了一个单日人，我的生活会是什么样呢（从克莱尔家人今天的举止行为来看，我是有的受了）。但是那个女人怀了我的孩子，我娶她是正确的。这是唯一的正直的做法。一个真正的男人必须直面他的责任。这是事实，我要带着这个事实进入睡眠，而我的家人还因为等级偏见蒙蔽了双眼。总有一天他们会明白他们错了，错得离谱。

读完日记，我抬起头来。这就说得通了。即便是结婚二十年了，克莱尔还是没有变。当年她只是看到我和安娜手牵手去舞会，她就嫉妒安娜。很快就得出了我和安娜上过床的结论（她猜得没错）。但是，我们结婚的那一天，她在我额头上看到了口红的印记，她就嫉妒那个并不存在的性伴侣。

现在我总算知道克莱尔为什么会把我 1995 年文件夹的内容全部拿走了。她想要找证据，证明我从结婚的那一天就不忠。她想要声称自己从婚姻的第一天就开始忍受我的不忠。我参加竞选，宣扬自己的混合婚姻坚不可摧，而她这样就能完全粉碎我的政治抱负。也许她还会把自己塑造成长期受折磨的单日人妻子形象，虽然饱受折磨，但还是以宽宏的心包容四处寻欢的双日人丈夫，年复一年。

但是，克莱尔真的明白我们的处境吗？我是不是应该把前天真正发生的事情告诉她呢？

2014年10月11日，BBC国际新闻

国际记忆基金会（IFM）峰会提前结束

国际记忆基金会在布拉格遭到了激进分子的抗议，关于提高记忆力的峰会比预定计划提前一天结束。

抗议者在道路上和平静坐，堵住举行会议的酒店入口。在这之前，他们发布声明：应该制止国际记忆基金会资助提高记忆力的研究，更强大的记忆力只会滋生更多的仇恨和痛苦。

帕维尔·诺瓦克，捷克记忆研究部的部长，在几乎空无一人的大厅里发表了他的总结陈词，他说，“很遗憾，人们会因为这一不愉快的结束而记住这次会议。”

十八

索菲亚

2015 年 2 月 1 日

真他妈有进展。在约克，马克遇到我也真是够倒霉的。我们接着就建立了一种互利的关系，他得到了很多性满足，我捞到了很多猛料。

爱轻易就会转变成恨，真是好笑。就像扔一枚硬币，硬币落下来，要么就是正面，要么就是背面。正面或背面，爱或恨，没有中间地带。

小事累积起来，小小的轻蔑一件件累积起来。

记忆也累积起来。

以前，我记得的更多的是马克的好。现在我想起来的更多是他的坏。这就是他妈的问题所在。一件件小事，一个个举动，**加在一起**，就是汹涌的爱。回忆起一点一滴的痛苦，**累积在一起**，就是彻骨的恨。

我的卷宗已经够丰富了。他的妻子有自杀倾向，患有抑郁症，我已经搞到了所需要的一切。赫尔姆特 · 容是个好人，多亏了他呀。（我们不得不结束，可惜了。）关于马克，我所需要的也都到手了，还多亏了我巧妙安放的针孔摄像头。

任何时候，我都可以拿着卷宗找到媒体。挥舞着 144G 的记忆棒，里面全是夺人眼球的床上镜头，销魂摄魄的性和惩罚。只需要打一个电话，我甚至不用给他们展示那些录像。我只需要暗示一下有这样的录像就足够了。

地狱爆炸，天堂也会熔化。纽纳姆村子里，那个舒适的埃文斯小天地更是要天翻地覆。迄今为止，这个家庭的形象都是纯洁无瑕，没有半点丑闻的痕迹。但是我要等，等恰当的时候。时机决定一切。

耐心，索菲亚，要有耐心。

只有懂得等待的人才能复仇。

只有时机恰当，丑闻才是丑闻。

2015 年 2 月 11 日

所以，这位单日人家庭主妇还有另外一个秘密呢。剑桥花艺学校并不是真正的花艺学校。那个学校就是个幌子，其实去的都是一些想要崭露头角的人。准确地说，就是痴心妄想的单日人作者。

她今天早上没有去。我开车经过纽纳姆，看见她的路虎还停在外面，她肯定是病了。所以我就去了林顿的花艺学校，只是想看看星期三早上她到底在瓶子里插的是什么花，也许会有意想不到的收获呢。

我随意地走进了摆满百合花的前厅，一个长得像小矮妖的男人接待了我。这个地方看起来、闻起来都像灵堂。他问我，你怎么找到这里的?

我说，克莱尔·埃文斯。

他碰了碰自己的鼻子，眨巴着眼睛回答说，啊。我原本以为他要说，花卉还是绿植?结果他说的是：

长篇还是短篇?

我惊讶地瞪着他。

好不容易挤出一句话，克莱尔·埃文斯通常去的是?

他说，那就是短篇了，他指了指地下室的方向。房间号：地下112。

我肯定是不会走的。这也太出人意料了。于是我去了地下室。我走了进去，坐在了一张大桌子旁，桌子上堆满了书写板，压得桌子嘎吱作响，我一坐下，十二张懵懂弱智的脸就朝着我转了过来。

一个男人坐在桌子的上首位置，他长着一双潮乎乎的眼睛，一小缕胡子。他说，欢迎。每次有单日人写作小组新成员，我们都很高兴。上一次有新成员加入是三年前的事情了。你叫什么名字，你在写什么呢?

我眨巴着眼睛，一时间脑子一片空白。然后说道，我叫玛莉丝卡·范·戴克，我写的是一个女子在精神病院待了十七年，出来之后报仇的故事。

一个女人说道，不错哦。你的主题和克莱尔写的故事很相似。她写的是一个单日人囚禁于窒息的婚姻中，最后挣脱了铁镣。

我睁大了眼睛看着她。这么说来，我们亲爱的单日人家庭主妇可怜的小脑子里面还有文学抱负呢。

你怎么记录自己的灵感呢？有人问道。我们欢迎新的建议。

灵感就留在我脑子里，挥之不去，我说道。屋子里的人都是一副难以置信的表情。问题一个个地抛向我，我一边回答问题，一边在椅子上挪过来挪过去，等着被赶走。有个男人问道，为了有过人之处，你是不是一天记**两次**日记？

我说，就算一天结束了，我都不肯写日记，还什么两次呢。

大错特错呀，他们说道。

错得离谱。

一个女人喘着粗气说道，她是**双日人**，想要渗透到我们的宝贝小组来。她双眼圆瞪，一脸惊恐。我们就该把她扔出去。

我不是双日人，我说道。但我真的也不需要日记。

有人叫道，她是疯子。绝对是精神不正常。

又有人叫道，绝对是个双日人，是个发疯的双日人。

这时，坐在桌子上首位置的男人说话了，胡子凄凉地随嘴唇抽动，我们写作小组容不下有妄想症的双日人，范·戴克小姐，请你自行离开吧。

我站了起来，说道，你们才妄想呢，**不是我**。连阅读都成问题了，还想写作。你们觉得会有人出版单日人的胡言乱语吗？

如果目光能杀人，我当场就死翘翘了。但我还是足够机智，立刻撤退了。不要忘了，上一次他们发现我不写日记，我就被送到了外赫布里底群岛。

这么说来，这个单日人家庭主妇是想通过写东西来治愈自己的自杀性抑郁症，真是可怜呀。或者她是想要模仿自己丈夫的成功，也想成为作家。真够魔幻的。

可惜啦，我今天没有搞到什么额外的猛料，只是一个可怜的小秘密。知道她又可悲又虚妄，我就安心啦。我打赌，马克多年前娶她的时候，肯定不知道她是这样的。

他也够可悲的。

2015 年 2 月 14 日

我都不敢相信了，还藏着更多的猛料呢。

真是开眼界，真是高兴呀。

事情是这样的，今天早上他打来电话，取消与我的约会，向我道歉。

他说不能和我共度情人节了，虽然他很想和我一起过。甚至他都幻想过把我捆在那张有着四根帷柱的大床上。

为什么不能？我问。

他说，几分钟之前，市议会的代表打来电话。剑桥市长突然病倒了，没法主持市政厅的圣瓦伦丁慈善化妆舞会。问住在剑桥的著名作家能不能赏光出席呢？可以把晚会募得善款的部分款项用于自己选择的慈善项目。

这份邀请的好处很多，他继续说道。在本地出席公益活动，曝光度对他的竞选有好处。

当然了，我轻声柔气地说道。好事往往来得出乎意料，不是吗？机会来了，就应该紧紧抓住。今晚舞会，我肯定你会过得很愉快。作家不都是很擅长戴假面具的吗？他们总是用花团锦簇的文章掩盖自己的无能。一定要让《剑桥晚报》给你拍一张好照片，亲爱的。不要忘了，一定要展示出你的政治魄力，还有你的文学声望。

你是我见过的最善解人意的女人，他立刻就回答道，最敏锐的，也是最聪明的。

这个男人虽然罪孽深重，可说到文字，他真是有一套。

你不要想讨好我，我说道。

那我们下个星期六在老地方见，好不好？他问道。

好呀，我说。还没有挂掉电话，我脑子里就涌现出各种各样的问题。

我掏出手机。输入马克的名字，又在名字后面加上了“慈善”两个字。一个名为“为 SIDS[1] 而行动”的网站出现了，马克·埃文斯和他的妻子是主要募捐人。

婴儿猝死综合征？我之前怎么没有注意到呢？为什么马克·埃文斯和他妻子要资助这个慈善项目呢？英国还有数千个慈善项目呢，为什么是这个？马克和克莱尔没有孩子。还是说他们有过？这么关键的细节，我怎么会没注意到呢？

丢人呀，索菲亚。

我原本还以为，可以找到的猛料，都已经到手了。

然而，这很有可能才是最劲爆的猛料。

2015 年 2 月 15 日

该死的“为 SIDS 而行动”。我今天早上给他们打了电话，假

---

1 婴儿猝死综合征。

称自己是《太阳时报》的记者。我说，我在调查慷慨慈善捐赠背后的动机，想要写一篇报道，借此打动我们最富有的读者。他们就会捐出更多的钱来给有意义的慈善机构，比如说你们。

我特地强调了这个字眼。**钱**。

但他们不肯让步，不肯告诉我为什么马克这些年要给他们捐款。我们不能透露捐款者的任何信息，其中就包括他们的个人动机，电话里传来的女人声音是这样说的，隐私条例。

你没用的，固守规则的单日人娘们儿，我冲着电话就吼起来。然后挂断了电话。

但并不是没办法可想。应该还有出生和死亡证明，就在某个地方，至少还有这个办法。

我只需要继续挖掘下去。

不管我们喜欢与否，科技定义了我们的生活。如今，我们完全依赖这些外在的设备来储存事实、设想和记忆。我们只不过是数字存在的总和。我们使用电子日记和社交网络来定义和欺骗自我，因为它们记载了我们想要记住的东西，记载了我们想要外部世界看到的东西。但是我们精心馆藏的公共形象跟我们内心的自我常常没有任何相似之处。我们记忆中的两个面孔迥然不同，常常自相矛盾。

——《现代科技的诅咒》

（《卫报》，2015 年 4 月 2 日）

十九

汉斯

距离今天结束还有7小时15分钟

有两件事情她说对了。前台的那个人看起来真的像小矮妖，周围全是百合花。他头上是火焰形状的红色头发，脸上是姜黄色的大胡子。她说这个地方闻起来像灵堂，也说对了。空气中甚至还有点焚香的味道。

“我们办的是花艺学校，”他瞥了一眼我手里的警徽，“都是关于花的。”

“哦，得了吧，先生。”

“我们教的是插花。”

“好了，”我一边把警徽揣进口袋，一边说道，“你们干的究竟是什么插花，我是知道的。比如说，星期三早上的单日人写作小组。”

他的嘴巴倔强地拧了一下。

“没有什么单日人——”

“两个选择。第一，你们写作小组有个人，我想了解一下，非正式地，就现在。”

他一边的眉毛扬了起来，都快碰到他额头的尖刘海了。

“第二，你跟我到园畔警署，这样我就可以更为正式地查问一些事情。这个嘛……可能要花上点时间。你知道的，正规的证人证词之类的东西，麻烦得很。警察局的安排可比花艺学校的安排花时间。”

他长呼一口气，妥协了的样子。

“你想知道什么?”他说道，“我们没有干任何非法的事情。我们只是不想被双日人发现，仅此而已。不想他们居高临下地嘲笑我们，不想他们告诉我们该怎么写。我猜，你是双日人?”

“不是……是的……嗯……”

现在，这个人的眉毛都高过他的尖刘海了。见鬼。

“嗯……克莱尔·埃文斯。她是短篇写作小组的成员，有多长时间了?”

他打开一个文件夹，从一个透明的塑料夹里面取出一张纸，上面的字迹很大。

“十五年了，”他说道，“我想，她是学校一成立就来了。”

“时间很长了。我能看一下这张纸吗?”

“你不能看——”

“你知道的，警署的安排呢，有时候会没完没了。”

“但是——”

“昨天一个人进了警署，九小时二十七分钟之后才离开。午餐和晚餐都没吃。”

他叹了一口气，把那张纸递给了我。我垂下眼帘一看：

年度会员问卷调查

2015 年 1 月

姓名：克莱尔 · 埃文斯（婚前姓：布歇）

写作小组：短篇

加入小组日期：2000 年 3 月 28 日

1. 作为一名作者，你的目标是什么？

我一直都想在《泰晤士报》短篇小说竞赛中获奖，我丈夫从 1989 年就希望得到这个奖项，但一直没能如愿。虽然从技术层面而言，单日人一样能获得该奖项，但是我获奖的机会是负数。虽然举办方一直在说多样性，但单日人获奖是不可能发生的事情。

2. 在设定的目标方面，这个写作小组对你有什么样的帮助呢？

有了这个小组，每个星期三早上，我就可以走出家门，这给了我一种方向感和目的感，甚至还给了我希望的感觉。提高了我的写作技巧，但我知道自己还有很多东西需要学习。也许是因为在小组中获得了一种小小的成就感和价值感，我觉得心情更加愉快。我写的东西总是能得到正面的评价，这让我一直都很欣慰（小组里其他的女人总是说我比她们更有可能出版作品，我不知道为什么，我想应该是她们的客气话吧）。

3. 最近是什么激励了你？

我的丈夫，他惊人的成就。虽然我从未告诉过他这一点，但他的成就一直都激励着我。他的确是经常咆哮单日人的不是，但也悉心照顾我。有时我都不明白他为什么还要为我做这么多的事情。但是，我看着他的眼睛，我就明白了，我们既然开始了，如果不继续，如果停下来，那种痛苦会给他更大的伤害。我现在写的故事名叫“温柔的日子”，很多灵感都来自我们的婚姻。故事讲的是一个女人想要摆脱二十年的幽闭婚姻，她成功了，结果自己的丈夫酗酒而死。

4. 这个小组在哪些方面继续帮助和激励你的作家梦想？

每周我的日子都没有什么可期待的，小组一直存在（我的日记说，除了生病或在国外度假，我从来没有缺席过小组讨论），让我从园艺劳动中解放出来。有个秘密，总是好的。

如果小组能够什么时候讨论一下弗吉尼亚·伍尔芙和亨里克·易卜生就好了，我总是不明白为什么我丈夫会那么喜欢这两位作家。也许我们应该从《达洛维夫人》或《玩偶之家》中选出一些关键段落，逐句分析？

啊哈。原来马克·亨利·埃文斯对弗吉尼亚·伍尔芙着迷。我本就怀疑花园里那些黑白石头，这就说得通了。[1]

我扫了一眼这张纸上的其他答案。大多是关于写作过程的真诚回答，对我没什么启发。但看到这些，我竟然有些窃喜。虽然克莱尔是单日人，虽然有着各种难处，她还是依然非常努力。

也许下一次见面的时候，我应该对她好一些。

1 伍尔芙于 1941 年 3 月 28 日投河自尽，死前用石头填满口袋。——编者注

“克莱尔·埃文斯有对你提过她的丈夫吗？”我抬起头来问道，“小说家马克·亨利·埃文斯？”

他一脸茫然。

“你查一下你的日记呢？”我说。

他点点头，从一个袋子里掏出日记本。他在键盘上比画，我就等着。

“我看看呢……埃文斯先生，我们只讨论过一次，当时我问她为什么不想告诉丈夫自己在写作的事情。她说，担心丈夫嘲笑她。或者丈夫会说她的志向毫无意义，还会说这是没有指望的事情。我也有同感，因为我妻子往往也是嘲笑我——”

“是不是有过一个叫玛莉丝卡·范·戴克的女人来过这里？说自己是从埃文斯太太那儿听说这个地方的。”

“啊，是的，”他皱着眉头说道，“我研习过这部分日记内容，玛莉丝卡是个疯子。她还给我惹了麻烦，还是让我查一查。”

他又在日记本上敲字。

“出来了……一天早上她来了，数分钟之后从地下室冲了出来。我下去询问发生了什么。他们说，她是一个装成单日人的双日人疯子。还说我是个傻瓜，没有仔细核查她的背景就让她进来了。我应该被炒鱿鱼。”

“前线交火的危险，”我说，“后来你有没有给克莱尔提到这位玛莉丝卡呢？”

他又查了查日记。

“提过的。克莱尔声称自己之前从来没有听说过这个疯女人。”

“我不觉得奇怪，”我一边说，一边把问卷表还给了他，“一点也不觉得奇怪。谢谢你抽时间回答我的问题。”

我转身就要离开。

“等一等，”他在我身后叫道，“这是为了什么呢？你为什么到这里来问我这些问题？”

当然是为了找到凶手。虽然我还没有找到凶手的动机。但我绝对不能对一个长得像小矮妖的人说这些。

“因为我还在找自己的那罐金子，”我说，“到目前为止，我还只是找到了几块开花的鹅卵石。”

托比正在办公室里等我，他咧着嘴傻笑，手里拿着两张纸，看起来是搞到了要找的东西。

“没花多长时间就搞到了这个。”他一边说，一边大步走过来，把东西递给了我。

我垂下眼帘，看到那张纸上写着：

登记地区：剑桥郡

出生日期、时间和地点：1996年3月5日，15：41，剑桥罗西妇产科医院

姓名：凯瑟琳·露易丝·埃文斯

性别：女

等级：未确定

父亲姓名、出生日期、阶层和职业：马克·亨利·埃文斯，1969年6月14日，双日人，失业

母亲姓名、出生日期、阶层和职业：克莱尔·埃文斯（婚前姓：布歇），1976年2月28日，单日人，女服务生

家庭地址：剑桥市弥尔顿街23号，邮编CB4

我喉咙一紧。马克和克莱尔·埃文斯的确有过一个女儿。我翻过去看第二张证明：

登记地区：剑桥郡

死亡日期和地址：1996年6月18日，剑桥市弥尔顿街23号，邮编CB4

姓名：凯瑟琳·露易丝·埃文斯

性别：女

等级：未确定

出生日期和地点：1996年3月5日，剑桥罗西妇产科医院

居住地址：剑桥市弥尔顿街23号，邮编CB4

资料提供人姓名：艾伦·贝塞克

资质：法医

死因：婴儿猝死综合征

我重重地嘘了一口气。

"非常有用，"我说，"这么快就找到了，干得不错。再把法医的验尸报告找来，好吗？"

"我就知道你会想要验尸报告，"托比说道，"我刚才已经给

贝塞克的办公室打过电话了。他们此刻正在翻找旧档案呢。幸运的话，报告马上就长着翅膀飞过来了。”

“孩子，干得非常好。”

托比急匆匆地走出了房间，看起来很高兴的样子。我抓起棋盘上黑棋的马，敲掉了白棋的一个兵。

我打开电脑。点开搜索引擎，找到了“为 SIDS 而行动”的网站。看到了捐赠者链接。我点了一下，发现了以下内容：

> 畅销书作家马克·亨利·埃文斯和他的妻子克莱尔是我们最热情的支持者之一。过去十九年里，他们一直都在非常慷慨地为我们的工作提供资金，2007 年，他们在剑桥大学生物医学校区和海德堡大学为婴儿猝死综合征捐赠了一份职业研究经费。研究经费被命名为“沃尔特·布歇研究经费”，以纪念埃文斯太太 2006 年去世的父亲。

我找到埃文斯的竞选网站，在搜索栏输入“凯瑟琳·露易丝·埃文斯”。

没有任何结果。

为了确认，我又试了一次。我全面搜索了她的名字。但是网上没有任何提及他女儿的信息。

这就奇怪了，太奇怪了。她的存在虽然非常短暂，但不是有利于马克的竞选吗？南剑桥郡也有妈妈们，女儿夭折的悲惨故事不是可以为他多赢得几张同情选票吗？然而今天早上我询问他的时候，他没有提到过凯瑟琳。他和索菲亚搞了那么长时间，也没有和索菲亚提过。

沉默意味着伤痕，很深的伤痕，可怕的伤痕。

或者是恐惧，黑暗的恐惧，让人不寒而栗的恐惧。

看起来，马克和克莱尔·埃文斯是尽力想要遗忘，遗忘他们曾经有过的女儿。可怜的凯瑟琳·露易丝已经被抹掉了。从马克的事实存在中抹得干干净净，甚至从他的竞选网站上抹掉了。

为什么女儿成了秘密呢？难道她的死亡给父母造成了很大的创伤，多年来还不能释怀？

我正要再次打开索菲亚的日记，托比冲了进来，手里挥舞着另一张纸。

“到手了，”他把手里的东西交给我，“法医效率很高。”

“那是因为他们的客户都死了，不能和他们争论。银行转账记录方面有什么进展？”

他抱歉地冲我摇摇头。

“还在办，”他说，“银行家真是太讨厌了。”

“所以很多人都希望他们早死。这也就是为什么法医一直都有事可做。你继续办吧。”

托比点了点头，走了出去。我开始读手里的那份报告。

法医报告：调查凯瑟琳·露易丝·埃文斯的死因

仔细解剖尸体之后，没有发现解剖学上的死因，毒理学方面也没有发现死因。咨询过神经病理学和发育儿科学方面的专家后，也没有发现相关死因。

安东尼·佩吉特（医学博士），剑桥阿登布鲁克医院复杂行为方面的双日人会诊医生，应邀对这个病例做出评价。1996年6月24日，他拿出了报告："尸检的情况显示，凯瑟琳的死亡符合婴儿猝死综合征的诊断。母亲在孕期的第一个月有两周的时间服用过羟胺再摄取抑制剂的抗抑郁药物百忧解，这种药物是否影响了婴儿，结论不明。"

因此，死亡原因如下：非解剖学或是毒理学死因。胚胎期两周的百忧解药物影响作用还有待验证。

自然死亡，不建议调查。

艾伦·贝塞克，剑桥郡法医

1996年7月6日

还是有说不通的地方。如果法医认定了凯瑟琳·露易丝·埃文斯是**自然死亡**，为什么她的父母对她如此讳莫如深呢？为什么要对公众隐瞒她短暂存在的事实呢？难道她不是埃文斯竞选的好题材吗？

我能推断出支离破碎的可能性，却找不到确切的完整答案。我瞪着桌上的棋盘。黑棋白棋，我都挪动了一两个兵，然后又把黑棋的车从角落里拽出来，白棋的马往后挪了几步，真希望现实生活中的谜团也能像下棋这样轻易就能解决。可答案还是飘忽不定。

叹了一口气，我又转向了桌上的电子日记。也许这个疯女人可以给我答案。

“她怎么了?”贡纳冲了上去，痛苦得嘴唇都扭曲了。

屋外传来了打雷的声音。他们度蜜月的时候在斯瓦尔巴特群岛看极光，极光产生时有一种魔幻般的噼啪声，可是雷声不一样。雷声是温度和气压快速膨胀的轰鸣声，就像他们蜜月之后急转而下的关系。

西格莉德松开了拳头，抽泣着。一个婴儿的围嘴飘落在地板上。

——马克 · 亨利 · 埃文斯《死亡之门》

二十

索菲亚

2015 年 2 月 25 日

事情逐渐明了。东拼西凑地有了结果，不错。验尸官的报告睡觉前当作消遣读一读，很有趣，比女性自慰器有趣。

这么说来，克莱尔 · 埃文斯怀上了凯瑟琳就开始服药，还没有嫁给马克呢，就服用了两周的抗抑郁药。我不惊奇。一旦抑郁，一辈子都抑郁。真他妈让人抑郁呀。最开始服药的时候，她可能还没有意识到自己怀孕了吧。知道自己被搞大肚子了，肯定就停了药。显然是马克搞大了她的肚子。我肯定，马克就是她孩子的父亲。

所以，他才娶了这个女人。否则他怎么会娶一个愚蠢的单日人。

现在一切都清楚了。

我要是早知道就好了。多年前的那个上午，我就不会干傻事，出大丑了。也许我会选一把钝一点的刀子。我肯定不会为了表明观点而割破他的脖子。

但是，克莱尔服用抗抑郁药真的诱发了凯瑟琳的死亡吗？或者，还发生了什么更为阴暗的事情？

安东尼 · 佩吉特，医学博士。现在，上网查一个人，真是能找到不少东西呢。没花多长时间，我就挖到了不少关于这个男人的有趣事实。三一学院的毕业生，和马克是同一个学院的（但马克入学的时候，佩吉特已经毕业十年了）。1994 年，佩吉特出任三一学院医学研究部的主任。这时马克出任英国文学研究的初级研究员。如今，佩吉特在海德堡大学欧洲分子学生物实验室工作，是婴儿猝死综合征方面的顶级专家。佩吉特在分子生物途径导致婴儿死亡方面发表了数篇开创性的论文，其中一篇还被提名角逐下一届的诺贝尔医学奖。

真是卓越出色呀。

他也是 2007 年第一位接受沃尔特 · 布歇研究经费的人。

真值得怀疑呀。

我擅长建立事情之间的联系。不说别的，记忆至少能够让你看到宏观的画面，更准确地理解事情，想起各种蛛丝马迹，找到可能的联系，联系前因后果，把不相干的事情拼在一起。把碎片拼凑起来，成为完整的一幅图。在过去和现在中创造性地建立链接。这一套下来，就有了各种有趣的可能性，甚至是让人神魂颠倒的洞察。

如果两件事情联系起来，是巧合。但是，如果三件事情联系起来，那就是规律。

我在佩吉特和埃文斯之间看到了几处联系。

足够了，我该策划一个漂亮的小计谋。

继续挖下去。索菲亚。继续挖下去。

2015 年 3 月 10 日

医生真他妈容易骗，特别是索然无味的男医师，赫尔姆特·容就简单。我甚至都不用引诱佩吉特，我只是给这位诺贝尔奖候选人发了一封电子邮件，请求见面喝杯咖啡。我假称自己是杰西卡·利文斯敦太太，是他剑桥时代的朋友，很久没有联系了，想要捐款资助他 SIDS 的研究。这是一封流淌着承诺、甜蜜和阳光的信件（只要有需要，我还是可以启动蜜糖模式的）。

我有权得意。这位小小的聪明又勤奋的先生，我从他那儿搞到了东西，并为这东西感到得意。飞到海德堡，又飞回来，来回 1100 英里，值。

夕阳映衬着王座山，我步入了内卡河畔那个迷人的咖啡屋。网上的照片就够土了，教授本人看上去更糟。又矮又胖，一脸褶子，头发都快没了。

安东尼，再见到你真是太好了，我热情地说道。好多年没见了，不是吗？你看上去很棒呀。

谢谢，他说，你也很棒。

人就是有本事这样谈话。我去，真有信任感呀。即使打开日记搜索对方一番，事实显示为零，居然也能如此谈话。

接下来五分钟的时间，我们就这样说着客套话。接着我就打出了今晚的第一枚礼炮。

你有关于马克·亨利·埃文斯的事实吗？我漠不关心地问道，就像我们是在谈论海德堡可爱的气候。

啊，教授点了点头。他说，我第一次见到马克·埃文斯，他还是三一学院的本科生，那是多年以前的事情了。现在他是著名作家，想要竞选南剑桥郡下一届的议员席位。

小凯瑟琳真是可惜呀，我说道。决定大胆进攻。

这么说，你知道她，他喃喃地说道。目光不敢直视我，样子就像做过什么有罪的事情。

当然了，我一边说，一边决定即兴发挥。根据我的日记，克莱尔·埃文斯和我曾经是非常好的朋友，我补充道。甚至可以算是知心闺密。后来，我结了婚，就从剑桥搬走了。凯瑟琳的葬礼上，她抽泣不已，我一直握着她的手。克莱尔还给我透露了凯瑟琳的**真正**死因。并非表面那个样子，不是吗，教授？

你到底想说什么？他声音颤抖地反问道。

我心里想的是：啊哈。这么说，这个家伙还真是藏有一两件十足的珍宝呢。

我想说的是你当年帮了忙，我一边说，一边掩盖自己内心的快乐，不要在脸上流露出来。你帮了个忙，隐藏了真相。百忧解那点小事不过是烟雾弹，不是吗？你是想隐藏马克和克莱尔女儿之死的**真相**。

你是想要敲诈我吗？教授咽了一大口唾沫，脸色惨白。

敲诈。这个词真是可爱，真是让人联想丰富。这个词流淌出各种诱人的可能性。

亲爱的教授，那可不是婴儿猝死综合征，我说道。刚才确信了，说话的声音也更强硬了。而且，教授你是 SIDS 方面的世界顶尖级专家，有着崇高的声誉呀，不是吗？你过去的研究造就了你的声誉，所有的研究、全部的数据。如果人们发现你在凯瑟琳死因上给出的报告有误……

恐惧在这个男人的眼中一闪而过，这就是答案。

你没有证据表明克莱尔……他说着就没有了声音，下唇在颤抖。

就在这一刻，我确定自己挖到了猛料。猛料就是凯瑟琳的真实死因。她的死与**克莱尔·埃文斯**有关。问题是：克莱尔到底对自己的女儿干了什么？

我当然有，我说道，我什么证据都有，明天就可以把消息透露给报社。

教授的眼中又闪过一丝恐惧。看到他的反应，我又想到了一点。克莱尔对凯瑟琳做了什么？答案一直都摆在我面前。我太傻了，居然没有早一点想到。

克莱尔肯定是杀害了自己的孩子。产后抑郁症发作。她结婚前就已经抑郁了。她生下孩子后，摧残心智的抑郁肯定是报复性地卷土重来。而马克肯定是帮着她掩盖事实，求着三一学院的老校友出示 SIDS 的诊断证明。从专业的角度证明孩子的死是突发的、无法解释的，死因不明。这样的诊断，就是为了给克莱尔免罪。

免除谋杀的罪名。

但是杀死三个月大的一个孩子，总要留下痕迹吧？

我捏住咖啡杯的杯柄。我的脑子里，盘旋着各种可能性。然后，我就想到了。

幸好在圣奥古斯丁的时候，我花过一点时间阅读。小说可以拓展人的思维。通过小说，你可以洞察到那些该死的作家最初是怎么想的。特别是某些作家写的某些小说。他们通过描写自己真实的生活，赚了成堆的钱。

稍加伪装，变成了虚构小说。

克莱尔肯定是把自己的孩子闷死了。用软绵绵的东西干的，用本来无害的东西。比如说枕头，比如说靠垫。或者她只需要把凯瑟琳翻过来，脸朝下躺着，多么阴森可怕，多像她呀。如果真是这样，几乎就无法证明她干过这样阴暗可怕的行为。那一天真正发生了什么，这世上只可能有两份文字记录。

克莱尔自己的日记。

还有马克的日记。

我对教授说，我有克莱尔闷死了凯瑟琳的语音证据，说得很平静，说得很自信。但这都是我编的。我有录音带证明你给出的SIDS诊断是错误的，完全错误。是不是有什么人影响了你的报告呢？是不是有什么人要仰仗你的结论呢？多年前克莱尔·埃文斯做了一件可怕的事情，你替她遮掩了，不是吗？

隐秘杀人。

那你就是谋杀的帮凶，教授。

或者只是不称职的SIDS研究者。

教授一下子瘫坐在椅子上。看到他这个反应，我就知道了。我搞定了。

打了个正着。

你想要多少钱？他声音都在发抖。看上去马上就要喘不过气来了。

我？我睁大了眼睛。教授，我不想要你的钱。我有足够的钱过自己想过的生活。事实上，我品味简朴。因为多年被迫窘困生活。好吧，我的确是更喜欢昂贵的贴身内衣，还有鲜艳的细高跟鞋。但是一个世界级的科学家当然想要得诺贝尔奖，不是吗？这样的宝贝奖项就这么飞了，不就成了悲剧吗？尤其是近在咫尺了。就在那儿，动一动短胖的手指头，唾手可得。但近在咫尺往往是幻觉，不是吗？因为离我们最近的往往是最远的。

比如说，爱情。还有复仇。

利文斯敦太太，你到底想要什么？这个男人脸色惨白惨白的。这个脸色对他来说还好看些。

我想要你帮我，教授，我说道。

2015 年 4 月 12 日

我怎么才能搞到克莱尔和马克十九年前纸质的日记呢？他们的日记肯定都放在保险箱里。巨大的钢铁柜子，就放在纽纳姆的大宅子里。现在，每个人都害怕自己的老日记本被偷走，就像害了妄想症一样。不过，日记敲诈勒索真的成了百万级别的生意，不是吗？小报上不停地刊登日记失踪的新闻。想要拿回自己狗屁不通的小纸片，好吧，窃贼们漫天要价。

如果乔布斯先生早一点发布电子日记本就好了，至少早三年。生活就会轻松很多，至少不会这么复杂。

我有一个计划，它可真够原始的，但是应该行得通。

我需要找到合适的人选，把这两份日记给我搞到手，半夜三更搞到手。

不留下任何痕迹。

哲学家克尔凯郭尔写道："只有事后才能理解人生。"这句话用在死亡上也贴切。虽然人生只有一次，但是，他杀是事后才能知道的。以相反的顺序，仔细地梳理过去发生的事情，才能解开谋杀案件。

——《犯罪学教程》（第四卷）（牛津大学出版社，1987年）

二十一

汉斯

距离今天结束还有5个小时30分钟

我依旧认为她是个疯子。正常的人想不出这么盘根错节的计划。这么多变态的内容，就只是为了摧毁一个男人。索菲亚的日记在法庭上站不住脚。事实：陪审团往往不愿意相信前精神病患者的日记内容。我甚至还怀疑她的日记本来就不能作为合法证据，内容真算得上荒诞不经。

但是……如果日记有那么一点点真实呢？

只是一点点而已。

那这一点点真实可能就会帮助我找到杀害她的凶手。找到杀害索菲亚·艾琳的凶手毕竟是我的工作呀。事实：一定要关注罪行本身。多年以前，《犯罪学基础》这门课，开课才几分钟，教授就说了这句话。他说，人很容易因为旁枝末节的东西误入歧途。说这话的时候，他还挥舞着没有点燃的雪茄以示强调。可是二十年调查谋杀的经历告诉我：即便可能性微乎其微，也不能放过，不是吗？警察就是这样走程序的，这么多年了，这难道不是我学会的主要事实之一吗？

那我是否应该相信眼前的这份日记呢？索菲亚下决心想要搞到埃文斯夫妇日记的那几页内容。她认为马克贿赂了医学专家隐瞒女儿死因真相，而这几页内容就能证明这一事实。

这个假设真是荒唐，太可笑了。完全经不起理性和事实的推敲。但是，说自己什么都记得的疯子可能还真能够想出如此周密怪诞的计划。通过计谋，再加上无比强烈的想要毁灭对方的欲望。

我仔细地看着桌上的棋盘，过了一小会儿，我伸出手把黑棋的后往前挪了挪。白棋的王突然就处于压力之下。

听到轻快的敲门声，我抬起头来，又是哈米什。这一次，他紧锁锁头。刚刚读完索菲亚的一则日记，我也紧锁眉头，其程度可以与他媲美。

“我在大学招生办找到了一个办事人员，”哈米什说道，“他人挺好的，虽然是星期六下午，但还是到特兰平顿街的办公室查了查他们的毕业生记录。数据库里面就没有‘索菲亚·阿莉莎·艾琳’这个人。保险起见，我甚至让他把这个名字重新排列，再次检索，也是什么都没有找到。他肯定剑桥从来就没有这个学生。”

“啊哈。”

“我还和检查艾琳小姐菲亚特的刑侦科谈过了。他们找到几样有意思的东西。”

他妈的。“咚”的一声，我的心落到了脚丫子里。刑侦科今天怎么这么高效？

“他们说，车子的行李箱有点潮湿。但很有可能是前天早上雷雨的原因。在后座上，他们找到了一点草叶。”

“但是，这些没什么意思呀，”我努力保持中立的语气，“剑桥所有的车上都有草叶吧。”

哈米什耸了耸肩。

“他们在驾驶座和座位下面的橡胶脚垫上找到了几块泥，”他继续说道，“有些泥块还湿着呢。艾琳肯定是在雨中行走过。”

“嗯……”

“怕是没有找到清晰的指纹，但是他们在行李箱里面找到了两根长头发。都是染成了金色，发根是棕色的。DNA 检测显示，是艾琳的头发。”

“那她还是我们认为的那个人。”我说。

“没错。”

“那，我还要请你办两件事。第一件，请调查一个名叫安娜·梅·温切斯特的双日人的行踪。剑桥大学露西·卡文迪许学院的毕业生，于 1995 年失踪了十九天，然后又现身了。我想知道她现在怎么样了，特别是有没有更名。”

“好的。”

“第二件，你能不能对玛杰里施加一点压力，尽可能早一点出验尸报告？在今天结束之前，我们太需要这份报告了。”

“你为什么急于在今天之前结案呢？”哈米什眯缝着眼睛看着我，“你突击这个案子一整天了。”

“因为……”

见鬼。我的脑袋突然一片空白。

哈米什直盯着我。见鬼，这么久了还没有想出回答。我得说点什么，什么都行。

“因为我，嗯……名声在外嘛。”

他扬起一边眉毛，看着我。

“如果你让凶手逃离一天，你就给了他们两天，”我竭力让自己听起来自信，“这样一来，就永远也抓不住他们了。”

“啊。”哈米什点了点头。但我还是注意到他的嘴角卷了起来，透露出危险的意味。

“你肯定是记下了这些事实的。”

“当……然。”

他走了出去，依然是狐疑地扬着嘴角。

见鬼。见鬼。见鬼。事情越来越糟糕了。两天之内，两次差点说漏嘴，几乎就是要断送自己的前程。哈米什刚才走的时候，样子真的像在怀疑，或者只是我的想象。

我走到棋盘前，随意走了四步棋，只是想平静下来。我有理由怀疑，这不是我的妄想，但我不能沉浸其中，不能因为哈米什而举足无措，也许我应该想一想他告诉我的消息。

我控制住自己狂奔的心绪，继续思考这个案子。

有些眉目了。有个女人名叫索菲亚·阿莉莎·艾琳，几乎就没有什么关于此人的官方记录。剑桥大学的招生办说从来没有听过这个人。注册总署、内政部和选举登记处都没有她的记录。内存部和双日人部门也没有。只有交通管理局和巴克莱银行有索菲亚的记录。我觉得还应该跟百慕大群岛的同行核实一下，看他们的档案里有没有索菲亚·艾琳。看她是不是出生在那个地方，有没有那儿的护照。但我怀疑那儿同样没有她的档案。而且，等到他们给我回消息，不知道要多少年。

我工作的节奏和他们可不一样。

那索菲亚·艾琳到底是谁呢？

我的目光落在了书桌边上的相册上。一个二十多岁的剑桥学生，全是她的照片。戴着眼镜，稍微有点招风耳，一副手脚笨拙的样子。这个棕色头发的女孩到底是谁？今天早上我们从河里拖出来的那个金发女子到底是谁？索菲亚·阿莉莎·艾琳有没有可能是个假身份？或者是改过的身份？比如说是安娜·梅·温切斯特的新身份？那个平胸的棕色头发的女人从圣奥古斯丁放出来后，整容成了凹凸有致的金发女子？然后不知怎么搞的，被马克·埃文斯杀害了？

我叹了一口气。

白棋的王处境真的很危险。我挪了挪马，保护王。响起两声轻快的敲门声。我抬头一看，托比又回来了。

“长官，我有一些新发现，你可能会有兴趣。”他一边说，一边大步走了进来，容光焕发。

我扬起一边眉毛，期待着。

“为了找到这个男人的名字，我真是上天入地，竭尽全力，”他说道，“这个人负责给艾琳在巴克莱银行的账户转款。幸亏有你那个瑞士人的关系，要不我什么都查不到。海因茨用了点法子施加压力——”

“名字是？”

“信托基金是一个名叫艾伦·查尔斯·温切斯特的双日人建立的。他是一位银行界大亨，英国籍百慕大群岛人。”

我僵住了。

“我想，你可能会想多了解一下这个男人，”托比笑嘻嘻地继续说道，“所以我就调查了一下这个人。有些信息就在网上，到处都是。1967 年，艾伦娶了一个葡萄牙籍百慕大群岛双日人，莉莉 · 费雷拉。1981 年，他们决定从百慕大群岛移居英国。在科顿附近买了一个很大的乡间住宅，距离剑桥三英里，布鲁克小道 288 号。”

他停下来，喘口气。

“继续说。”

“1983 年，他们在皇家歌剧院观看《茶花女》的表演，驱车回科顿，在 M11 号高速公路上，艾伦和莉莉遭遇严重的交通事故。艾伦死里逃生，只断了一只胳膊，而莉莉却因为多处撞击，当场死亡。1994 年，艾伦再婚，娶了第二任妻子，名叫艾格妮莎 · 伊万诺瓦的白俄罗斯单日人舞者。2008 年，艾伦最终死于心脏病……”托比突然笑了起来，“……当时是在丽兹酒店，他正和他的私人助理诺拉 · 巴尔上床呢。但是，长官，下面的内容你可能会有兴趣：艾伦 · 温切斯特和莉莉 · 费雷拉育有一女。女儿出生在 1970 年，名叫安娜 · 梅。”

“天呀。”

“我又给圣奥古斯丁打了电话，”他说道，“谎称自己是瑞士遗产业务部的会计师。我说，自己核查旧账目，发现有出入。也许是因为艾琳住院的时间搞错了。我请他们核实一下她在那里治疗的具体日期。你猜怎么样？”

他一脸胜利的表情。

“艾琳就是在圣奥古斯丁，时间是 1996 年 5 月到 2013 年 1 月。”

“托比，你是个奇才，”我说，“我要推荐你升职。干得漂亮。”

“升职总没坏处，”托比说道，又咯咯地笑起来，“站得高，看得远，我知道的。还有什么事情要我办吗？”

“现在没有了。如果有，我就打电话找你。干得好，托比。干得好。”

“谢谢长官。”托比搞笑地给我行了个礼，然后就开门走了出去。

我大步走到窗前，想要大口呼吸一下新鲜空气，清醒一下我的脑子。我深呼吸了几口，结果恶心地发现正好有辆公交车经过，我正好吸饱了排放的废气。我冲着屋檐下的一只鸽子做了一个鬼脸，它也鄙视地回敬了我一眼。风比早上更大了一些，一个纸袋沿着园畔路猛烈地做着布朗运动。警察局外面有一大块绿地，几个男孩女孩在上面奔跑。其中一个正在放风筝，黄色的风筝，吊着一个橘色的尾巴。风筝顺风而上，就像乘着上升气流翱翔的雄鹰。

索菲亚·艾琳和安娜·梅·温切斯特，当然就是同一个人。

我早就该想到的，真丢人呀。事实上，要不是因为那张该死的拍立得照片花了，我可能一两个小时之前就想到了。

现在就都说得通了。如果索菲亚的电子日记本中的真相还不止一点点的话，那就更说得通了，至少日期都对得上。

也许，日记不仅仅是在指引我走向真相；日记有可能本身就是真相。

索菲亚在外赫布里底群岛待了那么长的时间，肯定是在去岛上之前的几个月中发生了什么事情，正因为如此索菲亚才有了复仇的念头。那件事情点燃了她心中对马克·亨利·埃文斯强烈而恶毒的仇恨，多年的住院时间让这份仇恨越演越烈。

但是，最初是什么引发了这样的似海深仇呢？仅仅是破碎的心，不可能。

也许我应该暂时把理性思维放一放，把自己当成扭曲的“脑子里满是回忆”的索菲亚。甚至要像她那样扭曲地思考，曾经是双日人，二十三岁之后什么都记得。承认她说的是事实，如果我想要理解她摧毁马克·亨利·埃文斯的动机，我就更应该如此了。毕竟科学家找到了短期记忆的遗传开关。所有的开关都一样，关上了也许都能再打开。最近不是有一篇报纸新闻吗？说一个疯狂的心理学家砸单日人脑袋，就想提高他们的记忆力。也许真有可能，虽然是微乎其微的可能，但或许什么人某天就是什么都记得。

如果我是索菲亚，我什么都记得（是的，也有记忆模糊的时候，不要在意），那么，最具创伤性的记忆会是什么呢？

远处的黄色风筝迂回向上，下面是草地上的孩子们。

马克选择了克莱尔而甩了她？有可能，但可能性不大。即使马克以最无情、最不假思索的方式扔掉了棕色头发的双日人女孩，换上了金发单日人美女，那也是至少二十年前的事情了。过了这么久，大多数人应该都看开了。事实：《犯罪可能动机教程》说，与爱情相关的怨恨通常不会持续很久，而与钱相关的憎恶往往延续很长时间。比较一下这两则日记内容，一个是：二十年前，那个蠢货抛弃了我，找了一个大波霸的漂亮女孩。另一个是：那个蠢货欠了我一大笔钱，现在我都付不出房租了。前者在情感上就不如后者强烈。

付出了感情，没有得到回应，这不太可能是诱因。

黄色的风筝在孩子们头上快乐地跳跃，跳着“之”字形的舞蹈。我直愣愣地看着风筝。

或者，索菲亚在圣奥古斯丁关了那么久，在她的记忆中，这件事情和马克有关？二十年前，马克可能给她的医生写了信，说她疯了（我就这样做了）。我们的信件可能在医生的诊断过程中起到了支撑作用，然后她就被送到了外赫布里底群岛。但是，这个女人精心操作了两年的“复仇”计划，长久而有耐心。肯定还有其他的事情，更为激烈的事情。

我叹了一口气，叹气的声音太大了，吓得窗台下的鸽子都飞走了。我皱着眉头，看着头顶上顺风而去的云层。

我的思考应该更具创意呀。哎，之前我还嘲笑哈米什，说他不能跳出框架思考问题呢。

一朵云的边缘，阳光闪耀。

黄色的风筝俯冲而下，就像一只秃鹰对着猎物猛扑而去。

哦，上帝呀，不会吧。

肯定是她记住了自己第一次有了记忆这份负担或者说这个诅咒的感觉。那个疯子心理学家不是说了吗？他改变了一个女性单日人的记忆，变得“远胜”过双日人。貌似在身体和情感的双重极端压力下，奇迹就发生了。二十年前，马克可能也对索菲亚做了这么极端的事情。比如说，三一学院的晚会当晚。一个举动，所有不想要的记忆都回来了。我第一次询问她的时候，她肯定还处在激动焦虑的情绪中。

索菲亚肯定认为是马克造成了她的记忆过剩。

答对了。

我觉得，我找到答案了。

但是，两天前，马克真的伤害了这个绝望而工于算计的女人吗？她是怎么死的？

我走回书桌的棋盘前。花了一两分钟的时间研究了一下棋盘，然后把白棋的王往后挪，躲开了不可一世的黑棋后。

我要在今天结束之前拿到验尸报告。但是玛杰里和她的助手很有可能不慌不忙呢。别忘了，现在可是星期六下午。我知道玛杰里她们的，下午三点她们可能就收拾了东西，然后就去飞猪酒吧，喝上几杯啤酒。我也不能责怪她们。她们星期六还要给一具浸泡了水的尸体开膛破肚，翻翻拣拣，喝上几杯也是应该的，喝多少杯都是应该的。而明天就是星期天，她们的报告要到星期一才能出来了。

我今天就得看到那份该死的报告。

谁记着的事情比流露出来的事情多？谁在对别人撒谎？谁在欺骗自己？回想不起事实真相的时候，是怎么回事？我们真的可以了解自己或了解别人吗？

——马克·亨利·埃文斯，《存在天注定》手稿

二十二

索菲亚

2015 年 4 月 15 日

今天早上在《泰晤士报》看到了一则可喜的新闻：单-双日人法案。深得马克欢心的法案呀，这是他竞选的基石。狗屁法案，旨在凝聚一个分裂的国家。想要增加人口中双日人的数量，重启英国早已逝去的辉煌。如今政府真是没有底线，露骨地想要进行社会工程。这个国家让我想起他妈的第三帝国。

法案很快就要递交给女王御准。明年二月就应该生效了。

漂亮。

他们根本就不知道。单-双日人的婚姻结果是抑郁。哦，是的。那个女疯子大量吃药，我已经有了充足的证据。问题是我还没有谋杀的证据。

需要小偷强盗的时候，还真难找。他们还真有消失得无影无踪的本事。

我应该更加努力才是。

不遗余力地努力。

2015 年 4 月 16 日

事态持续加温。大选要定在 6 月 25 日星期四。马克 · 亨利 · 埃文斯要更卖力地竞选了。接下来的数周，他会有更多的媒体关注度。

我要擦亮眼睛看，竖着耳朵听。寻找恰当的时机，在全世界面前揭露马克 · 亨利 · 埃文斯。

爱情变成了仇恨，冥王哈迪斯也会熔化。

火候差不多了。

他活该。如果当初不是他让我发飙，我就不会在耶稣绿地撞上那根路灯杆。我当时已经够心烦意乱了。他本来可以多表现出一点同情，一点理解，结果他让我加倍地愤怒。

倒霉的脑子遭遇了不屈不饶的金属，发生的事情太让人惊奇了。就像打开了眼罩，就像突破了路障。

等到你有大把的时间无事可做，比如说在圣奥古斯丁这样的地方，你脑子里就只会想一件事，那就是给你带来痛苦的人。他们对你做过的一件件事情，事情虽小却意义重大，叠加起来影响深远。

我可以操纵他政治生涯的终结，该有的工具我都有了。我什么都记得，这就是锐器。我敏锐透彻，这就是利刃。

时机就要到了。我能看见，能感觉到，甚至能嗅到。

这个男人的垮台指日可待。

索菲亚，你就要成功了。

就要成功了。

2015 年 5 月 2 日

伯勒尔先生轻手轻脚。上个周末的晚上，他拜访了纽纳姆，真是轻手轻脚呀，没有留下任何痕迹。格兰切斯特草地公园 303 号的那位住户睡得很香。另一位呢，裤裆里的那活儿拿到了裤子外面，有一对红唇放在他的双腿间。针孔摄像头记录下了他的每一声呻吟。

但是轻手轻脚的伯勒尔先生也没能得手。他昨天来找我了。穿着一件又旧又破的 T 恤，上面写着：**为了更安全的剑桥郡**。我想要的东西，他只找到了**一半**。

抱歉，他一边说，一边敲着帽子的边缘。手指脏死了，很可能是撸炮留下的痕迹。甜心，我很抱歉。

那个男人的旧日记锁在花园尽头书房的铂金保险柜里，他接着说道。那个金属装置需要惊人的**十二位**数字密码。宝贝，那东西看上去还防爆呢，很有可能是防爆的。我所有尖锐的工具都试过了，没用。我给你说，那可是市面上最好的专业设备。

操蛋哦，我说。

这人**偏执**般地重视他的旧日记，伯勒尔一边说，一边充满歉意地摊开了手掌。宝贝，我从来没有见过那样的保险柜。就像加强版的混凝土堡垒，任何专业人士都没法撬开，打不开的。保险柜还有警报装置，宝贝，密码连续输错三次，警报就会响。

我只能付给你这么多，我一边说，一边把谈好价钱的一半塞到他脏兮兮的爪子里，示意他离开。

但是……但是……他抗议道。

伯勒尔，你不行了，我咆哮道。二十年前，你偷走我的内裤，逃脱了。可是这一次，你只搞到了一半的东西。那说好的价钱，你也只能得到一半。你要是搞到了我要的所有东西，你再来拿另一半。我甚至还会额外奖励你一大笔呢。

得不到那份奖励了，伯勒尔耸了耸肩。他冲着我咧了咧嘴，金牙闪闪，然后就消失在门外。

我在杯子里倒了三倍的伏特加。爸爸曾经说过，事情有多喜庆，或者多悲哀，就得倒多少酒。我坐在梳妆台前。撕开伯勒尔交给我的信封，里面塞了些纸。我一边得意地轻声笑着，一边把东西掏了出来。迎面看到的字很大，甚至还有些孩子气。

我倒吸了一口凉气。第一页纸上的日期是 1995 年 6 月 13 日，而不是 1996 年 6 月 13 日。

他妈的，伯勒尔不认字呀。

我真想把手中的纸扔到墙上。我真想踢自己，蠢死了，居然雇了一个不认字的骗子。也许，我就不应该找这个在露西 · 卡文迪许学院打过零工的人。二十年前，他偷走了我晒在晾衣绳上的内裤。知道了这件事情，我觉得好笑，也是懒得告诉学院解雇他，他欠我一个人情。

但我还是把剩下的内容翻看了一下，吃惊地发现第十三页的日期是 1996 年 6 月 13 日。伯勒尔最开始肯定是拿错日记，切了十二页的内容，然后意识到切错了，又从柜子里抽出我想要的那部分内容。

这么说来，这个手淫者还是认识字的嘛。

我喝干杯子里的伏特加以示庆祝，然后花了十分钟的时间仔细阅读剩下的内容。我读得非常仔细。

然后就把伏特加的杯子朝墙壁扔了过去。

那个女人。

我应该想到才对。

就该想到的。

2015 年 5 月 3 日

我有权抱怨，甚至是哀怨。有些人真是选择性记忆。这个女人的日记就是这样的，日期是 1996 年 6 月 18 日：

15 点 15 分：外面开始下大雨，去看了看凯瑟。她还在睡觉，躺在小床上，很平静的样子。房间的温度太低了，可能有点凉，拿毯子给她盖在腿上。回到起居室，继续织东西。

16 点 30 分：暴雨下得更大了，担心雷声会惊醒凯瑟。

17 点 01 分：又到房间看了看凯瑟怎么样了，看她要不要吃奶。她的眼睛还闭着，脸色比平时还要苍白。我摸了摸她的脸颊，冰冷冰冷的。我的手僵住了，脑子也僵住了。

不知道接下来发生了什么。真的不知道。等到再次有意识，我趴在婴儿房的地毯上。双手颤抖，泪如泉涌，不能呼吸。马克跪在几码远的地方，双臂抱着凯瑟。耷拉着脑袋。

你做了什么，克莱尔？他在尖叫。

我又没了意识。等我再次清醒过来，到处都是救护人员。一个人在凯瑟身上安放什么东西。另一个人看着我孩子灰色的脸蛋直摇头。第三个救护人员正拉着我。他的脸上还有一条长长的抓痕。马克站在角落，紧紧握住凯瑟的小床。惨白的脸色，痛苦的眼神。

这个时候，我才明白我的宝贝怎么了。

没法再写下去了。事情发生之后，他们就一直看着我。筋疲力尽。没有感觉。心碎了。我落下了万丈深渊。也许再也爬不上来了。但我还是写下这些东西，我要睡觉了。

马克，真是对不起。

多可悲呀。一个隐瞒过去的单日人，掩盖自己的罪行，淡化自己的罪恶，扭曲真相，在日记中嵌入虚假的记忆。选择相信自己想要相信的，自我劝说，相信自己无可指责。自我催眠，免于内疚。

有些人就是不想承认自己的罪恶，真是有趣呀。甚至连自己都要欺骗。

而遗忘又带来了慰籍，逃离了残酷的真相。

真是太惊奇了，人们就这样忘记了自己的所作所为。

这点东西不够证明克莱尔·埃文斯杀死了自己的女儿，不足以向众人宣告她有罪，也不足以让世界（和陪审团）认为她是杀死孩子的母亲。

我仔仔细细地查看了这一部分内容的每个词，细细梳理了一遍，甚至又誊写了一遍。只有这么一句话还能让克莱尔吃点亏，马克痛苦地说道：

你干了什么，克莱尔？

但这句话还可能有其他的解读。如果这样说：“你刚刚把我可爱的小亲亲，可怜的凯瑟活活闷死了”，那就能成为让克莱尔下地狱的证据了。

马克，真是对不起。

这句话也可能有其他的解读，也不是认罪。

不够呀。

真他妈的见鬼。

白干了。

2015 年 5 月 4 日

等一等，还有呢。我又看了一遍那一小摞发黄的纸。之前（日期是 1996 年 6 月 14 日）有一段这样的内容：

> 8 点 15 分：浑身是汗地醒过来。和以前日记里的噩梦一样，但是，有一个非常非常可怕的不同之处。那不再是詹金斯的脸。这一次，是凯瑟的脸。我的小宝贝长到十八岁的样子。淡褐色的眼睛，就像马克一样。长长的金发，就像我一样。愤怒地噘着嘴。她不停地冲着我尖叫：你毁了我。一次又一次地尖叫。妈妈，你让我成了单日人。你的血脉诅咒了我。我一辈子都是失败者，一辈子都被嘲笑，一辈子都像你一样做一个二等公民。

1996 年 6 月 15 日的一段内容是：

> 6 点 27 分：浑身颤抖着醒过来，手心里、额头上都是汗

珠。和昨天的梦差不多，有一个转折，非常可怕。长大成人的凯瑟不是单日人，而是双日人。然而她还是冲我嚷嚷。她一遍一遍地对我说，妈，你让我尴尬。她说我愚蠢可怜，说我没用，说我笨，不像爸爸，超级酷。为什么凯瑟会代替詹金斯出现在我的梦里？为什么我一直要做噩梦呢，什么时候才是个头？

这也就解释了她为什么会在6月16日的日记中胡说八道了：

17点15分：我瞪着眼睛，看着躺在小床里的小凯瑟。她终于不哭了。微笑着，发出咯咯的声音，高兴地伸手来抓我的手指。好漂亮，纯洁得像个天使。太完美了，我哭了起来。如果她成了像我一样的单日人怎么办？如果我让她遭受一辈子的歧视怎么办？如果她是个双日人，她会不会认为自己当过服务生的妈妈配不上她呢？会不会因为我不是和她一样的双日人，就不爱我了呢？她会不会鄙夷地对待我呢？今天早上，马克居高临下地说："你今晚应该把这一点记在日记里，好好研习，行不行？"如果她每天都这样，我该怎么办呢？如果我无法理解她，该怎么办呢？如果她无法理解我，该怎么办呢？如果我的女儿十八岁生日醒过来，发现自己是单日人，她还会爱我吗？她会不会恨我把她生成了单日人呢？如果她像她父亲，会不会更恨我呢？

很明显，就是这些诱发了克莱尔的产后抑郁症。激素引发的不理智，滑坡效应很明显。难怪仅仅两天之后的 6 月 18 日，她一时发了狂。

我开始有点同情这个女人了。虽然二十年前，她把我一生的爱夺走了。从那时开始，我的爱就变成了恨。要么是爱，要么是恨。没有中间地带。

要么原谅，要么忘记。我不禁想要原谅她，但我无法忘记。可怜的女人，受尽折磨。我也可怜那个小婴儿。但是她的丈夫还与她共谋，掩盖谋杀的真相。我可不会轻易放过他。我还是要让他彻底明白，他当初娶了一个单日人，愚蠢至极。他结婚的那天早上，我礼节性地拜访他，当时我就想让他明白这一点。那个男人就是个蠢货，选了她，抛弃了我。操他妈的，我到底怎么才能让他明白这一点？

不过，等到他们离婚，那就好了。我心满意足。

到时候，他们就会明白我当年是多么正确。

2015 年 5 月 5 日

也许我并没有白干。我应该想想，好好想想，即使又要头痛欲裂也在所不惜。马克·亨利·埃文斯也有可能是选择性地记录日记。1996 年 6 月 18 日他家里发生了什么？他可能把相关事实好好地保存在自己家里呢。他也可能和自己的胆小鬼妻子一样，在日记里撒了谎。

但是，对别人撒谎的人，很少对自己撒谎。

这一点，我很肯定。

谎言的根基是真相，它们源于真相。

一个人要撒谎，就必须知道真相。

如果这个人是单日人，就更是如此，甚至双日人也是如此。

我肯定，马克写有真实的记录。他会记录唯一的女儿到底怎么了。他会记录那个下雨的下午，他的妻子做了什么。我从骨子里地感受到了这一点。这就是为什么他要如此看重以前的日记，把它们锁在防弹保险柜里。

马克·亨利·埃文斯对他妻子撒谎，无耻地撒谎，他同样无耻地对我撒谎。但他没法对自己撒谎，他是个双日人，他肯定够聪明，知道他没法对自己撒谎。

他付不起这个代价。

只要他还是个**小说家**，他就付不起这个代价。

大多数小说家都通过写作来理解自己身边发生的事实。他们把自己的人生经历写到了小说中，他们把事实变成虚构文字。悲伤、渴望、恐惧、害怕、爱、失落。他们从日记中学到的事实。他们记录下来的一则则对话。然后再重新想象，用美丽的文字描写出来。以一种感人的，令人心碎的方式写出来，重新焕发生命。大多数小说都能微妙地反映出写书人的生活、他们的个性、他们的过去。他们所了解的关于自己的事实，总会以这样那样的方式反映出来。

但是，小说家灵感的来源是**地狱**。

不是天堂。

一个优秀的小说家把自己的不幸转变成了文学创作的机会。虽然罪恶重重，但马克还是个优秀的小说家。那次作家活动，我称赞他的文学天赋，是真心诚意的。就拿《死亡之门》来说吧，这是他在评论界最受称赞的小说，就因为这部小说，他走进了文学的最高殿堂。2013 年，这本小说差点就为他赢得了布克文学奖。

比如说评论家盛赞的那段催泪描写，主人公贡纳发现自己九个月大的女儿死了。没有亲身经历，马克不可能写得那样肯定、那样心酸、那样强烈，不可能有如此残忍的准确。

如果他本人在日记中掩盖了真相，他就写不出来。

现在我明白马克为什么会这么成功了，他成功地改变了自己。娶了愚蠢的单日人，父母剥夺了他的继承权，一个前学术工作者，没有了工作，一文不名。他改变了自己，变成了一个富有的畅销书作者，有着数百万的崇拜者。为什么呢？原本单调乏味的双日人生活，多出了形形色色的恐怖而残酷的事情。他细腻敏感地描写了这些事情。

这一点总是会引起读者的共鸣。

我要得到马克日记中的这几页。

但是，怎么才能打开防弹保险柜呢？面对这样的保险柜，剑桥郡技巧最精湛的偷内裤贼也是束手无策，该怎么办呢？除非用枪指着马克 · 亨利 · 埃文斯的脑袋，或是用锯齿刀贴着他的喉咙。

不过也只是说说而已。

2015 年 5 月 25 日

钟滴滴答答地敲着，敲打的是我。

今天早上，他打来电话说抱歉。我的天，他真的是把道歉搞成一门艺术了。还是老原因，下个星期六，他没法离开剑桥。中午，罗恩要在市政厅给他举办一场记者见面会，而见面会的前一天，单-双日人法案就会得到御准。罗恩说，下个星期六是个完美的时机，可以赢得更多的政治资金和关注。但这样一来，很不幸，我们本来安排好的周末计划就无法实现了。他真的很抱歉。

就在那个时候，我突然想到了。

剑桥的市政厅，中午的记者见面会，这是完美的时机，我要让马克·亨利·埃文斯跪倒在地。完全不同于他在记忆棒里的疯狂颠倒，那个144G的记忆棒。

我要在大英帝国的记者团面前揭露他，现在我有了日期和时间。

下个星期六。

那个时候，圣玛丽大教堂美妙的钟声就会连续敲响十二下，圣玛丽大教堂距离市政厅只有几码远的地方。

但是，还有个小问题。问题虽小，却很重要。我已经有很多干货了，一大堆华丽丽的干货。可是，我的干草堆还缺少一顶桂冠，就像圣诞树没有顶上的那颗晶莹剔透的星星一样，我蛋糕上的糖霜还不够。我需要马克1996年6月13日到24日的日记。从凯瑟琳·露易丝·埃文斯的死亡到佩吉特的报告，就在这个时间段。有了它们，我144G的记忆棒简直就是多余的。

我可以想象记者聚集在市政厅的场景。我带着恰如其分的兴致，怀着同样愉悦的心情把马克日记的复印件发给记者们，他们目不转睛。马克如实地记载了十九年前弥尔顿街23号婴儿房里真实发生的事情，他们贪婪地看着，他们的表情是那么惊讶。他们的眼神流露出恐惧，第二天报纸的大标题也是同样的触目惊心。

而我的心中则会涌出无限的满足。卧室里，卧室外，两年的辛苦，在市政厅的那一刻，戏剧性地到达高潮。

吓掉所有人下巴的宏伟终结。

那一刻，马克·亨利·埃文斯暴露在众人眼前。

他是个通奸者、说谎者、谋杀案的同犯。

通奸和撒谎只是会让人不屑，毁掉他的政治生涯。但是，谋杀案的同犯会毁了他，彻底毁了他。

我得搞到他日记里的那几页。

在下个星期六之前。

但是，我到底怎么做才能搞到手呢?

长相真的具有欺骗性。

——索菲亚·艾琳的日记

二十三

汉斯

距离今天结束还有 5 小时 15 分钟

我来整理一下这本刻薄的日记。马克让索菲亚怒火中烧，结果她就在耶稣绿地那儿撞上了某个“血淋淋”的金属。这样一来，“完全的记忆”被触发，汹涌而来，这个账，她最终算到了马克头上。所以，我的推论是正确的。我成功得出结论，值得高兴。但是，索菲亚真的打算在市政厅记者见面会上揭露马克日记内容，让他垮台？也就是今天中午的那个会？

这真是太疯狂了。

我伸出手，用黑棋的后干掉了白棋的后。外面又传来了敲门声。我抬起头来，又是哈米什。他脸上表情克制，甚至可以说是怯生生的。

“你是对的，”他说道，“我收回之前说过的话。”

“嗯哼。”

“玛杰里加了把劲儿，”他说，“几分钟之前报告出来了。”

他递给我一沓纸，最上面的一张写道：

剑桥郡法医办公室

全面解剖的日期和时间：2015年6月6日，9点49分

法医：玛杰里·谢尔顿，临床医学学士，皇家内科医师学会会员

姓名：索菲亚·阿莉莎·艾琳

出生日期：1970年11月20日

种族：白人；性别：女；等级：双日人

验尸登记号：2015－289

“我就不打扰你研究玛杰里的报告了，”他说道，“里面有些内容很有意思。看起来，你一直都是对的。我还在证实温切斯特是否改过名字。等有所发现，我再来告诉你。我觉得我就要找到答案了。”

我本想告诉他没必要再查。但转念一想，我应该让他有事可干。

“好。”我说。

他走了出去。也许哈米什并不是自以为是的傻瓜，至少他大度嘛，能承认自己错了。我抓起眼前的报告，如饥似渴地读起来：

外观检查

上午9点49分，验尸开始。尸体装在黑色的运尸袋中。死者穿着灰色的风衣（雅格狮丹，加大号），风衣前面、侧面和里面的口袋里都装着光滑的黑白色花园装饰石，平均直

径50毫米。死者还穿有一件黑色的无袖圆翻领打底衣（亚历山大·麦昆，8号），黑色长裤（亚历山大·麦昆，8号），黑色平底靴（朗万，6号）。内衣包括黑色的蕾丝胸罩和黑色的蕾丝丁字裤（大内密探）。

死者为白人女性，身高175厘米，体重116磅。死者据称44岁，体征符合44岁人的特点。死者佩戴淡蓝色隐形眼镜，虹膜本色为深棕色。角膜有磨损。死者头发染为淡黄色，分层的卷发，最长的头发大约为250毫米。发根的颜色显示死者头发的本色为深棕色。死者的脚趾甲涂成了鲜艳的深红色。死者嘴唇残留有鲜艳的红色口红。死者的下巴、鼻子、耳朵和脸颊都彻底进行过整形手术。死者嘴唇注射过玻尿酸，额头注射过肉毒素。胸部进行过大型的丰乳手术。成年女性生殖器，没有外伤。阴毛部分修整过。

死者头颅的右边有一处小擦伤，面积为15×5毫米。位于死者的发际线下方，右耳下面大约一英寸的地方。

死者身体上覆盖着河泥、淤泥和植物碎片。死者指甲上覆盖有河泥。一根水草绕在死者左腿上。死者的肘部、膝盖和手背上有表层刮伤和移动过程的擦伤。从死者左手食指、中指和无名指上的红指甲油判断，有拖动摩擦的痕迹。死者右手的指甲油也显示了相似的磨损痕迹。左手拇指、食指和中指的指尖有小口子和皮肤擦伤。右手的指尖也有同样的伤痕。

内部检查

中枢神经：大脑重1307克，大小正常。在外面有擦伤的部位，颅内急性硬膜下出血和皮下组织损伤，主要在死者的内侧颞叶和海马区。

泌尿生殖系统：双肾（右：117 克；左，120 克），没有异常。盆腔检查，死者死亡时没有怀孕。没有证据显示有近期性行为……

我抬起头来，脑子里千头万绪。我的猜想是正确的，索菲亚·艾琳的确是被谋杀的。有人撞击了她的脑袋，引发了颅内出血，最终导致了她的死亡。接着，这个人就把装满花园石头的大号风衣套在她身上，把她扔进了剑河。

这个人可能就是惊慌失措的作家。绝望中，他想到了弗吉尼亚·伍尔芙，他想要掩盖索菲亚·艾琳的真实死因。除了玛杰里在死者发际线下面找到的擦伤外，整具尸体没有暴力伤害的迹象。

但是，这个凶手是个傻瓜，不折不扣的傻瓜。这点石头根本就不足以让艾琳的尸体沉在河底。无论是他还是她，这个人显然不知道阿基米德定律。想要阻止一具 116 磅重的尸体上浮，需要很多石头。从某人的花园捡几个可怜的装饰用鹅卵石？这是远远不够的。今天早上我去埃文斯家，看到门外小路上缺了几个石头，地面上露出了没有长草的黑色缺口。而且，他家的石头和死者外套口袋里的石头完全匹配。

我想，我已经有了足够的证据，今天晚上就能把那个人锁在警察局后面的牢房里。

我把黑棋的后往前挪，然后从桌子上面的抽屉里拿出了一副手铐。没人了解作家，特别是那些以描写他人死亡为生的作家。

我钻进了警局外面的警车。我的司机还没有发动引擎，我就看见哈米什朝着我们的方向全速冲来。

“汉斯，”他跑了过来，一边喘气，一边说道，“在办公室没找到你。打你手机，你又没有接。菲奥纳告诉我，她看见你冲出了办公室。”

“我要去带个人回来。”我说，“今天是第二次带他来了，早上就不该放他走的。”

“安娜·梅·温切斯特在1995年的夏天失踪了十九天，”他说道，“猜一猜怎么了？她通过单务契约改名为索菲亚·阿莉莎·艾琳，几个月后又失踪了……”

“我已经都知道了。”我挥手说道。

哈米什的嘴巴张得老大。

“怎么知道的?”

“我有我的办法，”我说道，“我现在要去抓杀害索菲亚的凶手。但在那之前，我要去拜访科顿的一户人家。”

“你把我搞糊涂了。”

“我应该把温切斯特小姐的死讯告诉她的近亲。”

“难道不应该先去逮捕凶手吗?”

“别担心。今天晚上，凶手没有胆量逃离剑桥呢。而且，那个人还不知道我已经知道了一切。”

“我和你一起去，你要执行逮捕呢。”

要提防哈米什。这一天，我随时要和他保持距离。今天早上，我就把他打发开，一个人去了两处地方。但是按照规定，需要有两名警官才能执行逮捕。我做了个鬼脸，谢天谢地，脑子一动，想到了一个好办法。

“没关系，”我指了指坐在前排的警佐，“有他一起呢。”

轮胎发出刺耳的声音，我们开走了，留下哈米什一个人在那儿吸汽车废气。

艾伦·查尔斯·温切斯特活着的时候是个富有的人。布鲁克小道288号的私人车道就很气派。我们快速驶过了有着金色狮子雕像的门柱，停在了镀金柱子的华丽门廊下。我从警车中走出来，周围没有一个人，只看到整齐的金盏花花圃后面有一只绿色的孔雀昂首挺胸地散步。我走到前门，伸手敲门环。门环的形状是魔鬼的脸，一个镀金的环形把手就是这张脸的舌头。

我敲了一下、两下。尖锐的金属声音就像枪声一般，死人都应该听得见。

我一边等，一边在门廊慢慢踱步，我的脚下是镀金马赛克拼成的丰满裸体女子。没有人来开门，我盯着手表，准确无误地等待了六十秒，然后又敲了两下。

回应我的是决然的寂静无声。

我又等了一百二十秒，然后就从门廊走下来，观察这栋建筑的正面。门窗紧闭，楼上所有的凸窗也是关着的。百叶窗都拉下来了，整个房子看上去就像进入冬眠了一样。我掏出电话，摁下托比给我的电话。

“喂。”电话里传来了一个含混不清的女人声音。

“晚上好，”我说，“请问你是艾吉·温切斯特太太吗？”

“我是。你是谁？”

“剑桥郡警署的总督察，汉斯·理查森。”

“你是警察？”

“是的，我就在你家门外，但是你不在家。”

“我在南边的海边温泉浴场呢。你为啥站在我家门口？”

“很抱歉，我有坏消息告诉你。今天早上，我们在剑河发现了安娜·梅的尸体。”

“安娜死了？”

“是的。”

“哦，上帝。”

对方沉默了几秒钟。

“抱歉给你带来了坏消息，”我说。

“督察，为啥你要抱歉呢？”

“嗯……面对死者家属，我一般都这样说。”

电话里传来了“哼”的一声。

“安娜不是我真的家人。她是我第二任丈夫艾伦的女儿。艾伦几年前死了。我的日记说，我很长时间没有看到安娜了。给你说呀，她疯了，进了疯人院。她自杀的？”

“我们认为是谋杀。我们的调查有了重大发现，我们马上就可以缉拿凶手了。”

“凶手？你的意思是有人用枪打死了她？砰的一声！”

“不，不，不，不是枪杀。但是，我现在不能告诉你是怎么回事。”

“可怜的小安娜。你必须找到那个杀了她的人哦。”

“我会的，温切斯特太太。我向你保证。嗯，医疗服务部很快就会和你联系，到时候你就可以准备葬礼了。”

“谢谢你，督察。”

我挂断电话，大步走向警车，跳了上去。艾吉·温切斯特听起来是个神经兮兮的白俄罗斯人，大部分时间都在温泉梳妆打扮吧。但她仍然是受害者最亲的家人，通知家属这件事情，我已经完成了。

“纽纳姆。”我对司机说道。

他点点头，启动引擎。警车突然开动，轮胎发出刺耳的声音，小碎石头飞溅起来。

“速度要快。”我又说道。

司机抽动了一下胡子，接着就猛踩油门。我们飞奔在布鲁克小道上，一路上枯叶乱飞。正如我给艾吉承诺的那样，我要去逮捕凶手了。就在附近的纽纳姆村子里，某个书斋的深处，我要把那个人逮出来。那个人说他过去两天都在书房写作。在他的书房，前天肯定发生了什么阴森可怕的事情。

对此，我确定无疑。

复仇、勒索、勾引、迷恋、谋杀。

如果你手中的这个短篇故事真实地描述了你日记中的事实呢？

这个故事是关于贡纳的，他在瓦尔贝格的一家慈善商店拿起一本卷了边的旧书，结果发现自己对自己隐瞒了过去可怕的真相。

而知道真相的还另有其人……

——马克·亨利·埃文斯《死亡之门》的封底广告

二十四

克莱尔

真希望自己没有把那十二页日记切掉。哎，找了理查森督察，也没能想起什么，那两周还是一片空白。不过，知道安娜·梅·温切斯特几天后又出现了，我也松了一口气。至少多年前马克没对那个女孩做过什么。我肯定索菲亚的死与他没关系。我没有嫁给杀人犯，对此我有信心。理查森似乎认为马克杀死了索菲亚，我不知道为什么。

但是，马克依然是个无耻的骗子，我还是要和他离婚。

我要回去收拾点必需品，然后就回艾米莉家的客房过夜（是的，那张床非常不舒服，还有樟脑球的味道，但我还是要去）。有她帮着，我得想想自己有什么选择。她已经非常实际地说过了，我应该想一想离婚补偿金的问题了。艾米莉是对的。

我转动钥匙，门开了，我踏进起居室。临近傍晚的阳光穿过落地窗，落在地板上，亮铮铮的地板反射出玫瑰色的金色光芒。我真是不敢相信，今天早上，为了照顾马克受伤的手，我还冲上楼梯去拿药。那看起来就像上辈子的事情，像在另一个家里，像另一个存在。从那之后有了太多的痛苦。我现在感觉自己变成了另外一个人。今晚要写在日记里的事情太多了。这么多可怕闹心的事实，要写出来，又要研习。

刺头一路小跑来到我面前，棕色的眼睛同情地看着我。我拍了拍它的脑袋，然后又挠了挠它耷拉着的耳朵。

“除了艾米，”说话的同时，我感到一滴眼泪从脸颊滚落下来，“你是我唯一的朋友了。”

刺头赞同地对我摇摇尾巴，跑到沙发后面去了。我走进厨房，打开电水壶。

身后响起了脚步声。

“对不起，克莱尔。”马克的声音听起来很疲惫，可以说是筋疲力尽。

我走到橱柜面前，拿出一袋仕女伯爵茶袋。我的眼泪已经干了。我感觉马克在后面看着我。

“我试过要保护你，”他继续说道，语气中有了一丝颓废的味道，“对自己，对别人，我们都犯下了一些事情，我想要保护我们。但是我做得不够。到了现在，事情都遮掩不住了。”

水壶开始发出声音。可是这点烧水的声音不足以填补马克说完这番话之后的空白。我突然感到一股怒火冲上来，几乎呛得我喘不过气来。

“你和她上床了，”我转过身来，恶狠狠地盯着他，咆哮道，“你背着我这样干了好久。**整整两年**。你周末不在剑桥，我还以为你是为了工作，结果你是在伦敦干另一个女人。马克，你说谎，你是个**骗子**。从第一天开始，你就是个骗子。我读了日记，我们都在一起了，你还和那个女孩上床，就是和你一起去三一学院舞会的那个。之后你又有多少个女人，天知道。我就是个傻子，居然相信你，居然还维持这个婚姻。我居然还劝自己，说自己离不开这个婚姻。我一直都知道我们永远都无法让对方幸福，但我居然就这样过下来了。”

马克只是摇摇脑袋。他看上去并不悔过，似乎非常可怜自己。他的反应太可恶了。我感觉到另一股火气直冲脑门，我快控制不住自己了。我想要冲上去，用指甲挖他肩膀上的肉。甚至狠狠地摇晃他。

“我的确说谎了，”出乎我的意料，他摊开手掌说道，“关于她的事情，我撒谎了。今天早上，理查森出现在我们门口，我本以为最好的对策就是一开始就否认与索菲亚有任何联系。我本以为这是唯一的选择。考虑到我们的所作所为。”

“我们？”这个词差点让我哽住了，“马克，是你，是你和她有染。”

“对不起，克莱尔，”他说道，“我犯傻胡来，很抱歉。我并不以此为傲。木已成舟，我无法改变。我和索菲亚有染，这还不是最糟——”

我简直不敢相信我的耳朵。

“还能有比丈夫背着自己偷腥更糟糕的事情？”我的声音变成了尖叫，“还有呢，他还撒谎，对着全世界说我们有着多年的幸福混合婚姻。还有比这更糟糕的？”

马克没有回答。他瘫坐在厨房凳子上，耷拉着脑袋。

“我今晚就到艾米莉家去，”我恨恨地说道，“拟一拟我们的离婚条款。”

马克叹了一口气。

“过去，你有充分的权利猜疑，”他说道，“现在，你也有充分的理由离婚。你可以像我伤害你那样伤害我。反正你已经成功了。你很聪明地发了那条短信。仅仅因为那几个字，我的政治信誉就毁于一旦了。克莱尔，你应该当小说家的。你的短信引起轰动了，我所有的书加在一起都不如你这条短信。但是，你也走到了摧毁我们的边缘。其中就有你自己。”

“不要绕着圈子说话，马克。”

“克莱尔，你要是知道就好了。”

马克骨子里双日人的优越感更让我愤怒。

“不要上演你双日人自以为是的把戏。你不就是想说我无知吗？你不就是想说你知道的比我多吗？二十年来，你一直这样居高临下地说着狗屁话，我受够了。这个事实，我知道得太清楚了。”

“我只能怪自己，”他悲哀地叹了一口气，“是我不想让你因为知情而痛苦，是我告诉你要忘记发生的事情。本以为这样你会快乐些。但是，无论你是否能意识得到，真相就在你心里。它潜伏在你的潜意识里，就像疾病一样。这些年来，你吞下的药片也成百上千了。可是吃药对你也没什么用。克莱尔，你不能再继续躲着真相了。真相在吞噬你的内心，在要你的命。总是替你遮掩，我也厌烦了，累了。”

“我刚才去见了理查森督察。”马克无意义的长篇累牍，我直接忽视了。

“什么？”马克好像是大吃一惊的样子，“你干了什么？”

“我想问他几个关于安娜·梅·温切斯特的问题。”

“安娜？”马克好像听迷糊了，“但是，为什么要问她？”

“你带她去三一学院的舞会，不是吗？之后她就消失了十九天，然后又出现了。多亏了理查森告诉我的话，我把这些事实联系起来了。安娜·梅·温切斯特。就是这个名字，不是吗？二十年来，不知道你无耻地有过多少情妇，她就是第一个。最后一个的名字是索菲亚。”

“我真是不敢相信，这么大老远的，你特地去一趟园畔警署就是为了进一步查询我的一个前女友。”马克难以置信地看着我，“你还是一如既往地担心不应该担心的事情，还是一如既往地小心眼。我们的世界就要坍塌了，你还是这样。现在，我知道为什么你要偷看我的文件夹了。”

我僵住了，就像一个在商店里偷糖果的小孩被当场抓住一样。这么说，马克知道我在他书房里翻找的事情了。

“我不怪你，”他继续说道，听到他这样说，我完全没有想到，“你想要找我到处和女人睡觉的早期证据，想证明我一直都拈花惹草。这样你就可以在公众面前进一步羞辱我。但是世界上这么多人，你偏偏要去找理查森，我真是难以相信。现在，他正要剿杀我们呢。”

我又僵住了。

“你说我们是什么意思？”

马克没有回答。他的头埋得更低了，他用手捂住了脸。

“马克？”

他没有看我。

“为什么理查森要剿杀我们？”

我的丈夫沉默不语，这很不妙。我的心突然一凉。

“马克，我们做了什么？是和索菲亚有关吗？”不知不觉中，我的声音开始颤抖。并不是因为愤怒而颤抖。

马克又叹了一口气，耷拉着肩膀站了起来。他无精打采地走向厨房门。离开厨房之前，他转过身来说道：

“作为一个丈夫，我对不起你。但为了保护你不受惩罚，我的确尽力了。最开始是凯瑟，现在又是索菲亚。但是这个督察势不可挡，我本能地感觉到了。今天早上，他让我走了，但是他很快就会回来的。”

他走出门去，消失在昏暗的过道里。他肯定是去书房了。事实：只要我们的谈话进行不下去的时候，马克就会匆忙去花园尽头的书房。最近几年，这种现象出现得越来越频繁。但是这一次，更糟糕了。索菲亚·艾琳死了。我们的婚姻也走到了尽头。

但是，索菲亚·艾琳是怎么死的呢？

马克是想说我们跟她的死有关系吗？

我花了至少十五分钟的时间在日记本上反反复复输入“索菲亚+艾琳”这几个字眼。屏幕上什么结果都没有。什么都没有。我甚至把索菲亚名字的另几种叫法都试过了，比如说索菲、索菲菲、索菲拉，等等。可日记本还是一片空白。

最开始是凯瑟。现在又是索菲亚。

马克想说什么？

事实：凯瑟·露易丝·埃文斯是我可怜的孩子。我唯一的孩子。她三个月大的时候，婴儿猝死综合征把她从我身边夺走了。那天下午，我发现的时候，她脸色惨白地躺在小床上，然后我眼前就一片模糊。我的日记是这么说的。

事实：最近几年马克都没有提过凯瑟。在这个家里，提到她似乎是一种禁忌。只要我一提到这个话题，他就会说“我不愿意谈论她”。为了证实这一点，我在日记本上输入了“马克 + 凯瑟”，然后选择了“按时间递减排序”的图标。

最近的一次是 2012 年 10 月 21 日。其中一部分的内容是：

早餐的时候，问马克愿不愿意试试再要孩子。毕竟我马上就要三十七岁了。马克惊骇地瞪了我一眼，意思是说我疯了，居然提出这个话题。吓得我差点把勺子掉在麦片碗里。我不想被马克的反应吓到，鼓足勇气说，凯瑟的死给我们的生活留下了好大的空白，这些年来，这处空白越来越大。我们应该再要个孩子，填补这个空白。有个小东西去照顾、去珍惜、去爱。

马克说，如果我们再要一个，对你而言，对这个孩子而言，都糟糕。我不想谈论凯瑟，他说道，然后就放下勺子，踏着重重的脚步走了出去。马克说话这么生硬唐突，我心烦意乱，在床上躺了两个小时。后来，我在电脑上搜索了婴儿猝死综合征，感觉好了点。原来，海德堡大学的科学家已经证实了 SIDS 有基因倾向。如果头胎死于 SIDS，那第二胎也得这个病的可能性是不容忽视的。

马克可能是对的，也许对我和孩子都不是好事。而且，容医生也说过，凯瑟的死亡加重了我的抑郁症。如果第二个孩子也这样，我肯定就垮了。不应该再有要小孩的想法了。虽然显得不可理喻，但我真的想要个孩子。

为什么马克又要提起凯瑟呢？这么多年他都回避这个话题。

最开始是凯瑟。现在又是索菲亚。

为什么马克要把这两个名字相提并论呢？

最开始是凯瑟。现在又是索菲亚。

我只能想到一个联系，那就是她们都死了。她们的死有可能有关联吗？

我开始回想昨天真正发生的一切。早上醒来，我拼命地哭了一个小时，然后才跌跌撞撞地下了床。哪里都找不到马克。上午就这么一点点地消磨掉了，我越来越担心。我走出温室，蹒跚地走上了花园的小径，我要去他的书房。木门虚掩着。我一把推开门。看到马克四仰八叉地躺在沙发上，还睡着，扭曲的面孔，扭曲的上身，腰就像要折断了一样。手指弯曲，扣着一瓶喝了一半的威士忌。

"马克。"我冲过去把酒瓶从他手里拿了下来。

他的眼皮开始颤动。他呻吟了一声。口气好臭，是陈腐的威士忌味道，我躲闪了一下。

"醒一醒，马克。"

他的眼睛眨巴着，然后睁开了，和我一样，眼睛里布满了红血丝。他的瞳孔慢慢聚焦，定格在我身上。

"克莱尔……"

“你……你最后怎么处理她的?”

“我……她……”他的声音嘶哑干涸。

“我怎么活得下去，知道……”我的双手开始颤抖，滚烫的泪珠从眼眶里落下。

马克挣扎着从沙发上坐起来。

“我怎么可能——”

“好了，克莱尔，”他的声音突然变得尖锐起来，“你按照我的吩咐做了没?你在日记中写了没有，你昨晚看电视，在家里消磨了整个晚上。”

“但是……”

“告诉我，你照办了。”

“我照办了。”

“很好，”他说道，“明天就会好起来的。至少对你是这样。”

“但是你不可能掩盖——”

“我可以。”他的语气强硬得可以穿透钢板，“**我会的。**”

“哦，马克。”

“不要再提起这件事。”

“但是……”

“克莱尔，回房子里去。**就现在**。我马上就过来。”

我照办了，哭着照办了。我沿着花园小径冲上来，穿过温室门，飞快地上楼。我跑进房间，掏出了我给马克准备的生日礼物，就藏在我衣橱的最下面。我抓着这份包装精美的礼物，冲下楼，朝着马克书房跑去。

在往书房去时碰到马克。他还是和刚才一样，带着饱受折磨的眼神。

“马克，”我一边抽泣，一边说道，“我本来想把这个当成生日礼物给你。但我还是现在就给你吧。要不就来不及了。”

“但是……”

我把礼物塞到他手里。

“打开吧，求你了。”

“哦，上帝……”

“我真不知道该怎么感谢你，我真的不知道。”

“你为什么总是这么费心费力呢，克莱尔？”

“就现在，打开吧。”

马克皱着眉头打开缎带。包装纸打开了，我的礼物呈现在马克眼前，他张大了嘴巴：我给他准备的是弗吉尼亚·伍尔芙第一版的《达洛维夫人》，签名本。

“什么……”他难以置信地看着我，“你肯定是在开玩笑，克莱尔。”

“你不喜欢这本书？”

“见鬼——”

“但是……但是……我还以为你一直都想要《达洛维夫人》第一版的签名本。”

“哦，上帝呀。真是够讽刺的。”

“马克？”

“凯瑟。索菲亚。弗吉尼亚·伍尔芙。还有你。”

我的思绪又回到了现在，现在让人感到恐怖，没有一点头绪。昨天和马克的这番对话，我完全搞不懂了。我们肯定是在谈论前一天发生的什么事情，可怕的事情。如果我像我丈夫一样也是双日人就好了，如果我也能有他那样的记忆力就好了。这就是为什么双日人比单日人有优势。这就是为什么他们觉得自己高人一等。多一天的记忆意味着什么，我现在算是明白了。

我要马上当面质问马克。我要把他书房的门敲得震天响。但是这一次，我不是找他去和警察谈话。

我要亲自审问他。

我走到门外，迎面就是清新的空气。太阳已经落到了地平线之下，花园渐渐笼罩在落日的光线中。一只黑色的乌鸦耸着翅膀，落在了附近的一棵悬铃木树上。它怀疑地打量着我，在枝丫之间转动着楔形的尾巴。风嚎叫了一天，现在已经停了。路边灌木和树上的叶子都一动不动，甚至远处的鸟儿也安静了。死一样的寂静。

就像暴风雨之前的平静。

我到了小路的尽头，使劲敲着马克的书房门。

“克莱尔，你走吧，”他说道，“我在写作。”

今天早上他也是这个借口。事实：“我在写作”这句话是马克的挡箭牌，只要他不想和我说话，他就会把这句话拿出来。就目前而言，我非常肯定马克绝对没有在书房写作。

我的丈夫肯定又在撒谎。

“开门。”

“别闹了，克莱尔。”

“我想要知道她们之间有什么联系，凯瑟和索菲亚。你同时提到了她们两个人的名字。我想知道为什么理查森在剿杀我们，是不是和索菲亚有关系。”

我听到了门背后马克叹气的声音。

“忘了这回事吧。”马克沉闷的声音中透露出深深的疲惫，“忘了我刚才说的话吧。刚才我只是有点郁闷。仅此而已。”

“哦，行了吧，马克……”

“你说要到艾米莉那儿过夜，去吧。到她家，你心情要好些的。”

“开门，反正我也知道你书房的备用钥匙在哪儿。今天早上我就用过了。”

接下来就是长长的沉默。门嘎吱一声开了。他看上去比上午还要焦躁不安。他握紧了右手，又放开，又握紧，又放开。头发乱作一团，有些头发都立起来了。事实：马克觉得自己遇到大麻烦的时候就会用手抓挠前额的头发。

“克莱尔……”我踏进房间，和他擦身而过，他喃喃地说道，嘴里一股威士忌酒的气味。

我扫视了马克的书房。与今天早上我来的时候相比，除了书桌上那瓶廉价威士忌，其余没有什么变化。酒瓶快空了，旁边还摆着一个空空的烈酒杯。事实：我上一次看到马克喝威士忌是十九年前，凯瑟死了之后，那漫长而黑暗的几个月。通常马克都喝精致的波尔多葡萄酒，今晚，他又喝上了烈酒，肯定是发生了可怕的事情。

我看了看马克的笔记本电脑，屏保上的北极光不断地出现。我的丈夫就是没有在写作，他在朝肚子里灌威士忌。他说自己在写作，他撒谎了。好吧，这算是无伤大雅的谎话。但男人一旦说谎，就会一辈子说谎，通奸也是这样。他又撒了个小谎，我真想走上去，给他一巴掌，但是我咬牙忍住了，没有动手。

因为还有更重要的事情，我想知道的事情。

“我想要知道答案。”

“你不知道更好。”

“你说了，你已经厌倦了替我隐瞒真相。我想要真相。现在就要。”

“忘了我刚才说的话吧。我说着玩的。我总是恣意妄为地胡说八道，这方面我是行家，你应该知道这个事实的。”

“别废话，告诉我真相。昨天我叫醒你的时候，你为什么会说那些话？打开生日礼物的时候，为什么你看上去那么烦恼？”

马克沉默了。

“看在上帝的份儿上，马克，说吧。为什么你把索菲亚和凯瑟联系在一起？”

马克蹒跚走到书桌边。他把杯子斟满了酒，一口灌进了嗓子眼。

“她们都死了。”他说道。

“这一点我知道。”

马克深吸了一口气。在书房聚光灯的照射下，他看起来筋疲力尽，面容憔悴枯槁，额头的皱纹上写满了忧虑。今天早上我给他的手指缠上绷带的时候，他看起来要比现在年轻十五岁。

“是你，你杀死了她们两个人。”他说道。

最难的事情往往就是真正地了解自己。

——索菲亚·艾琳的日记

二十五

马克

我的话就像是迎头一棒，克莱尔畏缩了。整个眼珠都变白了，脸更是死灰色，嘴张开又闭上。她伸出了一只颤抖的手，仿佛是要寻找支撑，可是周围没有可以倚靠的东西。

她的嘴角开始抽搐。

“我……什么……”她说道。

我内心的一个小角落同时感到揪心和得意。是时候了，我的妻子应该面对她究竟做了什么的真相，不应该再躲在快乐的遗忘之中。保护了她这么久，是时候了，她应该走进现实中。

我有三个选择（很不幸，这一天下来，我的选择变得越来越少）：

(a) 先告诉她关于凯瑟琳的真相

(b) 索菲亚的真相

(c) 两个都不选

“不，”她继续说道，“不会是凯瑟……”

我们还是从凯瑟琳开始讲起吧。如果十九年前克莱尔没有一时发疯，我现在还是个父亲。

你无法改变事实。有些事实无法遗忘，特别是那些揪心的事实。

“你在日记里写的是你看到她的时候，她睡在小床上，”我说，“看起来脸色苍白。你摸了摸她的脸颊，她的脸冰冷，于是你叫人来帮忙。”

“是的，”她说道，“我的日记就是这么说的……”

我这样说道：“你记在日记里的是你想要相信的内容，你能够承受的内容。真相就是，你着了魔，把枕头放在了凯瑟的脸上。那天，她早上也哭，下午也哭，整天都在哭。前一天也在哭，大前天也在哭。凯瑟就是个爱哭的小婴儿。没人知道为什么她整天都在嚎。你不知道怎么才能让她不哭，你不知所措。而你也出现了新妈妈常有的症状，这就更糟糕了。现在有个专门的名词：产后抑郁。后来，我从容医生那儿得知了一个关键的相关事实。就在你怀上凯瑟之后，你有两周的时间服用了抗抑郁药物。发现自己怀孕后，你就停了药。生产之后，抑郁症卷土重来，而且更严重了……”

恐惧在克莱尔的眼睛里打转。

“我没有……”

面对残酷的真相，否认是自然的反应。但是，现在是时候让克莱尔面对过去了。

“那天下午，我走进凯瑟的婴儿房。看到你抱着她在摇。你的脚下有个枕头，软绵绵的，述说着罪行。你咬紧牙关，神智仿佛在数光年之外。你瞪大眼睛看着我。我看着你的眼睛，觉得魔鬼仿佛寄居在里面，把你拖到了没有人敢涉足的地方。你的眼睛看上去仿佛被剥脱了人性。但是，你的眼睛也透露出惊慌失措和茫然空白。这两者组合在一起真是让人警觉，我从来没有看到过这种眼神。我站在那里，愣住了，不敢相信眼前的东西。我恐慌了，喘着气。你小声对我说道，你终于办到了，凯瑟不再哭了……”

“不……”克莱尔跪在了地上。眼泪在眼眶里打转，一两滴泪水顺着她的脸颊滚落下来。她捂住了耳朵，不想再听我冰冷凄凉的话。

“不可能是……”

她的嘴唇变成了痛苦的圆形，就像爱德华·蒙克[1]《尖叫》中的嘴。

“我冲过去救凯瑟。我从你的手上把她拖了过来。她的身体就像牵线木偶，一个脆弱的、坏掉的木偶，或一个没有脊柱的布娃娃。她的脑袋下垂，就像和身体分离了一样。她的脸呈现出一种灰白色。她的瞳孔空洞无物，就像商店里的人形模特。她的眼睛没有了生气，取而代之的是黑暗的死寂和茫然的尖叫。多年以前，我在日记里就是这样写的，一字不差。你当时说得没错，凯瑟真的不再哭了。但很显然，她再也不能哭了……”

“我没有杀她……”克莱尔说道，手还捂着耳朵，“我肯定不可能……”

---

1 挪威画家。

“你应该面对真相了。隐瞒真相也这么长时间了。那天晚上，他们把你送到了阿登布鲁克医院住院观察。我看见你躺在医院的床上，痛苦不堪，脸都变形了。你在暗自幽咽，左右摇晃着脑袋，不停地喃喃说道‘凯瑟’和‘对不起’这两个词。你咬指甲，咬得一点指甲都没有剩下。我招手示意护士出来，给她说我要私下和你谈谈。你抬头看着我，眼睛里突然闪过一丝清醒的意识。你说，你也不知道当时自己是怎么回事，你不想伤害凯瑟的，你只是想要她别哭了。想到自己做了这些事情，你就活不下去。你说，你的余生都毁了。就在那个时候，我决定帮你，我觉得你可怜。毕竟，你是我选择娶为妻子的女人。我们刚刚失去了女儿。我不想自己的妻子再疯掉。你当时已经快要崩溃了。无论是疾病还是健康，无论是艰难还是快乐。我给自己讲道理，疾病也包括心理疾病。

但是，最后起到决定作用的还是我的内疚。我怪我自己。你生下凯瑟不久，我就应该觉察到你不对劲。我应该在日记上着重提醒自己，立刻带你去看心理医生。我应该看出端倪的，这些事就摆在我眼前。毕竟我的日记上记录了凯瑟出生后，你总是做噩梦。我有几次看见你在婴儿房里一边哭，一边拧手。我在日记中记录了的，我应该立刻行动才对。但是我什么都没有做，什么都没有。那时，我忙于写自己的第一本小说。我忙于创作，我视而不见，完全忽视了自己家里的毁灭。我的罪恶感压垮了我的灵魂。我本来可以从你手里救下凯瑟的。”

克莱尔坐在地板上，抱着膝盖，表情忧伤孤寂。额头上的皱纹写满了痛苦、难过和内疚。她看上去就像个被捕获的小动物，看着让人心碎。此时，我也没有想到，心中突然涌进了同情的感情，我真想走到她身边，紧紧握住她的手。

但是，我还是要趁着还有勇气，继续无情地把事实摆在她面前：

“这就是为什么那天下午我提议你忘记这回事。现在看来，这应该是我做的最愚蠢的事情。但的确是我建议你在日记中写一个凯瑟死亡的被净化版本。我让你写：看到她脸色苍白，一动不动地躺在小床上，脸颊冰冷。这是可信的。毕竟她身上没有任何外伤。这是一个你可以相信的故事。你感激地抬头望着我，眼泪扑扑往下掉。你轻声说道，‘谢谢你，马克’。我觉得自己给了你第二次机会，第二次重获理智的机会，给了你非常渴望的平静。两天后的早上，我依然认为自己的做法是正确的。你不一样了。你的脸颊还肿着，眼睛浮肿，瞳孔里流淌着悲伤，但是没有了内疚。当时，我觉得这证明我是正确的。但是，到了后来，我意识到凯瑟死亡的真相还是埋藏在你头脑的某一处地方。无论你意识得到否，真相从里面要你的命。没有人可以真正地忘记。”

克莱尔突然发出一声痛苦的哭诉，声音就像快要淹死的人。

“马克，”她说道，“哦，马克……”

“重要时刻，”我说道，“我教你对自己撒谎了。”

克莱尔摇着脑袋。

“我后来才发现，因为这个谎言，我不得不说更多的谎。”我决定继续讲出事实，“真是奇特呀，很快，撒谎就成习惯了。谎言滋生谎言。但是，我知道，我们需要专业的医学观点，我们需要证据来证明凯瑟是自然死亡。”

“你办到了。”她小声说道。

“我求安东尼·佩吉特博士帮忙，他是三一学院医学部的主任。那个时候，我也没有什么可以给他的。我娶了你，我爸爸剥夺了我的继承权，我什么都没有了。我对他说，如果小报记者知道了某个三一学院毕业生的女儿因为某个可怕的**错误**而死，那就有的好看了。”

克莱尔的脸在抽动。

“我泪流满面，佩吉特盯着我看了好长时间，默不作声。他说，英国文学的学长提过我一次，当时他们坐在剑桥的高年级公用休息室里，对方给他递过来一大瓶波特酒，马克·亨利·埃文斯好像是三一学院最有前途的学生之一。如果我的前途因为这次**事故**而蒙上污点，的确是件遗憾的事情。”

克莱尔噙满泪水的眼睛里突然闪过一丝亮光，她明白了。也许她脑子里的东西联系起来了。比如说我决定把第一本小说的预付版税捐一半给佩吉特的研究工作。事实：单日人的问题就是他们看不到全局，他们小小的大脑处理能力有限。所以，对他们得有耐心。

“对不起，”泪水再次顺着她的面颊流了下来，“我以为……我的日记上说……”

“你想日记说什么，日记就记录了什么。记忆就是你**选择**保留的事实。我们**选择**了想要的过去，我们都是这种过去的受害者。”

“所以，我神志不清……”

“这十九年来，我生不如死。克莱尔，真相等同于痛苦。”

也许爸爸终究是对的。事实：多年前，他就坚持认为娶单日人是疯狂的行为。因为我如此愚蠢，所以他才剥夺了我的继承权。我现在明白爸爸为什么会那样做了。即使是爸爸，也没有想到我愚蠢地娶了一个偶尔有疯狂倾向的单日人。这就更糟糕了。

“这么说，我是个怪物，”克莱尔的眼睛里有无尽的痛苦在燃烧，“杀死了自己女儿的怪物。”

对此，我无可奉告。我现在还能对她说什么呢？

我妻子爬到沙发跟前，撑着身子坐到了垫子上。她动作缓慢而痛苦，像一个失去了一切的女人。她的眼睛里还是蓄满了泪水。我感觉她的眼睛深处有了一种新的内在。她的眼睛变得木讷浑浊，淡紫色的眼睛变成了拉利玛石的颜色。呆滞无光，就像死了一周以上的鱼的眼睛。

“对不起，马克。”她可怜地轻声说道，“现在，我明白你为什么有外遇了。”

我僵住了。我自己还没能联系到这一步呢。也许我的妻子没有我认为得那么愚钝。

“但是，我不明白你为什么留下来了。”

我保持着沉默。

“凯瑟发生了这样的事情，”克莱尔继续问道，“你为什么还和我生活这么长时间呢？”

欲望让你浪荡，但爱让你留守。

——马克·亨利·埃文斯《死亡之门》

二十六

克莱尔

我的问题悬浮在稀薄的空气之中。因为恐惧，我两眼发黑。因为悲伤，我的心揪紧了。我低头看着自己的双手，这双手杀死了我的亲生女儿。

这是杀人犯的手。

只要我还活着，我就无法宽恕自己。也许我应该再次割腕，也许应该上吊，用自己的死来救赎女儿的死。生命中剩下的每一天，我都应该惩罚自己，每一个清醒的时刻都应该忏悔自己可怕的罪孽。

但是，为什么马克没有给我更多的惩罚？我杀死了他唯一的女儿呀。为什么他没有立刻离我而去？为什么他还在我这个邪恶的杀人犯——他的妻子身边待了这么长的时间？

“你还没有回答我的问题，”我声音颤抖地说道，“你为什么要留下来？”

“我不得不留下来。”他说，“我无法无视脑子里的事实。比如说，最开始是你在养活我们两个人。”

我呆住了。

“我从三一学院辞职，这样做很蠢，我们都知道这一点。我觉得出版一本小说是一件很容易的事。我错了，错得离谱。”

“我知道这个，但是——”

“三一学院不想要我回去。那些贵宾席上的双日人研究员一个个自大傲慢，觉得我娶了单日人简直骇人听闻。”

“并不是——”

“你在校园蓝调打工，这样我们才有吃的。积蓄花光了，你不得不回去工作，那时凯瑟出生才三个月。然后你就养着这个家，他妈的又过了十五个月，我这才拿到了第一笔预付版税。之前日子真的过不下去了，你甚至提出把订婚戒指卖了，但我说不行。这些也都是事实。”

“我还是不明白，你为什么留下来了。”

“事实，克莱尔，事实。这都是我研习过的事实。我们相互依靠，我们互相帮衬，才活得下去，在这个充满敌意的世界里活下去。我的家庭抛弃我之后，没有人站在我身边，只有你。”

“我们给沃尔特斯牧师发过誓，我们永远都在一起。”

“行为胜过承诺。这么多年，你一直都在努力让我高兴，我的日记就是这么说的。日记上还说，每次你费心讨我高兴，我的内疚就会增加一倍。”

“这么说，这些事实你都写下来了。但是为什么这些事实会让你留下，在凯瑟……在她死……”

我说不下去了，大声抽泣起来。马克皱起眉头。

“我也不知道，”他摇着头说，“我真不知道。怎么做往往很简单，为什么这么做却常常难以捉摸。”

我沉默了。

“克莱尔，我还知道为了嫁给我，你也放弃了很多东西。为了能在一起，从一开始，我们都做了抗争。这也是事实。这个事实可能完胜我刚才所说的一切。”

我僵住了。

“你怎么……”

马克叹了一口气，蹒跚地走到对面的定做书柜前，抽出了一个薄薄的文件夹，上面标注的是“未分类文件”。他打开文件夹，一张折角的复印件映入我的眼帘。

“我是偶然看到了这封信，”他说道，“那是 1995 年 10 月，我们搬到弥尔顿街 23 号之后。我偷偷复印了一份，以此提醒自己你也放弃了一些东西。为了我们而放弃的。”

他把手里的纸递给我。

“这封信我读过好多遍，就是睡梦中我也能背诵。”他叹了一口气继续说道。

我低头看着手里的复印件，长年累月下来，纸张的边缘都脆化破损了。字迹透露出一股权威的气息：

白金汉郡，安斯利庄园

1995 年 8 月 18 日

亲爱的克莱尔·布歇小姐：

我获悉我唯一的儿子打算在下月迎娶你。我无法祝福这段姻缘。我相信你肯定知道原因的。为了解决我们面临的这个问题，我有个简单有效的提议，希望所有人都能感到满意。如果你离开我的儿子，并且堕掉腹中的孩子，我将非常乐意在同一天往你的银行账户上转入500000英镑。有了这笔钱，你这辈子都会衣食无忧。希望你能接受我慷慨的提议。对你、对我们都好。请在1995年9月1日之前答复我。

你真挚的

菲利普·爱德华·埃文斯先生

我深深吸了一口气，抬头望着马克。我的脑袋一阵眩晕。这么说，马克一直都是知道的。

“你没有给爸爸回信，不是吗?”他的声音很轻柔。

我摇了摇脑袋。

“为什么不呢?”他说。

我耸了耸肩。我们四目相望，一颗眼泪就要从他的右眼角滴落下来。他眨巴着眼睛，想要把眼泪逼回去，没能成功。

“那我们都为对方做出了牺牲，”他的声音有一点颤抖，“一开始，我们都做出了牺牲。这才是我每天真正对自己说的。我对沃尔特斯牧师承诺过，但每天早上我并没有机械地提醒自己‘我爱妻子’，我没有那样做。”

“可是所有的牺牲只换来了灾难。”她摊开双手，满脸的痛苦心酸，“最开始是凯瑟，现在又是索菲亚。”

“对不起，克莱尔。我真的对不起你。索菲亚这件事，我是没有控制——”

“你今天上午说过了。但是……”

我又有了一个问题，我的嘴唇在颤抖。我知道自己可以选择硬生生地把这个问题咽回去。但是还是吞吞吐吐地说了：

“你……你爱过她吗?”

“我没有在日记中写过这样的话。”

“我不相信你。”

马克猛然挺直了肩膀，很自信的样子，从口袋里掏出电子日记本，手指飞快地输入了什么，然后走过来，把搜索结果拿给我看：

“索菲亚+爱”=无匹配项（无链接）。

我惊奇地眨了眨眼睛，真的是不敢相信自己看到的结果。但是我心中立刻又跳出了疑问，还有另一种让人不愉快的可能。

“如果……如果你在日记里用别的名字来称呼索菲亚呢?”我说道，“昵称或是什么的。你能不能只输入‘爱’这个字呢？我想看看有什么结果。”

“我从未用过昵——”

“输吧。”

他呼出一口气，摇了摇脑袋。

“马克，输吧。”

他叹了一口气，伸出手，不情愿地输入了“爱”这个字。我踉跄着走过去，在他肩膀旁边看着。屏幕闪动，结果出来了：“爱”=12个匹配项（3个链接）。

马克睁圆了眼睛，甚至透出了担心的眼神。

“点击第一个链接。”我说。

他犹豫了一下，然后照办了。我们同时急不可耐地阅读起来：

2013 年 4 月 7 日

我打开前门，走进厨房，看到克莱尔站在水池边上，背对着我。一把厨刀在她的脚下，我觉得是她不小心掉在地上的。但是她转了过来，一双疯狂的眼睛，视而不见的眼神，手腕举得高高的，仿佛是在祈求。我喘不过气来了。血顺着她的左前臂往下淌，触目惊心的两条红色小河，蛇行到了她的肘部。我一只手拎着手提箱，另一手捧着一大束玫瑰，“哐”的一声，都落在了地上。我难以置信地看着，过了一两秒，才冲上前去。

——哦，上帝呀，克莱尔。你做了什么？

——我不想的，我不……今天早上，我只是感觉糟糕，黑黑的东西压在我身上。我的胸口疼……然后我就看到了刀……

她发出痛苦的抽泣声，没有眼泪，说话断断续续。我抓住她的肩膀，让她转身坐在凳子上，然后就跑到操作台前，撕下好长一截厨房卷纸，扔过去，让她擦拭血迹。我注意到她手腕上只是皮外伤，松了一口气。但这依然是她本人自己划下的伤口。

我的目光落在了操作台上的灰色药瓶上，里面装有克莱尔的抗抑郁药。

——你昨天晚上吃药了吗？

她看着药瓶，眼神闪动。她摇摇头，无力地垂下头。

——我以为自己不吃药也行。

——哦，上帝呀，克莱尔。我昨天晚上该给你打个电话让你吃药的。

眼泪顺着她的脸颊流了下来，我知道自己应该立刻带她去看容医生。所以我就带着她朝着我的捷豹车走去（她顺从地跟着），开车来到阿登布鲁克医院。一路上她沉默不语，用毛巾捂着手腕，我也是默不做声。我还能说什么呢？

谢天谢地，容医生在医院。我在诊疗室外等了至少三十分钟。我在过道里走来走去，为期两周的作家疗养，我知道自己是不能再去了，就是他们给我一堆的钱也不能去。如果我再晚上一两天回家，真是不敢想象会发生什么。如果我不在，克莱尔发生了什么不测，我永远也不会原谅自己。如果她遭遇不测，这种痛苦是我无法忍受的。[注意：我在外的行程不能超过一个晚上，而且必须是在不得已的情况下。]也许这就是为什么我愿意以我的存在把她从悬崖边上拉回来，确保她最终康复，挽救她的自我毁灭。这段路的确让人难受，摧毁人的精神，侵蚀内心。如果我不尽全力给出自己能给的一切，我们付出的代价会更大。如果我不这样做，就会给我们俩带来更大的毁灭。

容医生终于从房间走了出来。

——缝了两针。还是让她在这住上一晚吧，以防万一。可能要增加抗抑郁药的剂量，她才能好起来了，完全地好起来。

我松了一口气。

——你爱她，对吗?

完全没想到他会问这个问题，我点点头。

——这么多年了，我见过很多夫妇。很多夫妇都觉得爱情非黑即白。但是，埃文斯先生，你的观点不一样，不是吗？你觉得爱情是什么颜色的?

我脱口而出。

——灰色。

——如果爱情有味道，会是什么呢?

——又苦又甜。

他点了点头，我的答案显然没有让他感到惊奇。他伸出手拍了拍我的肩膀。

——所以你们俩会没事的。也许会耗上一些时间，但你们总会走过去的。幸福也许神出鬼没，但爱会让你们更亲密。

我倒吸了一口气，看着马克，他读着自己写的日记，瞳孔都放大了。

那个可怕黑暗的上午太艰难了，有点超过了他承受的极限，原来他心里是这样想的。也许每天记日记对于人类的存在而言并不是乏味的折磨。如果他不是在电子日记中记下了自己的真实感受，我就永远也没有机会知道了。我就永远不会明白他忍受了这么大的痛苦，也不会明白他因为我受了多大的折磨。我的怀疑一直都是正确的。他留在了我的身边，因为离开会让他更痛苦。我也是这样的。我们被捆在了一起，如果我们中的任何一方试图挣脱，套索就会收紧，就会要了我们的命。这就是为什么我们都没有离开。

他叹了一口气，或许也认识到了这些事实。

“我们再看第二条呢。”我说道。我的语气温柔，其中还有突然明白了的通透。

马克照办了，点了链接。我们伸长脖子，一起看。

2013年7月7日

一边漫步在白色的沙滩上，一边捡贝壳，克莱尔看起来非常幸福的样子，我在远处注意到了她表情的变化，我们真的应该多到加勒比海来。阳光、大海、海风对她真是有好处。一个穿着荧光绿色游泳衣的老年女人走了过来，打断了我的思绪，她手里拿着一本破旧的书，《死亡之门》。看起来她至少有七十岁，但她的眼神明亮活泼。

——埃文斯先生，我喜欢你的小说。你把悬疑和黑色家庭结合在一起，我很喜欢你的手法。

即使到了尼维斯，也逃脱不了自己的粉丝。我们闲聊了大概二十分钟的时间，说了说喜欢的小说，然后她微笑着，指着克莱尔说道。

——我猜，那是你妻子。

——没错。

——你肯定很爱她。

我完全没想到她会说出这样的话，吃了一惊。

——我们都爱自己的另一半，不是吗?

——和你的方式不一样。我花了好长时间才确定你是马克·亨利·埃文斯先生。你坐在这桌旁好长时间了，担心地望着她。好像担心自己会失去她，或者其他什么东西一样。

——啊，嗯……

——你怎么对妻子表达爱她的呢?

——嗯……我不知道……我想，给她买玫瑰吧，不同颜色的玫瑰。

——真的?你是用颜色来表达吗?不同的颜色代表不同的意思?

——还真是的。深红色表示“对不起”，暗红色表示“真是非常对不起”。

——粉红色呢?

——我不清楚。第一次送克莱尔玫瑰，就是粉色和白色的。

——如果第一次送给她玫瑰就是粉色和白色的，那潜意识是很清楚的。

——现在想起来，我们最开始见面，我送给克莱尔好多粉色和白色的玫瑰。

她冲我眨了眨眼睛，脸上泛起好多褶子。

——往往都是旁观者清呀。有一天，你就会明白粉色和白色的意思。

我抬起头来，看着马克。

“我从来没有想过颜色代表什么，”我说，“二十年了，我都没有明白。”

“我也不明白粉色和白色意味着什么。”他一边说，一边有点胆怯地点开了第三条链接。

2013 年 9 月 14 日

我从前门走进来，迎接我的是狂喜的刺头和满脸笑容的克莱尔。

——马克，我都想你了。你昨晚非得在伦敦过夜，真是遗憾。

我顺手把外套扔在衣钩上，朝着厨房走去，不敢看她的眼睛。

——你昨天吃药了吗？

——吃了，今天感觉很好。我真的想你了，我做了你最喜欢的炖兔肉。

我害怕自己的声音会流露出什么，但此时此刻我必须说点什么来回应。

——哦，克莱尔，你没必要麻烦的。真是过意不去，嗯……错过了回剑桥的最后一趟火车。

走进厨房，看到炉子上小火炖着东西，迎面扑来的是浓郁的兔肉和月桂叶的味道，我感觉更加过意不去了。这是日常家庭生活稳定而舒心的味道。和昨晚康定斯基 261 房间木兰精油蜡烛的味道形成了鲜明的对比。那个女人还在脖子和手腕洒上了好多麝香柠檬味道的香水。

欲望的味道。

如果木兰和香柠檬是欲望的味道，那兔肉和月桂叶会不会是爱的味道呢？

肯定是。不可能是别的东西。厨房里的兔肉和月桂叶填饱了一个男人的肚子，同时也滋养了他的灵魂。无论这个男人知道不知道，这些在支撑着这个男人，字面意思如此，比喻的意思也是如此。也许这就是为什么虽然发生了可怕的事情，我还是像返航的信鸽，每天都本能地回到妻子身边［注意：要研习并且记住这一事实］。这就是为什么我非常内疚：我怎么能对克莱尔不忠呢？我怎么能这样呢？

我们四目相对。我双眼含泪，温柔地望着他。刚才我心里的什么东西融化了。很久以前，因为嫉妒和怨恨，我变得很玻璃心。长久以来，因为对马克的误解，我感到忧虑、感到苦涩，但就在刚才，我才明白了。我对马克长期的偏见，还有我心中的忧虑和苦涩都一扫而空。

我的双手依然染满了鲜血。无论我怎么洗，也洗不干净。悲伤、恐惧、罪恶感席卷而来，侵占了我的内心。可怕的罪恶感。然而，还是有东西可以稍微挽救一下我的心，给无法忍受的生活一点点希望。

不是东西。**是人**。

我的丈夫，一直都站在我身边的丈夫。唯一的问题就是，我们一开始并没有真正找到对方。而刚才，就在过去的那一个小时，我们以不同的方式找到了对方。但是，可能已经太晚了。

我叹了口气。

“马克，你告诉我，”我小声问道，“索菲亚最后怎么了？她是怎么死的？”

我从来没有读懂过弗吉尼亚。现在，我终于承认了这一点。也许是因为我读不懂她，我才会对她如此痴迷。她灵魂中盘旋而上的黑暗最终将她带到了欧塞河的漩涡中，或者我病态地迷上了这一点。

——马克·亨利·埃文斯的日记

二十七

马克

克莱尔的问题在空气中回荡。沉默封住了我的双唇，不知道为什么突然我就无话可说了。也许是因为震惊，我意识到欲望蒙蔽了我的双眼，让我对爱情苦闷的事实视而不见，让我对婚姻悲喜的复杂性视而不见，对克莱尔的真实感情视而不见。真是让人惊奇呀，几年前的日记，如今重读，沉淀之后，呈现出新的意义。我对周围的事实真相如此短视，也是令人惊愕。

我们因为记忆能力的差距分开，然后又因为责任的压力，站在神龛前结为夫妇。虽然有誓言，但我们并不是因此被迫留在了彼此身边。我们都留下了，因为我们内心深处想要留下。虽然在一起带来了痛苦，但因为我们愿意自我牺牲——这条牢固的丝线把我们捆在了一起。

因为任何一种其他的选择都更痛苦。

“索菲亚到底怎么了?”克莱尔的问题打断了我的思绪，一把将我拉回这艰难的时刻。

几分钟之前，我才把尘封了十九年关于凯瑟的悲惨事实倒了出来。但是我最近关于索菲亚的记忆则是完全不同。想到两个晚上之前的事情更是如此。那时她在这个房间鬼鬼祟祟地找东西，克莱尔发现了她。

我现在只有两个选择了：

(a) 说实话。

(b) 什么都不说

我想要选择（b）项。但是威士忌在我的血液里沸腾，非但没有抑制我的本能，反而激发了我的本能。我的本能告诉我，如果我现在不告诉克莱尔前天晚上索菲亚到底怎么了，我可能一辈子都会为这件事后悔。我应该趁着自己还记得，告诉她。现在我的脑海里还是前天晚上的鲜活记忆，还不是冰冷枯燥的事实。鲜活的记忆总是所向无敌，就像在彩色液晶电视上观看过去，而不是黑白的事实。

如果我现在不说，也许我再也不会有开口的勇气。我估计理查森很快就会再次出现在我们家门口。他就像可怕的皮疹，永远也不会消失。

外面又刮风了，窗外响起了风悲惨的嚎叫声。我扫了一眼书桌。威士忌的瓶子倒在了书桌上，最后一滴酒也没有了。

我清了清嗓子，吓得克莱尔跳了起来。我说了以下的话：

两天前的晚上，你大概七点钟才从艾米莉家里回来，晚饭就吃得晚了。接着我们就吵了起来，其实也就是到加勒比海哪个岛上度圣诞节的无聊事情。你说你想去尼维斯，因为你的日记说在那个岛上你感觉特别好。精神上、情绪上、身体上都好。我说我想去另外一个岛，换一下，比方说附近的塞巴。说着说着，我就放下吃了一半的牛排，撇下你，大步走回书房去了。现在回想起来，自己真是粗鲁，羞愧呀。

走近书房，我发现门半开着。我还听到里面有轻轻的脚步声。意识到书房里有不速之客，我停下脚步，僵住了，不知所措。但我也好奇那个人想要干什么。为什么会有人在我的书房里东翻西找呢？于是，我贴在外墙边，从窗户往里看，想要探明情况。

看到破门而入的是个女人，我几乎瘫倒在脚下的花盆上。那个影子优雅轻盈，只可能是女人。她有些激动，在房间里转来转去，就像一头绝望而饥饿的美洲豹。我斜着眼睛往里看。她浑身上下都穿着漆黑的衣物。一条柔软的紫貂围巾遮住了她大半个脸。

讲到这里，我停下来，走到日记保险柜前，输入密码。门滑开了。我拉出了那条范思哲的围巾，扔在书桌上，克莱尔吓了一跳。长长的黑色围巾摊在书桌上，像是在指控，围巾下面是卷了边的《存在天注定》打印稿。

我叹了一口气，继续讲下去：

那个女人大步走向我的保险柜，轻轻敲了敲保险柜的合金门，然后又在书房里转了几圈。她从口袋里掏出一张小纸条，研究一下。她把纸条又收起来，开始拨弄我保险柜的密码锁。她输入了一组数字。红灯闪亮。她又试了一次。红灯再次闪亮。这一次我听到她压低嗓子用力咒骂的声音。她犹豫了好长时间，第三次输入了密码。

刺耳的声音撕裂了这个夜晚，击碎了寂静。

她僵住了，一只手抬起来捂住了嘴巴。

警报变调了，成了尖锐的两种声调的噪音，在响亮和更响亮之间不停地变更。她开始慢慢往后退，手还放在嘴巴上。

警报的声音更响亮了。

我的耳膜都要被震破了。

还在响。

继续响。

这时，我再也受不了了。我从书房的门冲进去，飞一样经过那个女子的身边，赶紧输入正确的密码。保险柜的门滑开了，警报戛然而止。

我转过身去，面对她。我们瞪着对方，一动不动，仿佛过了好久好久，就像永不结束的痛苦一样。不知怎么地，这样的寂静仿佛更为震耳欲聋。

"马克，你真是让人失望呀。"她一边说，一边又抽出那张纸条，朝着我挥舞。我眨着眼睛，纸条上写的：我生命挚爱的生日和我的生日。

我不敢相信我的耳朵。也不敢相信我的眼睛。原来站在我面前说话的人是索菲亚·艾琳。是她站在房间中间，脸上围着黑色的围巾。

"你怎么搞到——"

“我还以为自己猜出来了呢，”她一边说，一边摇着脑袋，脸上一副不赞许的表情，“我以为你用了我的生日，或者你死去女儿的生日，你可怜的小凯瑟琳·露易丝。可惜呀，也不是。我甚至还试了试你的生日，重复了一次。”

“怎么会——”

“但是你及时拯救了我，”她继续说道，“现在保险柜打开了。这就行了。”

我的脑子里涌现出无数个问题。索菲亚怎么会知道我们曾经有过一个叫凯瑟琳·露易丝的女儿，居然还知道凯瑟的生日？为什么她要偷袭我的保险柜？一点也说不通呀。一点也说不通。我迷惑地眨巴着眼睛，这时她大步走向保险柜，手指沿着我一排排的旧日记本划过去，拉出了标签上写着“1996 年 6 月—9 月”的那一册。

“这一小本发霉的巨作，我借上一两天，希望你不要介意。”她轻轻地笑着。

“到底——”

就在这时，门口响起了窸窸窣窣的声音。我和她同时吃惊地转过头去。我目瞪口呆，你出现在门口，手里端着加了盖子的晚餐盘子，里面装的是我吃了一半的牛肉。

“我听到警报声……”你一边说，一边往里走了一两步，然后就是石化般的寂静。

你瞪着索菲亚，索菲亚瞪着你，我瞪着你们两个人。这真是让人眼睛都不眨一下的三方对视。三个人都僵住了，三个人不期而遇，恐惧不期而至。三人都痛苦地意识到，事情永远不再一样了。

你脸上顿时没有了血色，就像尸体一样惨白。

我做了什么？我在想。我对你做了什么？对我们做了什么？

索菲亚率先恢复了常态。她拉下罩着脸的围巾，扔在了地板上，露出了整张脸和富有光泽的金色长发。我突然意识到，你俩长得多像呀。

“跟你男人干了整整两年，”她的唇角翘了上去，嘲弄地冷笑道，“全归我了。怎么说呢，男人也就只能操那么……”

她一边得意地笑着，一边朝着门口走去，日记还在她手里。

“但是再怎么爽，也有结束的一天。忠贞的丈夫也是如此……”

你的眼神告诉我，你明白了。你知道了，大步从你身边经过的是我的情妇。她正在嘲弄你，故意让你生气。她神情自若地成功了。你的脸因为愤怒而扭曲，你眼中的愤怒也夹杂着让人不寒而栗的空洞感。我本应该立刻明白其中的含义，我在日记中研习过，就是索菲亚手里的那本日记。在下雨的那个下午，凯瑟死亡……

克莱尔憋不住，发出了压抑的抽泣声。听到这一声，我回到沙发上。但是这一次，我伸手握住了她的手。我的手指轻轻环绕在她的手指外，保护着她。

那时，我应该做点什么的，什么都行。但是我没有。我只能怪我自己。意识到自己方方面面都惨败，我一动也不能动，我只是张着嘴，看着你们二人。我把自己不忠的证据扔在了你的脸上。知道我有情妇，再也没有比这更骇人的方式了。我扔掉了我们共有的东西，用谎言代替了真相，抛弃了有意义的东西，取而代之的是无意义地纵身跳下了海湾，破坏了我们为之奋斗的一切。在约克，我轻率的欲望、肉体上最初的幼稚软弱引发了一系列可怕的后果，最终导致了这次三人的冲撞。

我的罪恶和失败太多了，我寸步难行。我只是站在那里，万念俱灰，一动不动，恐惧于自己的错误。绝望地想要让一切回到正轨，可是又知道这是绝不可能的。

“婊子。”你说道。

她往后一退。

“你这可恶的婊子。”你继续咬牙切齿地对她说道。

索菲亚停了下来，对你怒目而视，我看见她的眼珠子里腾起钢铁般的红色迷雾。

“你个丑陋的婊子。”

之后，就像老电影的胶卷坏掉了一样，一切都杂乱脱节。

她扇动着鼻翼，我的日记本被抛向空中，翻了一个筋斗，落在了地板上。她张开嘴，爆发出一声吼叫，朝你冲来。她让我想起了最后冲刺捕杀猎物的猫科动物。她的巴掌“啪”的一下落在了你的脸上，你一声尖叫，脸颊留下了一道鲜红的印记，我目瞪口呆。她的手再次扬起，就像毒蛇的脑袋一样，充满恶意，准备再次出击。你本能地举起胳膊准备保护自己。我的晚餐盘子摔在了地上，摔成若干碎片，浓厚的肉汁溅得满地都是。牛排弹起来，越过废纸篓，滑到书桌下面。你的眼睛依然空洞无物，一副视而不见的样子。你伸出了手，你的手抓住她的肩膀，你们之间只有几英寸的距离。

狂野的接触。

绝望的接触。

她朝后倒下，鲜红的嘴唇变成惊讶的"O"字形。她的眼睛瞪大了，我看见她震惊得瞳孔都放大了。她伸出右手，手指绝望地弯曲着，想要抓住什么东西，但是什么都没有，她就这样倒了下去。

只有虚无的空气。

她的头撞在我的书桌上，"哐"的一声，一两秒之后，她的身体滑倒在地。

我指了指前天晚上索菲亚摔倒的具体位置。就在那个位置，克莱尔的双手沾染了更多的鲜血。是的，虽然那晚没有真正地流血。

我的妻子缩成一团。我猜接下来的事情，她已经知道了。

这一次轮到我们目瞪口呆地瞪着对方了。索菲亚四仰八叉，扭曲地躺在你我之间。我们突然意识到她一动不动了。

最开始，我们以为她摔昏迷了。你眼中的愤怒褪去了。我从一时不能动弹的状态恢复过来，快步走到索菲亚旁边，你也快步走过来。她的脸惨白，甚至呈现出死灰色。她的胸脯一动不动，非常不妙。她似乎没有呼吸了。我埋下头，把脸颊放在她的鼻孔前。什么都感觉不到。即便是最为轻微的呼吸也好，可是我什么都没有感觉到。我跪下来，摸她的脉搏，可我根本摸不到，连最微弱的跳动也感觉不到。你蜷伏在她旁边，伸出两根颤抖的手指放在她的耳朵下方，想要摸到脉搏。但是你也什么都感觉不到。

时间一分钟一分钟地过去了。因为恐惧，我们的脸色都变了，我们再次面面相觑。你的眼睛里只有翻滚的恐惧。我们意识到索菲亚已经死了，寒意浸透了我们的灵魂。过了好久好久，你轻声说道，你没有想要伤害她。可是索菲亚并不只是晕过去了，你随即就意识到这一点，你的声音化为乌有。

你杀死了她。

我现在也不知道当时自己是怎么回事。我只想你离开我的书房。不知怎么地，看到你和索菲亚同在一个房间，我感觉无法忍受。你蜷伏在索菲亚的尸体旁，我看着更是难受。

于是，我让你离开。离开这里，忘了发生在这里的事情，立刻离开，让我一个人来处理这些事情。日记上就写我回书房后，你一个人看电视打发时间。第二天就待在家里。

最开始，你只是眨巴着眼睛望着我，不明白我的意思。但很快你就明白了，我是在给你一条出路。我知道你会听我的话。好的，你喃喃地说你很抱歉，会按照我说的办。接着，你就泪流满面地冲出了书房。你消失在门外的黑暗中，门啪的一声关上了。

“你两次都想保护我，我真是不敢相信，”不安中，她的脸皱成一团，一边说话，一边摇头，“两次。”

对此，我无话可说。这还真是荒诞，但我还是替她感到痛心。发现自己造成了两个人的死亡，滋味肯定不好受。更何况一个是自己丈夫的情妇，另一个是自己襁褓中的女儿。

我太想喝点威士忌了。但桌上的瓶子空空如也。我想要酒精在舌头上的那种安慰。我走到房间尽头，从藏酒中取出一瓶最好的波尔多：1945 年，木桐酒庄。事实：2012 年 1 月，在索斯比拍卖会上，我花了七千八百英镑买下了这瓶酒。当时，我一时心血来潮，奢侈地买下了这瓶酒，在那两周前我刚收到了《死亡之门》的第四笔预付版税。但是，如果我要因为索菲亚的事情进监狱，我还不如先喝了它，免得落入别人之口。

我打开瓶塞。闻到了一股湿报纸和满身是泥的金毛猎犬的味道。

一个昂贵的大错误的味道。

我哀叹了一声，一屁股坐在了克莱尔身边的沙发座上。我现在明白了，奢侈不过是用一种虚幻的方式来浪费钱财。

克莱尔咳嗽了一声。我看了她一眼。

“那……你是怎么处理索菲亚尸体的呢？”她皱着眉头说道。看她的样子，她并不想知道答案，“她怎么到了剑河里的呢？”

“我抱起她，”我说，“然后就跌跌撞撞地去花园——”

有人在敲门。

我僵住了。克莱尔也僵住了。

“哦，不……”她说。

我知道谁在门外。克莱尔也知道。我的心脏感到彻骨的寒意，这股寒意紧紧地攥住了我的心脏。早些时候灌下的威士忌肯定放大了我的感觉。

又在敲门。敲了两次。

“不……”她轻声惊吓道。

我转向克莱尔。她义无反顾地向我伸出手。

我们的身体碰撞在一起。

我脑子里所有的事实瞬间蒸发。无所谓了，我不再在乎这些事实、各种可能、各种讨厌的选择，我的脑子都不再思考，也不再去分析理解。我的大脑淹没在一种无可言说的非理性感觉中。这种东西更为深邃，更为本能。

这是发自肺腑的东西。

最重要的就是我怀里的女人，我的此时此刻，我的过去、现在和将来。

没有别的。

我现在才意识到克莱尔头发的气味很美妙，是茉莉香。我才感觉到她的皮肤是如此柔软，如此诱人。她温暖的胸脯，贴着我的心脏在跳动，是这么柔软脆弱。我一直想要找的人就在我身边，我应该早点知道的。一天的时间，重获记忆，心就大不一样了，太奇特了。

爱如果不是突如其来的确定，还能是什么？如果不是想要再次经历这种让人心颤的魔力，如果不是想要记住这种感觉，就是最小的星星点点都不肯放过的愿望，爱还能是什么？

我伸出手，擦掉克莱尔脸颊上的一滴泪水。就这么深感幸福的一小会儿，时间和事实都停止了。

时间和事实都变得无关紧要。

又是敲门声。

这声音就像一把刀，切入我们的身体。残忍地将我们拖回了可怕的现在。这一次，我们知道自己没有了选择。我们挣扎着松开对方，我强迫自己从沙发上站起来。克莱尔也站了起来。她先试探着往前走了一步，她脸上的表情就像在走向绞架。我赶快往前走，走到她前面。

“我来开门。”我说。

克莱尔默默地感激地看了我一眼。

沙发距离书房门大约有七码。但今晚走过去，就像走了七英里，让人痛苦不堪的七公里。我走到门前，拉开插销；克莱尔走到我身后，展开双臂抱住我的腰。门“嘎吱”一声，好大的声响，开了。风恶毒地吹进来，扇在我的脸上，花园里散落的枯叶也随之刮了进来。没错，门外的那个人影正是我们预料之中的那个人。在他的背后站了一个穿制服的高个子，黑暗中看不清那个人的脸。

远处一只乌鸦发出了叫声。

“你都听见了？”我说。

他冷漠地点了点头。我应该想到的。但是，我没想到他今天会再来找我。我以为等到一切真相大白，还有几天宽裕的时间呢。

“我们站在这里已经有一会儿了，”他说，“顺便说一句，你的花园真的非常可爱。”

克莱尔往后一缩。我拉住她的手，我们十指相扣。

“对于我听见的，我只有三件事情可说，”他继续说道，“第一，你的妻子十九年前可能真的捂死了你们女儿。但是，对此，我们没有证据。捂死和SIDS之间的唯一区别在于认罪。我想，我们应该是拿不到这份认罪书了。而且，这也不是我调查的案子。”

克莱尔的手在发抖。我握紧了她的手。

“就我们的调查而言，你的妻子已经脱身了。刚才她知道了这事，肯定是折磨。如果是我，发现自己杀死了自己的女儿，也会非常痛苦。我不想要这样的事实来折磨我的良心。”

克莱尔紧紧抓住我的手，抓得生疼。

“第二个问题完全是出于好奇。你用了埃文斯太太的生日做保险柜密码，是吗？”

我点了点头。

克莱尔把我的手抓得更紧了。

“第三，杀死索菲亚·艾琳的不是你妻子。对此，我证据确凿，埃文斯先生，我有着无法驳斥的证据。”

我僵住了，克莱尔倒吸一口凉气。伴随着她吸气的声音，我明确无误地听出她松了一口气。

“杀死她的人是你，”他一边继续说话，一边紧紧地盯着我看，“埃文斯先生，你被捕了，罪名是谋杀索菲亚·阿莉莎·艾琳，她之前的名字是安娜·梅·温切斯特。”

人生总是有意外。然而，即使你知道有意外，屁事还是要发生。

——索菲亚·艾琳的日记

二十八

汉斯

距离这一天结束还有 2 小时 45 分钟

他们的脸色就像我的领圈一样雪白，克莱尔 · 埃文斯还是紧紧贴着她丈夫，她紧紧地握着自己丈夫的手，她的指关节都没有了血色。而这个男人的表情则告诉我，我刚才那句话无疑是他噩梦中的噩梦。

“埃文斯先生，请你合作，跟我们走吧。”我说。而我的司机则戴着手套把索菲亚的黑色围巾放进了防拆封的证据袋中。他能很好地执行吩咐，不错。

“不可能。”她说道。

我走过去，要抓她丈夫的手肘，她冲上来，愣愣地挡在自己丈夫跟前。

“你们不能带马克走。我终于发现……”

“请不要挡路，埃文斯太太，”我说，“很抱歉，但是我必须执行我的职责。”

她展开双臂，挡住我的路。我的司机走上前来推开她。她和司机抓挠起来。

“克莱尔……”

我的司机想要让克莱尔·埃文斯平静下来，我则抓住了嫌疑人的手肘，把他推出书房。他移动起来就像梦游病患者，永远没有清醒可能的梦游者。黑暗中，我带着他走上花园的小道，穿过在风声中沙沙作响的灌木丛。那只乌鸦还在我们头顶上发出尖厉的叫声，就像埃文斯太太一样叫个不停。

我们穿过了侧门，警车就在数码远的地方。我拉开车门，指着车内，让他进去。他哼都没有哼一声，就照办了。也好，他这种梦游的状态还省了我和他搏斗或是用手铐了。司机和埃文斯太太就在我们身后几码远的地方。她一直都扯着嗓子叫着她丈夫的名字。可怜的司机呀，穷于应付这个女人，我真担心她会扯掉我司机的胡子。

“马克，今晚我会把真相写在日记本上的。所有的真相。你告诉我的每一件事。”

“克莱尔……”

“这一次，我不会忘记的。忘不了，我也不会忘。”

嫌疑人的眼睛湿润了。我坐在他旁边。

“马克，我真害怕我会忘记。害怕星期一，害怕醒过来就忘记了今天我们意识到……”

我伸手去拉车门，拿出最歉意的眼神看了她一眼。

“马克，我不会离开你。我发誓。”

我重重地关上了门，虽然我也替她感到遗憾，但我没有别的选择。我的司机赶紧跳到前排的座位上，表情终于轻松起来。她拼命地敲打我们之间的玻璃窗。

“克莱尔，我也是。我会的。”

他轻轻吐出了这几个字，然后就伸出手掌擦拭湿润的眼睛，我肯定那个女人没有听到这句话。车子一声轰鸣，开走了，看不见女人痛苦的脸庞了。一路无话，不一会儿我们就开到了园畔警署，但埃文斯最后的那句话一直回响在我的耳边。

这一次，办理了必要手续后，我把嫌疑人带到了询问室，而非我的办公室。他要求见律师，律师是个老者，穿着深黄色的花呢外套，戴着厚厚的圆形眼镜。询问室陈设非常简单，是隔音的。里面有两台数字录音设备，一个金属桌子和四张椅子，都固定在地面上。我打开五盏荧光顶灯，房间是刚刷过的白色，整个房间白得耀眼。嫌疑人的脸抽动了一下。等他适应灯光后，他的眼睛看着我身后的单向镜，镜子明晃晃的。他知道有人可能在外面观察他的举动。他现在的心态正是我所希望的。

我指了指，示意他和他的律师坐在相邻的两把椅子上。柚子味的消毒液味道冲进了我的鼻孔。今天早上，肯定有谁大剂量地用消毒液擦过地砖，整个房间闻起来就像牙医的地盘。现在，如果嫌疑人能张嘴认罪就好了。不过我还是得按规矩来。

“按照规矩，我必须向你声明几点，”我说道，“一，你有权保持沉默。二，这次询问会被录音。”

我们的嫌疑人再也当不了议员了，他没有回答。他突然饶有兴致地研究起他的鞋来。我打开录音设备，靠到椅背上，双手相握，放在身体前方。

“2015年6月6日，22点55分，询问马克·亨利·埃文斯。前天晚上，索菲亚·艾琳在你的书房失去知觉后，发生了什么？”

他沉默着摇了摇脑袋。看到这个反应，我知道，我们亲爱的埃文斯先生想要对着干了。

“你是不是在自己的外套口袋里装满了石头，然后给她套上了?”

又是沉默。但我一点也不在意。我们愉快的谈话才刚刚开始呢。我把手放进公文包，夸张地掏出一个证据袋，里面装着四个有黑有白的石头。看到这个，他的眼睛稍微睁了睁，动作小到不易察觉。

我把封好的袋子放在桌上，然后又从我裤子口袋里掏出了第五个鹅卵石。

“这个石头是我今天早上从你的花园捡的，”我用食指和拇指翻动着这枚光亮的黑色鹅卵石，“等着埃文斯太太到书房叫你的时候捡的。我当然注意到了，你家的石头与艾琳小姐口袋里的石头是一模一样的。”

我一松手，石头落在我们之间的桌子上。咔的一声，回响在整个房间。我们的嫌疑人吓了一跳。石头从桌子上弹下，滚过瓷砖地面，停在了锁上的门边。嫌疑人的目光跟着石头走，在他的眼睛深处，我看到一丝恐惧一闪而过。

“你不应该吓唬我的当事人。”律师说道，透过厚厚的镜片，我都看到了他的不满。

“抱歉，”我说道，“没拿稳，掉下来了。”

接着我就说：“前天晚上，你对索菲亚·艾琳做了什么，还是我来描述一下吧。你仔细查看了她的身体，发现没有明显的伤痕。于是你就坐了下来，脑子里闪过各种可能性。

“一股脑电波闪过。事实：弗吉尼亚 · 伍尔芙在衣服口袋里装满了石头，踏进了欧塞河，自杀身亡。自杀。当然了。你也可以这样办。这个可能性太诱人了，你背起艾琳小姐，跌跌撞撞地走在花园小道上。你摸索着走出了侧门，走过去就是格兰切斯特草地尽头的步行道。步行道经过裸体主义者的大本营，然后就通向剑河。谢天谢地，你一路都没有撞见人。裸体主义者也不会在晚上晒日光浴。艾琳小姐在你背上，你不堪重负，一路蹒跚走下去。你走得很艰难，甚至可以说危险，那天早上下了雨。路上很滑，有些地方甚至都成沼泽了。那天晚上多云，没有星星。但是你咬紧牙关，挣扎着往前走，只希望没人看见你，否则你就全完了。你来之不易的名声，你渴望的政治生涯，你这一生努力奋斗的东西。你知道自己没有选择，你必须走下去。不过呢，也许你也没有意识到，自从安娜 · 梅 · 温切斯特再次进入你的生活，从那天开始，你的选择就越来越少，就越来越艰难了。”

我们小说家的脸色阴冷下来，看来我没有夸张。

“你到了河边，把艾琳小姐放在了河边。你只希望这一路走过来，她的身体没有太多的割痕和擦痕。看起来总要像自杀呀。你回去拿风衣外套，并且在口袋里装上了石头，再次回到河边。你把风衣给艾琳小姐套上，然后就把她推到了剑河里。她落到水里，只溅起了几层水波，甚至都没有发出什么声音。她就像一只水耗子，悄无声息地扎进了水里，这正是你想要的结果。你瞪着艾琳小姐，一直等到剑河吞没了她，消失之前，她金色的头发就像光环一样漂荡在水面上。你注意到，水流比平常湍急一些。那天早上下了不少雨。你在黑暗中等待着，担心她会再次浮上水面。但是她没有。你长吁一口气，然后就走回书房。窗户还亮着灯，想到刚才一幕幕的恐怖事件，你觉得那灯光似乎是一种超现实的欢迎。”

我停了下来，等待效果。

“督察，你的想象力很丰富，”我惊讶地听到嫌疑人如是说，这是我们进入房间后他第一次开口说话，“也许你也该成为小说家——”

“埃文斯先生。”律师严厉地警告道。

事情绝对是在按我的意图进行着，因为我们的嫌疑人终于决定开口说话了。于是我继续说道：

“事实是弗吉尼亚·伍尔芙走进了欧塞河，三个星期之后，她的尸体被人发现了。那时，尸体已经腐烂不堪。你曾经也希望，等到那个时候，有人发现艾琳小姐的尸体，也是差不多的状态了。那么长的时间就能掩盖她遇到你和你妻子留下的任何痕迹了。但是等你回到书房，发现索菲亚的黑围巾还扔在地板上。你急于转移她的尸体，完全忘了这回事了。你想着，也许该把这该死的围巾也扔进河里。但那就好比再次去地狱，你再也不想来回走上一趟了。一个晚上，你已经来回走了两次。于是，你决定把围巾锁进保险柜。接着，你抓来一张抹布，把书房整个擦了一遍，唯恐艾琳小姐留下了指纹。”

我从公文包里拿出了装有艾琳小姐围巾的密封塑料袋，扔在了我俩之间的桌子上。

“埃文斯先生，DNA 证据就会要了你的命，”我说道，“我们如果检测这条围巾，很有可能在上面发现艾琳小姐和你的DNA。”

埃文斯先生脸上掠过一丝惊吓，但他往后仰了仰。他是一个硬核桃，但是我还有一张王牌没有扔出来呢。

“你妻子的DNA也有可能出现在围巾上。”我说，“不过没关系，完全没关系，交叉污染总是有的。假阳性也常见。我之前就给你说了，克莱尔·埃文斯和这案子没关系了，特别是在这项谋杀指控方面，没关系。”

看着嫌疑犯的眼睛，他目光一闪，我觉察到他松了一口气。这个男人是铁了心要保护自己的妻子。我想这就是本性难移吧。我不得不承认，他对克莱尔还真是死心塌地，令人感叹呢。

该换一换场景了。我站起来，走到顶灯的开关处。

“这里太亮了，不是吗？”我说道。

我摁下一个开关，关掉了房间尽头的两盏荧光灯。

“埃文斯先生，现在重要的是你对艾琳小姐的所作所为。”

现在灯光暗了些，但我还是清楚地看到恐惧的阴影掠过他的脸庞。他的额头上冒出了一粒汗珠，眉毛上方一根青筋在跳动。

“我看不见我做的笔记了，”律师说道，他一边眯着眼睛看着自己的笔记本，一边顺着鼻梁往上推眼镜，“请你把灯打开，好吗？”

“当然可以。”我说着就又打开了那两盏灯。但是等到律师刚刚写完字，我就又把灯关上了。律师皱着眉头看着我，我直接无视他。

“两个小时前，我拿到了验尸报告，”我说道，“有预料之中的发现。首先，我们的法医谢尔顿在艾琳小姐头部的右边，发际线下方，发现了一小块圆形的擦伤。表面几乎看不出伤痕，但是解剖发现头颅内大范围瘀斑出血，也就是谢尔顿法医口中的钝力损伤。”

我又摁下一个开关，房间另一个角落的两盏荧光灯也关上了。我们嫌疑人的瞳孔随之放大。现在只有他头顶上的灯亮着，灯光泻下，照在他身上，他就像被安放在舞台中央，要独唱一般。

“有人对她的头部造成了损伤。那个人可能是克莱尔·埃文斯。你对你妻子说，就是因为她，艾琳小姐的头才撞在你的书桌上。但是那个人也有可能是你。毕竟，没人知道前天晚上你的书房里到底发生了什么。只有你知道，埃文斯先生。”

我故意轻轻笑了笑。

“但是，有人也可以随意操控事实，来满足自私的目的，救自己的命，掩盖谋杀。你想要的东西就在你的脑子里形成了事实，不是吗，埃文斯先生?”

他眨了眨眼睛。

“但是，谢尔顿法医还有其他的发现，”我一边继续说话，一边走回自己的椅子，“我把验尸报告的最后一部分读给你听听吧。能给一位作家读故事，我真是深感喜悦。一个以写作为生的专业作家肯定更容易抓住关键词的意义。”

听了我的话，这个男人心里产生了一定的恐惧，我感觉到了。我从胸前的口袋里掏出了眼镜，夹在鼻子上，增加一点戏剧效果，然后就开始翻看谢尔顿博士的报告。我开始以一种权威的语气朗读报告的最后部分，某些字眼拖长了声调：

呼吸系统：死者的鼻腔和上呼吸道有少量细泡沫。肺部（右肺，353克；左肺，310克）重叠，高度肿胀。口腔没有损伤。牙齿、嘴唇和牙龈都没有损伤。呼吸道没有黏膜损伤，也没有堵塞。

消化系统：胃部有大量的水，小肠里没有。所有的表层黏膜都完好无损，没有任何损伤。

肌肉骨骼系统：没有严重损伤。受害者背部下方，靠近脊柱部分，有一小处分散性瘀伤，面积10×5毫米。

药物筛查结果：

可卡因：阳性

乙醇：295 mg/100 ml（血液—心脏）

乙醇：64 mg/100 ml（玻璃体液）

死因意见：符合溺水身亡

死亡时间：根据体温、僵硬程度、尸斑和胃容物判断，大概死亡时间是2015年6月4日星期四22点30分到2015年6月5日星期五0点30分之间。

伤口：死者手指边缘有小口子和擦伤，死者指甲里有河床淤泥，死者指甲油磨损，都显示出死者在水底曾有短暂的挣扎，最后才溺水身亡。

附注：死者送到法医办公室时，被怀疑为自杀。证据表明在水底有过短暂的挣扎，钝力损伤造成的严重颅内出血加快了其死亡过程，自杀未必成立。

我抬头看着马克·埃文斯。他的眼睛鼓出来了，脸色灰白。正如他在《死亡之门》第 44 页所描写的那样“痛苦得嘴唇都扭曲了”。

“溺水，”我大声清晰地说道，“前天晚上，你把艾琳小姐扔到河里的时候，她还活着。你认为她死了。但她当时还活得好好的呢。”

他的双手在颤抖。他看起来仿佛快要淹死了的样子，就像前天晚上的索菲亚一样，他肯定明白这次他救不了自己了。

“埃文斯先生，你谋杀了她。是你导致了她的死亡，把她埋葬在了剑河的水里。”

“不。”他张开嘴唇，发出了痛苦的叫声，“这不可能……”

我让他尝到了这种滋味，之前他就让自己可怜的妻子克莱尔品尝过。发现自己杀了人，肯定惶恐不安，尤其杀掉的人不仅是自己的情妇，还是自己的前女友。

“我并不想……”他一边哭，一边摇着脑袋，仿佛这样就能减轻自己犯下罪行带来的恐惧，“可怜的索菲亚——”

“埃文斯先生，”律师立刻抬起手警告自己的当事人，“督察，你不能就这样断然下结论。”

我无视这位老者。溺水身亡很不好受，我应该让我们的嫌疑人知道前天晚上索菲亚经历了怎样的恐惧。我还是个巡警的时候，学过各种各样的病理课程，我筛选了一下脑子里的事实。

“我继续。”我说道。

“艾琳小姐掉到剑河之后，就恢复了知觉。但是事情好像不对劲。她的身体被水吞没了。到处都是水，这么多的水，拉着她往下沉，淹没了她的眼睛，她什么都看不到，只能看到朦胧的黑暗。更糟糕的是，有个很重的东西压住了她的肩膀。把她往下吸，吸进到处都是水的地狱里。她憋住呼吸，想要对自己说这只是一个可怕的梦，她终究会从噩梦中醒过来。也许她应该放弃挣扎，听任水流摆布她的四肢，说不定会带她去安全地带。于是，她随波逐流，就漂了那么一小下。但是她很快就意识到，自己喘不过气来了。她被剥脱了性命攸关的东西，她觉得头晕。她需要氧气，空气。”

我的话让这个男人呆住了。他也许是对的，也许我还真能当作家。到目前为止，我做得不错。也许我应该去剑桥花艺学校，和那些诚心诚意的单日人一起学习。时间一分钟一分钟地过去了，我甚至做得越来越好。我从来不知道，自己戴着黑色警察头盔的脑袋里居然还有这么多形容词和动词。也许是因为我这一辈子读了成百上千的谋杀小说（其中就有埃文斯的小说，我就是他的一大粉丝，但我绝对不会向他承认这一点）。

但是，我其实只是执行一条基本的原则：在对付嫌疑人的时候，要尽力寻找最小公分母，或者说逼近共同点。

这是犯罪调查的基本要素。

所以，如果对付的是作家，就要会讲好故事。要像他本人一样，天马行空地过度描写。像他写的书那样，花团锦簇地用词（警察也能造出好句子，我有的是证据）。迫使他产生共鸣，迫使他认识到自己犯下的罪恶。

甚至可以摧毁他的意志。

“她就深深呼吸了一口气。可是，进入她肺部的不是维持生命的空气，水灌入了她的鼻孔。冰冷的河水，一股腐烂水藻的味道。河水通过了她的气管，进入了她的胸部。她开始咳嗽，徒劳地想要把水逼出去。可是逼出去的只是肺里的空气，更多的水灌进了她的嘴巴。她挥动手臂，开始挣扎，想要逃离这将她吞没的黑暗液体，想要逃离这吞没她身体的噩梦。她的手指撞到了坚硬的东西。她死命抓上去，结果只是划伤了手指尖，磨损了指甲。肺部疼得仿佛是在忍受酷刑，就像肺里面装满了尖锐的金属刀片。她需要空气，就呼吸一口，就一小口。于是，她又吸了口气。这一次，水涌进了她的鼻子和嘴巴，给她灌进了更多的水。她意识到自己的动作已经变成了可怕而狂乱的抽搐。但是什么都比不了她胸口的疼痛——”

“督察，别说了，”他细如游丝地轻声说道，“请不要说了……”

啊。硬核桃开裂了。

“我当时并不知道她还活着——”

“埃文斯先生——”律师跳了起来，冲着当事人直摆手。

“我不知道。”我们的嫌疑人无视旁边的老者，“我真的不知道。她根本就没有呼吸，我们俩都没有摸到她的脉搏，我们以为她死了。我要是检查得再仔细一点就好了。我真的没想让她受折磨……”

他的右眼眼角蓄起了一滴眼泪。他眨巴眼睛，想要把它逼回去。

“可怜的索菲亚。”他喃喃地说道。

“过失杀人，埃文斯先生，”我说道，“如果你全力配合，你的指控可以从谋杀降为过失杀人。”

听到我的话，这个男人僵住了。他看着我，眼里非常痛苦，他意识到自己落入了我的圈套。一个扣人心弦的故事作用大着呢，不要低估其力量。

我把所有的灯都打开，然后走过去，暂停了录音设备。

把马克·亨利·埃文斯好好关起来之后，我回到办公室看着我的棋盘，就剩下最后一步了。我拿起黑棋的后，断然斜线前进，敲掉了白棋的王，把白棋的王孤零零地摆在桌子中央。

我抓起公文包，朝着大门走去。我惊讶地看到菲奥纳步伐坚定，朝我走来。昏暗的灯光中，可以看到她的豹纹裤随着她的步伐而起伏。她居然还在办公室，都快十一点了，而且还是星期六晚上。星期六的晚上，难道菲奥纳没有别的事情好做，只能在园畔警署昏暗的走廊里闲逛吗？

“我听说你把那个人带回来了，”她满脸笑容地看着我，“根据我的日记，在过去六年的时间里，有四次，你一天之内就解决了谋杀案。我肯定，你又要得‘卓越表现特别奖章’了，已经连续七次了。你要是没有很快被提升为警司，那才怪了。”

菲奥纳虽然戴着角质架眼镜，但还是挡不住她动人的明眸。她的笑容也很美丽。真是可惜。

“干得好，汉斯。”

我耸了耸肩。

“我不知道你有没有用晚餐……”透过眼镜，我看见她羞涩而充满希望的目光。

“没有。”

她的脸颊红润起来了。她偏着脑袋，好像在期待我说下去。

我照办了。

“晚安，菲奥纳。”

我遗憾地朝她点点头，然后就穿过了警署的大门。我不应该和同事调情，就算是独特而艳丽的黑发女子也不行，尽管我私下非常喜欢这种类型的女子。但即使我每天工作繁重，没有时间在约会网站寻求更好的约会对象，我也不应该和她们共进晚餐。事实：如果我和同事相处时间过多，他们就会发现我的各种缺点，我想要保密的缺点。我还要想提升，那就更是如此。

真是太可惜了。

这一次，我坐进自己的车里，然后从胸前的口袋里掏出一包万宝路。事实：我给嫌疑人烟抽，就是想要他们话多一点。今晚没有这个必要了。

现在，我想抽一支。（事实：丽莎 · 冯 · 迈耶失踪后，因为悲伤，我短暂地狂抽了一段时间的香烟，之后就没有抽过。）我点燃一支烟，狠狠地吸了一口。尼古丁瞬间就来了，很舒服，但也没有得到我想象中的平静。就这样猛吸两口后，我掐掉烟，从口袋里掏出电子日记本。烟圈渐渐散去，我在日记本上输入几个字，找到了前天晚上日记的最后部分，今天早上我弃读的那部分：

金发女子叫喊道，就是那封信，决定了我的命运，就是你给我心理医生的那封信。你跟他们说我是疯子。他们错误的诊断，再加上你的信，就把我送到了外赫布里底群岛。

我见那个女人又朝我挥动手臂。我不知道她在说什么，但我知道她现在危害到了公共安全。我在半空中抓住她的右臂，顺势一扭，反撇到她背上。她发出尖叫声。我把她往后拖了几英尺，拖到了菲亚特车后面。她不停地扭动，想要挣脱。我本能地推了她一下，想把她压在后备厢上。可能是角度不对，她尖叫一声，朝侧面倒了下去。

操，她说道。

你没事吧，我说道。

痛，她呻吟道。真他妈痛，你怎么敢袭击我。

我本想说是她先要打我耳光的。

你没事的，我说道。

滚开，行不行？她一边往后退，一边瞪着我。过去你就给了我太多的痛苦。你这个狗杂种。

你骂得这么带劲，肯定没事了，我说道。但是，女士，请不要过分了。我正在想要不要以攻击未遂的名义逮捕你。

她明白我的意思，也明白自己完全有可能在园畔警署过夜，她瞪大了眼睛。

算了，她一边说，一边站了起来，蹒跚着朝车头走去。算了，我今晚有更紧急的事情要做，没工夫跟你这样的笨蛋耗时间。

我继续慢跑，想着如果语言侮辱也能轻易起诉就好了。

但是我居然和一个疯女人起了冲突，我也够笨的。不管怎么说，她又没有拔刀，也没有拔枪对着我。她只是想给我一耳光。[注意：除非是绝对必要，否则以后不要去控制疯子。]

这个生日真够垃圾的。简直不敢相信，一天就做了两件愚笨的事情。

这篇日记真够见鬼的，我好想改一改，甚至删掉。但是为时已晚，我已经阅读研习了这些事实，我无法抹掉印在脑子里的事实。在日记上修修补补，无异于克莱尔·埃文斯的所作所为，都一样糟糕。虽然我明白她为什么要那样做，但我并不是她那样的懦夫。不过冰冷坚硬的事实，如果能够赏心悦目，当然就要可口一些。

我关掉电子日记本，发动引擎。我开车回家，驶过了磨坊路的烤肉店和霓虹灯招牌，一个细小的声音又开始在我的脑子里响起。今天早上我进入天堂自然保护区，查看他们从剑河拖出来的尸体，尸体浑身穿着黑衣，从那一刻开始，这个声音就在折磨我，整天都在折磨我。

现在这个细小的声音越来越大。事实上，整个晚上，自从我偷听了马克和他妻子的谈话之后，这个声音就变得越来越坚定。这个声音反反复复地重复道：

"她不就是你前天晚上遇到的女人吗？从头到脚都穿着黑色衣物，就像你日记里说的。就在她死亡前的几个小时，你愚蠢地与她发生了冲突。你甚至弄伤了她。"

我想到了两点：

1. 没人会读到我的日记，除非我也像索菲亚·艾琳一样死于非命，调查案子的侦探才会有权阅读我的日记寻找线索。即使这样，路侧停车带这一段的描写，他也看不懂。等到那时，我已经死了。你可以谴责一个死人，但你没法宣判他过失杀人。

2. 我和马克·亨利·埃文斯不一样，他是真正犯了罪。他没有恶意蓄谋，但还是犯下了杀人的罪行。他把索菲亚·艾琳扔进了剑河，造成后者溺水身亡。他罪有应得，应该进监狱。我一定要让他定罪（今晚，我就要把这一条写在日记里）。前天晚上，索菲亚出现在马克书房之前发生了什么？没人知道。除我之外，没人知道。

但是，我脑子里永远都会有那个声音，永不停止的细小声音。那个声音会不断地对我重复这些可怕的小小事实，就像一把把尖刀刺向我的心脏。无论我喜欢与否，都会是这样。克莱尔·埃文斯杀害了自己唯一的女儿，她也要忍受这样的事实。马克·亨利·埃文斯知道了是他导致自己情妇的溺水身亡，他也要这样生活下去。但是克莱尔和马克还有选择，他们还可以决定是否在今晚把真相记录在日记中。

我们决定研习的事实造就了我们的宿命。一个人有多少记忆？无关紧要。是单日人还是双日人？无关紧要。只有一天的记忆，还是有让人羡慕的两天记忆，甚至是声称什么都记得的疯子，都有一样的宿命。你可以洗掉手上的血迹，但是你无法洗刷掉头脑里的事实。只要你花功夫阅读了日记，研习了日记，就洗刷不掉。事实与你同在，成为你意识不可分割的一部分。这就是为什么这些可恶的事实成为你一辈子的梦魇。

比如说，一系列的事件最终导致了索菲亚·艾琳的死亡，而我也涉足其中。

我受不了这一事实。想到今晚要独自一人回家，我再也受不了了，冰箱里只有昨天剩下的千层面，床边桌上只有一本《想要提升？你需要知道的十件事》。我想要把自己的原则扔到车窗外。毕竟，今天早些时候我发现自己也曾只是个巡警，一个幼稚可怜的巡警。我想做个随心所欲的总督察。也许，就这一次。

一个不用在乎那么多的督察。

我踩住刹车，猛地掉头，轮胎发出尖锐刺耳的声音。

今天上午，克莱尔·埃文斯对全世界说她要离婚。但是到了晚上，她显然又改变了心意：

“马克，我不会离开你。我发誓。”

她就是这么说的，然后我就关上了车门。

但是更让我惊奇的是之后他丈夫说的话（毕竟，他就是出现在彼得电脑里的那个男人，那个男人正在和一个穿着鲜红色性感内衣的女人胡搞）。

“克莱尔，我也是。我会的。”

感情的事情就是这么变化莫测，无法解释，不可理喻。也许是因为记忆，人们才会这样。一天下来，重新找回了二十年的记忆（根据我听到的，马克和克莱尔进行了非常深入的谈话），人的感觉就完全不一样了，真是有趣呀。我想，一个女人给她的男人带来三明治午餐，这个男人心中会突然对她涌出好感。如果这个男人发现这个女人二十年如一日，天天给他带三明治午餐，每次都看着他狼吞虎咽地吃下去，这时三明治的含义就不一样了。

这个男人就有可能爱上这个女人。

爱情等于记忆吗？或者记忆等于爱情？

我没有头绪。不管怎样，我今晚就想像马克·埃文斯一样不按常规出牌了。也许，就这一次。偶尔偏离理性，我觉得还是可以的。

我的车飞速驶过磨坊路上的烤肉店和亮闪闪的霓虹灯广告牌。

菲奥纳有可能还在园畔警署。也许她口风很紧呢，穿着豹纹紧身裤的女人或许非常善于保守秘密呢。在警队干了二十年，我还没有找到驳斥这一点的任何证据。不管怎样，我需要一份晚餐。肯定不是菲奥纳下午给我的培根三明治，我要一顿丰盛的晚餐。

我渴望更多的东西。

说了算的那个人总是笑到最后。在监狱里，我学到了这一点。

——马克·亨利·埃文斯

《贝尔马什启示录：囚禁中的冥思》手稿

南太平洋，博拉博拉岛的海滩上
谋杀案过了好多个月之后

果汁朗姆冰酒真他妈烂，马天尼也真逊。任何时候，我都灌得下三份量的伏特加。

那个男人带了一条蓬松的拉布拉多贵宾犬，肯定是在打量我。他正拿着一本亮闪闪的书在看，从书后面打量我。我认出了他。四天前，他从私人游艇上走下来。他在沙滩上这么几天了，怎么还不走，搞不懂了。我肯定他不是侦探之类的角色。

或者他就是侦探？

真是见鬼。

但是侦探买不起游艇，他们也没有蓬松的拉布拉多贵宾犬。

或者真有？

他肯定只是在欣赏我而已。

真希望是如此。

就像那个穿着粉红色木槿花图案短裤的性感小伙子，坐在救生员的高凳上，居高临下地看着我。或者是那个趴在沙滩上的男人，肚子大得垂在了一边。只要他的女伴没有盯着，他就垂涎地看着我。哦，上帝呀。那个躺在充气天鹅上的矮胖家伙也在看我，看得眼睛都直了，真希望他走远点。他身上一大股汗臭味，再加上椰子防晒霜的味道。

阳光沙滩上的日子真是危机四伏。我不该穿这件小巧玲珑的白色比基尼，它太引人注目了。哪怕在博拉博拉岛都这样。

我原本以为可以远离这一切，远离人类的渣滓。可是，现在一个男人坐在巨大的充气天鹅上面，正瞟着我呢。

我都不知道我是该担心呢，还是该得意呢？还是得意好了（就现在得意一下吧，满足自己的虚荣心）。我毕竟支付了一笔四万七千九百英镑的全套治疗费用。亲爱的帕特尔医生给我做了一些必要的修补。钱没有白花，我应该高兴才是。这个沙滩上，很多男人都垂涎于我。

但是，我看上去还是像那个死了的女人，我仇恨的那个女人。

这才真是个问题。

这种遗憾，一部分得怪我的整形医生。我要怪这个蠢货，一方面是他手艺太好了。

另一方面是因为他不能把船再变回木头。

只要想起那天，我就会唉声叹气。那天下午我去贝尔格莱维亚区，到帕特尔医生的办公室找他，手里拿着另一张照片。

这个可怜的家伙看到我，自然是很惊奇。

“我的日记上说，对你，我已经尽力而为了，”他说道，“我面前的病例卷宗也是这样说的。”

“是的。医生，我对你的手艺非常满意。”

“那你今天来干什么呢？也许要再加一点肉毒素？你的额头

可以再紧致一下。”

“我要的可不仅仅是肉毒素，”我说道，“我想要和这个女人长得像一点。”

我把照片递给了帕特尔医生。他拿过照片，对着病例上的那个瘦骨嶙峋的棕色头发女人的侧面对比了一下，吓得差点从椅子上摔下来。

“但是……”他语无伦次地说道，“但是……这不就是你吗？这不就是你以前的模样吗？在我做了……嗯……给你做改善手术之前？”

“没错，医生，”我好想咧嘴笑呀，“就是我以前的模样。之后，你让我改头换面，热辣诱人。但是，我又想要过去的一点旧模样了，我知道那时候我长得灰不溜秋的。但是之前我对自己的那张脸就没有什么不满，虽然我之前不怎么喜欢我的鼻子，感觉它有点歪，还有那对招风耳。所以，你给我做的鼻子和耳朵，我要保留。下巴和脸颊就请恢复原样吧。”

帕特尔的嘴唇张开了，“你肯定是疯了”这几个字呼之欲出，但是他活生生地给吞了回去。他知道，我是他的宝贝客户，得罪客户才是疯了。特别是像我这样让他有利可图的客户，这样一个傻子，不停地跑回来要求做更多的手术。

“我还从来没有遇到过你这样的客户，想要找回自己以前的相貌。”他说道。满脸都是大写的难以置信。

“医生呀，凡事都有头一回嘛。女人心，变化无常，不是吗？说到相貌就更是如此了。但是，我会付给你钱的。无论花多少钱，我都会付的。我知道，返工重塑之前的相貌很麻烦。所以，我会付给你大价钱的。”

提到钱，帕特尔的眼睛一时间放光了，整形医生干这个就是为了钞票。他们说自己是医学生，遵守医学生誓言，但他们也同样遵守伪善者誓言。

他叹了一口气，一副挫败的样子。

“抱歉，”他说道，“但我没办法恢复你原来的样子了。整形手术并不是想怎么整就能怎么整的。”

我皱起了眉头，怒目而视。我又是咆哮，又是哀求，我就像个疯子。但是帕特尔始终坚持自己的观点，如果我的脸上再动刀子，我就会变成弗兰肯斯坦的怪物，付多少钱都是这样。于是数分钟后，我灰溜溜地走出他的诊室，样子一点都没有变。我又找了医生，可惜啦，那些肯在我脸上动刀子的都是三流货色。我还没有蠢到要冒险的地步。

最终的结果：**我的样子还是那样，我讨厌的女人的面孔。**

真他妈讨厌。

无论你多么拼命，总有钱买不到的东西。比如说，爱。比如说，单向的、不可逆的整形手术。

然而，这世界上大多数的事情，都是可以用钱运作的，或者是让它们停止。对我而言，就是停止了十七年。钱可以让事情发生，也可以让事情不发生。钱可以带出人之最善，也可以带出人之最恶，能让人做出各种可恶的事情。对他们自己，也对他们周围的人。比如说我亲爱的继母对我的所作所为，当然我是后来才发现的。

他们说自由是甜蜜的。对我而言，自由就像糖浆一样，但只持续了几个小时。

然后就变酸了。

一切都开始于我逃离那个地狱，从颠簸的船上下来之后。说具体点，就是赫利塞岛。我就像一只在黑暗中困顿了多年的鼹鼠，在太阳底下眨巴着眼睛，各种怀疑。真害怕自己卡在该死的洞穴之中时，这个世界已经把我抛弃了。这就是为什么我一回到伦敦，就立刻去见我爸爸的律师雷金纳德·罗。我要知道，我不在的这么长时间，我父亲的财产怎么样了。

我听说，我爸爸走的时候正在丽兹酒店的床上干他十九岁的私人助理诺拉·巴尔。所以，爸爸来了，又走了，趴在可怜的诺拉·巴尔身上走的。通过这件事，那个女孩肯定也得到了大教训：绝对不要和心脏有问题的有钱老头子上床，他很有可能就压在你身上死翘翘。

罗律师头发花白，戴着眼镜，看到老朋友安娜·梅，很是吃惊。

“爸爸留下了多少钱?”我开门见山地问道。没必要和律师绕圈子，他们都是混蛋，你幸运不幸运，他们都赚钱。

日记本摆在他面前，他敲了一两分钟。从抽屉里拿出一个很大的档案袋，查看了里面的内容。

“你出生几个月之后，艾伦·温切斯特以你的名义设置了一份信托基金，”他的声音如丝绸一般光滑。对于我突然出现在他面前，他很快就恢复了常态。“从二十八岁开始，你就可以每月领到一笔钱，”他眯着眼睛看着文件说道，“信托基金由一家名为瑞士遗产服务业的公司管理，想要他们付钱给你，可能要花上一段时间了。毕竟，你现在的名字不是安娜·梅·温切斯特了。”

我点了点头。曾经我花了好长时间去想为什么爸爸强迫我改名字。后来，一个下午，我突然就想到了，就像一枝箭正中我的眉心。我当时正躺在赫利塞岛的矮白杨下面，眯着眼睛看着微弱的阳光透过树冠。当然是因为难堪了，他的女儿疯了，扔掉了纸质的日记本。肯定引起了很多难听的闲言碎语。他老人家有个神圣不可侵犯的私人俱乐部，那些经常去俱乐部的人更是话多。我让他无比难堪，所以他就这样打发了我（当然了，还有他宝贝妻子艾吉的挑拨，艾吉心机很深，自然是不想和我有任何瓜葛）。他把我的名字改成了索菲亚·阿莉莎·艾琳，打发我去了那个凄凉的苏格兰岛屿，岛上的疯子比羊还多。

其实，“索菲亚”也算个好名字，意思是智慧。到了现在，我甚至觉得我真是智慧太多了。有段时间，我不知道“阿莉莎”是什么意思。后来，我在哪个地方看到，这个名字的意思是理智和逻辑。因为阿莉莎（Alyssa）这个名字源于草本植物香雪球(alyssum)。在古代，这种植物用于治疗狂犬病和疯病。

不过，到现在，我也没有想明白“艾琳”是怎么来的。

“你需要向瑞士方面证明索菲亚·阿莉莎·艾琳和安娜·梅·温切斯特是同一个人，”罗律师说道，“你不在……嗯……有段时间不经常露面了。但是，我可以帮你加快这个过程。很快你就能收到第一笔款了。幸运的话，从现在开始计算，两三个月的时间吧。”

“亲爱的罗律师，我对那点少得可怜的信托基金没有兴趣。

我感兴趣的是爸爸的财产。”

罗律师开始龇牙咧嘴。他拿着刻有自己名字首字母的万宝龙银笔，在笔记本上点来点去。看上去好像突然便秘了一样。

看到他这样，我知道自己完蛋了。

一切都完了。

“你父亲死后，艾吉继承了你父亲所有的财产。”

“但是……但是……”

我舌头打结，说话结巴起来。

“抱歉，温切斯特小姐……嗯，艾琳小姐，”他一边玩弄领带上的红宝石别针，一边说道，看上去样子一点儿都不感到抱歉，“你到圣奥古斯丁两年后，你父亲就改动了遗嘱。这是一个事实，你无法改变事实。”

他再次查看文件，手指从上到下扫过文件，然后呆板地读道：**“我死后，我所有的财产都赠给我深爱的配偶艾吉·温切斯特（婚前姓为：伊万诺瓦）。”**

听到这句话，就像一枚炸弹在我肚子上爆炸了一样。有几秒钟的时间，我目瞪口呆地望着他，口中一阵酸苦。然而，我他妈的别无选择。我只能求他加快瑞士方面的进度，尽快付给我第一笔款项，与此同时，我紧紧地握住拳头，指甲陷进了肉里，这样才没有尖叫出来。

数分钟后，我跌跌撞撞地走出他的办公室，怒火中烧，都看不清眼前的东西了。

第二天，亲爱的艾吉见到我了，她不高兴，很不高兴。她走进来，发现她的宝贝小安娜·梅居然从圣奥古斯丁逃了出来，发现我把外卖咖啡洒在了路易十六款式的长沙发上。还发现我把她的宠物金鱼喂给她的暹罗猫吃了，那货一直对我龇牙嘶叫。她的波兰管家刚刚给我爆了几条滋味十足的好料。就在几分钟之前爆的料，然后她才一路小跑去叫艾吉。比如说坏脾气小个子猫叫赫鲁晓夫，喜欢鱼子酱、日本和牛肉、哈罗兹最精致的鱼产品。

“你他妈的到这里干什么?”她的猫已经快把金鱼骨头嚼烂了，听到这个声音，她脸部抽动了一下，“他们怎么让你从圣奥古斯丁出来了?”

“我的小艾吉，我还是要礼节性地来拜访一下你呀，看你怎么样了。我听说，你真是干得不错呀。你从卑微的莫吉列夫[1]单日人打工阶层起步，还在莫斯科的脱衣舞俱乐部短暂停留过，在苏豪区做妓女做得更久。你一路干得不错，甚至还让爸爸把遗嘱改了，财产都归你了。”

“是你爸爸自己想要改遗嘱的，”艾吉的嘴角抽动一下，得意地笑了笑。凡是知道我在她的摆布之下，她就会是这副表情，“没人逼他那么干。”

我只能眯缝着眼睛，目光炯炯地瞪着她。

“再说了，你也用不上他的钱，”她补充道，“只要你一辈子都在圣奥古斯丁过，你就用不上。”她笑得更为得意了。

关于继母的传说都是真的，灰姑娘可不是什么童话故事，也不是什么悲惨的道德神话。那就是高清格式的现实剧目，主角就

1 俄罗斯城市。

是额头上注射了肉毒素的金发白俄罗斯女人。

“关于脱衣服，你还真是略懂一二，”我说道，“多年前，就在苏豪区，就在爸爸跟前，你把丁字裤脱掉了，坐在他的膝盖上，跳了大腿舞。你把他也剥光了，然后就拿到了他的银行账户。”

艾吉翻了翻眼睛。

“现在，你一路爬上来，甚至夺走了我与生俱来的继承权。艾吉，我仰慕你。但是，我也要干干脱衣扒皮的事情。等到我罢手的时候，你的爪子上就没有皮剩下来了。或者说，你涂脂抹粉的脸上就什么都不剩了。”

她毫无顾忌地哼了一声。于是我说道：

“我有几个可怕的秘密告诉你。还是先给你看张照片吧。这是很久以前的我。扁扁的胸部，一对招风耳。仔细看看，你会发现我的眼中有希望，我的灵魂里有激情。如今，希望没有了，激情也没有了……”

我滔滔不绝地说着，拿出第二张照片在她脸前挥舞：“我要改变自己，要变得和你一模一样。我要漂染头发，要隆胸，弄得和你一样。”

我的结束语是：

报复的滋味会很美妙。一想到你对我做过的事情，那滋味就更美妙了。这些年，你做过的那些事，所有的可怕的小事。每件事，我都记得。每件事都对我造成了伤害，所有的伤害加起来，憎恨就变得如此强烈。哦，是的。报复会是件容易的事情。因为没有人会记得我要对你做什么。只有我一个人记得。

我从长沙发上站了起来，直接就朝着艾吉的水晶花瓶撞了上去。金色的水晶花瓶上镶满了珠宝，丑得吓人。艾吉吓得抽了一口凉气，我快步走出了会客室。

这次小小会面很有成效。就在艾吉走进房间的一两分钟前，我得到了想要的东西。她的管家告诉我壁炉架上就是这个婊子最近度假拍的照片，感激不尽呀。七个星期前的快照，当时艾吉正在圣巴特岛乱搞呢。很好，第一张照片是她脸部的特写镜头，非常清晰，清晰得都可以看得到粉底霜填充的毛孔了。第二张照片里，艾吉穿着恶俗的绿色比基尼，挂在她若即若离的意大利情人肩膀上。

相框也很惊悚，金色的边框镶嵌绿色宝石，我把两张照片取出来，塞进手提包，然后扫视周围，看还有没有什么东西可以顺走。要小巧，要可以取下来的。旁边有一个豌豆绿的古驰小钱包，扣上面有金色的首字母“A. W.”。我打开钱包，翻了翻，决定拿走艾吉的驾照。这上面正好有那个婊子的标准签名。接着我就在门道里走了走，研究了一下架子上挂着的东西，有着金色毛边的黑色手套、丑陋无比的绿色贝雷帽、范思哲的黑色围巾。一时冲动，我把这三样东西都塞到了手提包里，跑着回到起居室，这时艾吉正好进来。

艾吉的范思哲围巾（所有东西中最有品味，最实用的）真是帮了我大忙。

很大的忙。

啊，DNA 检测的快乐。

他们当然会在上面找到艾吉的 DNA，混有马克的 DNA。

审判马克的时候，她的围巾就是第一项证物。检察官郑重其事地展示了这条围巾。我将在报纸上读到，检察官一挥手，拿出了这条围巾，审判席上响起了啧啧的赞叹声。

也不知道是怎么回事，那天晚上，我从格兰切斯特的住所动身的时候，本能地把艾吉的围巾绕在我鼻子上。本能在我耳边轰隆隆地低语道：**我亲爱的索菲亚，闻一闻狗屎的味道，你的意志会更坚定，目标会更明确。**

我的直觉是正确的。

那天早上我见过艾吉后，直接就去找帕特尔医生了。我听说这个男人的手术做得相当不错。比如说，女人想变成什么样子，他就能让她变成什么样子。

我想，听起来不错嘛。正是我想要的。

我一走进他的诊室，就打开手提包，拿出从艾吉会客室顺走的两张照片。

“我想要和这个女人一模一样。”我说道。

医生从我手中接过照片，皱着眉头，眯着眼睛看了一会儿。

“温切斯特小姐，你确定吗？”他继续端详着照片，额头上的皱纹更深了，“你知道吗？这个女人做过很多次的填充手术，胸部、鼻子、耳朵、下巴，还打了肉毒素。”

我张着嘴，瞪了帕特尔医生几秒的时间。之前我就知道，艾吉之所以看着还不错，就是靠着假体和肉毒素呢。那天我走进爸爸的书房，惊讶地发现他要娶的女人**比我还小一岁**，一对高耸的奶子就像挺拔的针叶松。那个时候，艾吉脸上就注射了不少肉毒素，光洁得要气死河豚。但是，我没想到她鼻子也动了刀。然后我就有了一个念头：我长着著名的温切斯特家族鼻子，歪歪扭扭的，我真是受够了。

我的计划更加完美。

既然要做，最好把我的招风耳也做一做。

“医生，太好了，”我说道，“那就更好了。我们明天就开工吧，好不好？我会付钱的。”

我说到做到，的确付款了。但帕特尔医生做梦也没有想到，头两笔钱真是把我的箱底都掏干净了，后来瑞士那边终于打款了。很不幸，调查又费钱又费时间。

特别是调查艾吉·温切斯特（婚前姓：伊万诺瓦）、马克·亨利·埃文斯和克莱尔·埃文斯（婚前姓：布歇）。

现在回想起来，艾吉比那两个人要容易得手。虽然她网上的照片不多，但她那位小个头的波兰管家喜欢讲闲话，我要再次对她表示感谢。貌似在爸爸死后的几年里，艾吉都乐于奔波于伦敦、莫斯科和明斯克的灯红酒绿中，然后才消停了。她在这三个城市里养了一群小白脸儿寻欢。全都是二十岁的种马类型，该有肌肉的地方全有肌肉。当然是用爸爸的钱养着。最后，她爱上了一个二十一岁的 CK 内裤男模特，然后那个模特又甩了她，勾搭上了一位卷毛女人，那个女人比艾吉年轻，比艾吉钱多。艾吉自作自受，内心受伤，就回到爸爸科顿的乡间住所疗伤，六个月后，我从圣奥古斯丁出来了。

感谢上帝。

那天晚上马克决定把我扔到剑河里，如果不是艾吉在科顿喝得酩酊大醉，我就玩完了。

天哪，我那天晚上真是犯了几个非常愚蠢的错误。差点就毁了自己。几乎就到了死无葬身之地的地步。第一个错误就是我无缘无故地去招惹那个侦探。当时我正蹲在菲亚特车里，等着时机合适溜进马克的书房。看到那个男人慢跑着从我面前经过，我他妈的太惊讶了，也太冒火了。就是这个自以为是的蠢货，差点就搞砸了一切。就是拜他所赐，我的头撞了一下，判断力出现了问题。这就导致了我第二个严重的错误。马克还在和他的单日人妻子用晚餐，我太蠢了，居然就溜进了他的书房。

我嘲弄她，我高兴，我甚至引诱她。但是我没有想到她会做出那样的反应。她愤怒的双手抓住了我的肩膀，一切都陷入了黑暗中。

铜锈味的血腥气充满了我的口腔，疼痛撕裂了我的耳部，就像有一把斧子砍裂了我的脑袋一样。我耷拉在某人的背上。我压在那个人的背上，他不堪重负地喘着粗气。一个男人背着我，吃力急促地行走在树林的小道上。头顶上叶子在风中纠缠，树枝发出沙沙声，脚下是树枝折断的声音。我再次闭上眼睛，他把我脸朝上放了下来。叶子的土腥味灌进了我的鼻孔，耳朵边上就是潮湿的泥土。旁边有水浪拍打的声音，大概就是一码的距离。

我听到脚步声渐渐走远。我在想，是不是应该站起来，是不是应该立刻站起来。但是，这是一个可怕卑鄙的计划，而我就是其中的一部分。我想要看一看这是什么样的计划。我肯定，那个男人还会回来的。

于是，我等着。

等着。

等着。

几分钟之后，我又听到了闷闷的脚步声。我立刻紧闭双眼，装死。那个男人把我的上身拉离地面，在我的肩膀上套了什么东西，感觉像是羊毛外套。它就像铅块一样，真重呀，压垮了我的肩膀，压弯了我的腰。

他使劲推了我一下。

非常用力，我直接就翻了过去，就像一块砖头掉进了水里。黑色的液体吞没了我。

河水冰凉。

我操，太冷了。

冰冷的河水就像一把锋利的刀片，切入我的头颅，刺激我的大脑，我的大脑开始飞速运转。几秒钟的时间，我甚至感觉不到头部的胀痛了。我什么都明白了，也知道接下来该怎么做。我拼命地掏外套口袋，把里面的鹅卵石掏了一部分出来。我利用微弱的水流，朝前游去。这冰冷黑暗的地狱，要活吞了我，而我利用水流往前。我入水的时候没有溅起什么水花，我尽量远离入水的地方。我保持整个身体都在水面之下，就是头发也不要露出来。

空气。

我需要空气。

我真他妈需要空气。

我的肺部疼得要命。

但是我应该继续往前游。

我得浮出水面。

真他妈该浮出水面了。

我。需要。空气。

我浮上水面。只吸一口气，死死地吸一口气，只是把嘴唇露出水面。希望自己游得已经够远了。上帝呀，他不要在黑暗中看见我才好。

把头往后仰，索菲亚。

继续游，游吧。哦，上帝。这太荒唐了。

游呀，索菲亚，游吧。

继续顺着水流游。顺流而下。

左，右。左，右。左，右。

我筋疲力尽。我要死了。

我他妈的不行了。

我游不动了。

我想，我已经游得够远了。

我拍打着水花，朝岸边游去。一截树根伸到了水中，我用手指拼命抓住。我爬到了坚实的地面上，衣服里的水哗哗地流了下来。我的牙齿咯咯作响，我的手在颤抖。河水刺激了眼睛，生疼。脸朝下，我瘫在泥地里。

粗砂和潮湿的泥土到了我的嘴巴里，我尝到了霉菌和腐烂叶子的甜腥味。

我呻吟一声，抬起头来，四下张望。周围垂柳依依，浓密的叶子挡住了月光和星光。前面一条泥泞的河边小路蜿蜒而上，通往黑暗的前方。河水肯定把我冲到了天堂自然保护区。我强撑着，从泥地里站起来，一阵眩晕，大地仿佛都摇晃了几秒钟。我踉跄着穿过了黑乎乎的杂树林，扭曲的树木，越高越细。我一路踏着落下的树枝回到车上，沿途浓密的枝丫拉扯着我的衣服。

我浑身上下都浸满了水，看上去就像地狱里爬出来的幽灵。我希望不要碰到任何人。如果碰到了，那将是灾难。

动作快一点，索菲亚。

该死的。在格兰切斯特草地的另一头，有个女人在遛狗。不要僵住，不要颤抖，一直走，假装一切正常的样子。

那个女人领着狗转了个弯，走进了马洛路。谢天谢地。

我的菲亚特还在路边停车带，钥匙还塞在我的裤兜里。我钻进车里，发动引擎。我飞驰在通往科顿的蜿蜒乡村道路上，穿着湿透的衣服，瑟瑟发抖。看到一只野兔从车前跳过，兔子眼睛瞪得圆圆的，发亮。我把车停在了孔雀出没的车道上，熄火，然后从前门走了进去。

艾吉坐在黑色大理石厨房台前吸食可卡因，旁边有一瓶半空的苦艾酒。她只喝了半瓶，所以还可以坐稳高凳，没有摔下来。一个浑身湿透的幽灵咧着嘴，笑着朝她走去，她还是没有吓到掉下来。

暴脾气的小个子赫鲁晓夫冲着我嘶嘶地叫着，还想在我的脚上磨爪子。但是，艾吉眼睛都没有眨一下。吸食可卡因不是要看到镜中人吗？即使周围没有镜子也要看到镜中人吗？

“艾吉，你好呀。”我嘴咧得更大了，笑得更开了。

我大步朝她走去。站在她的右手边。

我胳膊用力。准备好了。

她忽视我的存在，准备再吸一发，那些东西就摆在厨房的台面上呢。

为什么我不觉得惊奇呢?

我挥动胳膊。

她手里卷好的五十英镑钞票飘落到了地板上。

她无知无觉地躺在那里，我好想伏在她身上，用最庄重的声音告诉她:

我等这一刻已经好多年了。因为我记得住。你对我做的每一件事，我都记得。比如说，三一学院舞会的那个下午，我临时回来，到了厨房。我想要拿妈妈的粉色钻石项链和耳环，那个年轻人要陪我参加舞会，我想要惊艳到他。我当时是爱他的，我觉得我能让他爱上我。

那个下午，我上了楼梯，来到妈妈以前的卧室，结果发现那套首饰不见了。

于是我冲下楼，找你对质。你就坐在厨房的操作台前面，随意翻看着卡地亚夏季商品目录。你玫瑰花蕾一样的嘴唇不满地嘟着，这是你一贯的气质。

“妈妈的钻石哪里去了?”我说道。

你只是微笑着，心照不宣地看了我一眼。

“现在都是我的东西了。”

“荒唐，”我说道，“是我妈妈的东西。”

“你妈死了。”

“你没有权利拿走我妈妈的东西。”

“她不需要这些东西了。”

我咬紧牙关，说道:“把东西交出来。我今晚要戴。”

“你戴不好看，”你一脸假笑地望着我，“一点儿也不好看。有你那张丑脸，就不好看。”

我抬起手，想给你一巴掌，抹掉你脸上的假笑。你接下来说了一句话，我停住了。

“别惹我，安娜。你爸爸听我的，不听你的。如果我给他说你还在卫生间狂吐，他肯定会生气，非常生气。”

“你怎么知道——”

“到时候，他就会要你搬回来，好看着你。如果是那样，就太遗憾了，当初你费了好大劲才搬出去的。这是事实，不是吗？”

“但是——”

“要是他决定了，可能还会断掉你的零花钱。”

“你这个可怕——”

“到时候，我们又是个快乐的大家庭了。你肯定会喜欢，不是吗？”

你死一般的声音，没有任何起伏，这样的声音，反倒让威胁听起来更为恐怖。

那天下午，我没有拿到母亲的那套粉色钻石首饰。

我再也没有拿到。

记忆会让你专注。这十七年来，我只能想到三个人：他、她和你。

我只是拿回原本属于我的东西。

然而，我也算帮了她大忙。如果她的生活就是苦艾酒和可卡因，还不如就到浩瀚的天上去和自己两任丈夫重逢呢。我知道她，只要一有机会，她就会在那儿开一家脱衣舞俱乐部。

我费力地脱下自己的湿衣服，然后就把她脱个精光。她的衣服都是深深浅浅的绿色，没品位的荡妇才会穿这样的东西。紧身的丝绒长裤，配了一件土绿色的透视装。夸张的袖子，可怕至极。衣服上一股烟臭味加腌黄瓜味。

不过至少她的衣服是干的。甚至差不多合身。她的内衣大了点。帕特尔医生低估了她的杯罩。

我跪下来，把自己刚刚脱下的湿衣服给她穿上。

结果这么费劲。

费劲。

真他妈难。要给软绵绵的身体穿上湿透的衣服，真是太难了，之前我完全不知道。但风衣很容易就套上了。谢天谢地，口袋里还剩了一些黑白石头。

这些漂染过的可爱头发，我应该弄几根，万一我需要在什么地方撒一些DNA线索呢。

我从厨房的操作台上拿起一把剪刀，剪了一缕头发下来。

我还有点事情要做。啊，是的。口红和指甲油，就在我的手提袋里面，放在菲亚特车的后座上呢。我弯下腰，给她的嘴唇和指甲涂上了耀眼的鲜红色。

干得不错，索菲亚。

我把她装进了后备厢，不大不小。

我发动引擎，飞一样地再次行驶在蜿蜒的道路上。

车停在了天堂自然保护区，零点零二分。一个人都没有。没有恋人，没有露营的人，也没有裸体主义者。那天早上雨很大，声音就像攻城锤在撞击城门一样，我真他妈幸运。保护区的步行道一片泥泞。那是名副其实的沼泽，倒胃口的烂泥地。河边也没人游荡，他们一般午夜之前就回家了。

我把艾吉泡在剑河里，把她往水里压，手一点也不抖。

她在挣扎？或者只是我的想象？我太累了，所以出现幻觉了？

我数到一百，然后才松开我的手。

我再次启动车子，停在了格兰切斯特草地的尽头，然后把车擦干净。

我走路回到了科顿，总共步行了三英里。我瘫倒在艾吉有四根帷柱的床上。迪奥的毒药香水味道，庸俗的绿色床单，发霉的颜色。我疲惫不堪，所以即使是与艾吉相关的臭狗屎味道也没有那么刺鼻了。

我立刻就睡着了，陷入一片漆黑。

多奇特呀，看似没用的技巧会变得有用，遇到狗屎的时候就是这样。

比方说在水下屏住呼吸。小时候，在百慕大群岛，爸爸的游泳池里，我上了无数次游泳课，学会了在水下屏住呼吸。落在剑河的时候，这绝对救了我的命。在剑桥读书，第一年的时候，我学了俄语。这要感谢爸爸，他下了决心要把那个白俄罗斯的脱衣舞女娶回家，坚持要我学那个女人的语言。他希望我能更好地了解我的继母。（我从来没有好好了解过她，这对我是幸运，对她就是大不幸。）那个勤奋却可悲的侦探给艾吉的手机打去电话，告诉她我不幸去世，我会俄语这一点就帮上忙了。那个星期六的下午，我就在家里，本来就属于我的家里，我躲在百叶窗后面和他闲聊，聊得很愉快。（希望我的俄罗斯口音没有太夸张。）

他打来电话的那天，我还处理了其他几件事情。我把十五小瓶可卡因扔进垃圾箱。角落里那盆盘根错节的盆栽，我给它浇灌了五升苦艾酒。艾吉以前的纸质日记本，我全都扔进壁炉烧掉。我从厨房里拿来打肉锤，敲烂了她的电子日记本。我甚至还从网上买了一只波斯猫。一只毛绒绒的白色猫咪，长得和弹弓一模一样。就像我一样，这只新来的猫也习惯了坏脾气的赫鲁晓夫。我叫它小紧张，它也习惯了这个名字。

这一点，不像我。

我讨厌我的新名字。在文件虚线处签名的时候，我特别讨厌写上“艾格妮莎”这几个字。经过数个月的练习，我的签名已经天衣无缝。现在的名字比索菲亚·艾琳还要糟糕。当然远远不如安娜·梅。但是，我必须习惯呀。名字叫作“艾格妮莎”，真是让人回味十足的讽刺呀，因为这个名字的含义是圣洁。

我操，如果有谁是圣洁的，那就是我。

我知道有三个人偶尔或是经常到科顿找艾吉。她若即若离的意大利情人，她多嘴的波兰管家，还有她园艺精湛的匈牙利园丁。

我开始给那位意大利情人发短信，当然是用艾吉的手机了。

我的短信简短而甜蜜。

短信上写的是：混蛋，**我们结束了**。

这奏效了。他再也没有和我联系过。我也给她的管家和园丁发了消息，告诉他们，不再需要他们为我服务了。

我保留了艾吉的法拉利（虽然我更喜欢宝马），我保留了她的镀金家具，保留了她的衣服，甚至每天都穿着。我需要谨慎。如果“艾吉”不再穿艳俗恐怖的绿色衣服，突然穿上了一条紧身的红色艾莉·萨博裙子四处招摇，别人会心生怀疑的。想想吧，某位包打听的单日人邻居会在日记上琢磨“艾吉”的穿着：“啊呀。我今天早些时候看到她。摇曳多姿，穿着一条有品位的红色裙子。吃惊！吓人！她那么喜欢恶心的绿色，到底是怎么了？有点不对劲。肯定有人偷换了她的身份。我该给那位自命不凡的头发花白的侦探打个电话，把我的怀疑给他说一说。那位侦探刚晋升为警司，很有名，案子发生当天，就能结案，不停地获奖呢。”

绝对不能这样。

顺便说一下，警司理查森真是该打，该多给他几拳。我肯定，就是因为他，还有马克，我被送去圣奥古斯丁才成了板上钉钉的事情。不过，他是个蹩脚侦探，这也是我福星高照了。哪天，我就来收拾他。

我保持低调已经很长一段时间了。

足以尘埃落定。

说到尘埃，我就想到艾吉。一个星期之后，我在太平间认领了她的尸体，妥妥地送去火化了。我付了一笔钱，他们把她的骨灰变成了一颗人造钻石。钻石镶在铂金戒指上，现在就戴在我的小指头上。我这么宽宏大量地处理了她的遗体，她应该心存感激才对。她不配变成钻石。但是，把她的骨灰变成钻石，其中有点诗意般的公正。不管怎样，这么多年，她一直霸占着我妈妈的钻石。

我给艾吉的资产经理人打了电话，不久，我就买了头等舱的机票飞往博拉博拉岛。他告诉我，艾吉的资产总值是三千七百万英镑，其中有三个脱衣舞俱乐部和《花花公子》杂志的股份。他报出总额的时候，我倒吸了一口气。我原本以为爸爸的遗产是三千一百万英镑。后来，我才知道，她之前还有一位姓格罗夫纳的丈夫，她结婚六个月就和他离了婚，然后再嫁给了我爸爸。

嫁给有钱人，总没有错。

或者，后来再找个更有钱的人，没错。

之后，我把艾吉《花花公子》的股份卖掉了，（就是九头牛拉我，我也不想碰一碰海夫纳[1]的帝国。）但我决定保留她的三个脱衣舞俱乐部。

俱乐部运行得很不错。

据他们说，很赚钱。

特别是在莫斯科的那个，叫作“但丁的炼狱”，是她四十岁生日的时候，自己送给自己的礼物。每个月都要给莫斯科警察局的头儿送钱，利润少了点，不过没什么。那个长胡子的男人非常上镜，他那个年纪，身手还算敏捷。但在我看来，他的座右铭仿佛是：我们服务，我们勒索。所以，单纯的小安娜·梅就成了雇主，手下有五十四个跳钢管舞的，还有二十三个男性脱衣舞者，其中有五个长着查宁·塔图姆的明星脸。

然而，过去也会报复性地反扑过来。即使阳光耀眼的博拉博拉岛上也是如此。微风中，周围是随风轻摇的椰子树，水晶般透明的波浪就在我脚趾头数码远的地方轻轻拍打着。买机票的时

---

1 《花花公子》的创始人。

候，这就是我能想到的最遥远的地方。昨天，我在《华尔街日报》上读到了他的消息。那个带着毛蓬蓬拉布拉多贵宾狗的男人把一份报纸留在了沙滩上，然后就乘坐小船回他的游艇了。我捡起报纸看了一眼，就注意到底部的一个小标题“《贝尔马什启示录》即将出版”。

现在，他在监狱的图书馆帮忙了，那似乎是监狱里最好的差事。他希望自己在监狱的冥想尽快与读者见面，甚至还有一个短篇小说集，关于犯罪和惩罚的故事，才华横溢。那是他和狱友们坐在一起吃了无数次甜豆午餐收集到的故事。他一直都是模范囚犯。因此，他很有可能提前假释出狱。甚至满四年，就可以出来了。

他妈的。

一个人的文学生涯这样都还能继续，真是难以置信。政治梦想破灭了，因为过失杀人进了重刑犯监狱，文学生涯还能继续。

不过，不得不说，这个男人舞文弄墨真是有一手。无论你喜欢与否，好的文字就是要流行。

报纸上的文章还说，他得到允许，朋友和家人每周都可以多次探访他。他忠贞的单日人妻子每两天探访他一次，给他带书、袜子和针织工作服。

那个女人为什么没有和他离婚？知道了他的所作所为之后还不离？发现了他不仅有个情妇，至少人们还认为他把情妇扔在剑河淹死了，还不离？为什么他没有离开这个女人？他肯定是疯了，和一个愚蠢的单日人在一起，而且这个单日人还杀死了他的女儿。我想不明白，我真想不明白。之前我一直在报纸上寻找他们离婚的消息，但已经放弃了，很早就放弃了。等来等去，反正也不会发生，我早就等腻歪了。他们肯定是不在乎对方，还是说他们在乎？

这真他妈的让人不痛快，真是让人心烦。我心里烦躁，好想扔个什么东西，砸在那个骑着充气天鹅的男人身上。

《华尔街日报》这篇文章的最后一句话更是戳心：“不久前，埃文斯夫妇在贝尔马什监狱的教堂里重申了他们的婚礼誓言。他们的发言人，罗恩·雷德福德说：‘克莱尔·埃文斯期盼丈夫的提前假释。’”

我真想回到英国，找个法子结果了他，结果了他们的婚姻。他要提前假释，我很不爽。这可不行，绝对不行。这个男人就应该慢慢地、不可抗拒地老死在监狱里，至少也应该暗淡无光地过上十七年监禁的日子。

四年不行。

但那又是另一个故事了。

将来的任务。

现在，我还是坐在这里，叫一杯好一点的果汁朗姆酒，然后看着小指上闪闪发亮的钻石窃笑吧（虽然爱情不易，但报复很容易，也很精彩），或者叫一大杯伏特加吧。那个穿着粉红色木槿花短裤的救生员很性感，干脆对着他微笑一下吧。他肯定是个愚蠢的单日人，这也没什么。

既然快乐送到跟前，那就行乐呗。

因为我记得住。

尾声

一个男人走进厨房。他不在家已经四年了。他的心装得满满当当的，全是回家的幸福。炉子上炖着兔肉，加了月桂叶，他深深吸了一口气，陶醉在这辛辣的气味里。他递给妻子一把粉红和白色玫瑰的花束，妻子微笑着。妻子薰衣草颜色的眼睛温柔深情，眼睛深处闪耀着喜悦平静的光芒。她等丈夫归来已经有四年了。

他注意到厨房的操作台上没有了装抗抑郁药的灰色瓶子。操作台上只有两件东西，其中一件是妻子的电子日记。妻子对他说，里面写满了各种描述。每一天，妻子能写下来的，都写下来了。妻子很小心，不愿意再忘却。

他点了点头。他明白妻子的意思。虽然不容易，他也尽力做着同样的事情。然而，他也知道人生几乎就没有简单直接的事情。这就是为什么他们必须把握住共同拥有的东西，美好的也罢，悲惨的也罢，因为过去终究会让他们再次成为完整的自己。过去的痛苦塑造了今天的他们，过去帮助他们明白自己从何而来，明白现在身处何方，明白自己希望到哪里去。

因为记忆就是一切。

台面上的另一件东西是一份《泰晤士报》。他的目光落在上面，看到头版的一张大幅照片，是一位容光焕发的金发女子。旁边的标题是“单日人作品《家庭的迷失和赎罪》，精彩绝伦，最终赢得短篇小说大赛，奖金三万英镑”。

他瞪大了眼睛。

我真是没想到，他一边说话，一边握住了妻子的手。我真是愚钝盲目，看不见一直都在我眼前的人，看不见那个人。

以前，我们都是这样，妻子说道。但现在，我们不是了。

写的是什么故事？他问道。

很简单，妻子说道。是关于爱和救赎的苦涩甜蜜，最终总是关乎爱。因为爱，我们更加努力。因为爱，我们不想忘记。

致谢

我非常幸运，身边有这么一群才能卓越的代理人和编辑。特别要感谢我出色的代理人乔尼·盖勒和亚历山德拉·马歇尼斯特，在他们的大力支持之下，这一项目进行顺利，远远超乎我的想象。能与编辑亚历克斯·克拉克和乔希·肯德尔一起工作是我的荣幸，有了他们的真知灼见，这本书才最终成型。你们是梦之队，谢谢你们，谢谢你们的激情和投入，谢谢你们的理性和快乐。

这本书是我在法伯尔学院[1]做学生的时候构思出来的。感谢我的导师理查德·斯金纳指导我走上创作的道路。同样要感谢我2015级的学友，他们阅读了这本小说的初稿，给了我敏锐的反馈意见。特别要感谢迈克尔·迪亚斯、海伦·艾伦、伊兰娜·琳德塞、克洛伊·埃斯波西托和凯特维克给我的意见，这超级五人组每周依旧在布鲁姆斯伯里[2]见面，互相阅读作品。布鲁姆斯伯

1 法伯尔出版社（Faber & Faber）麾下的学院，提供写作课程。

2 布鲁姆斯伯里出版社，英国大众出版领域知名的独立出版社，总部位于伦敦，曾出版“哈里·波特”系列图书。

里五人组合真的点亮了我前进的道路。有他们常常支持我，是我的幸运。

我还要感谢这本书修改稿的试读者，感谢他们慷慨的帮助。这里要特别提出利迪娅·罗斯·拉夫斯、萨莉·加纳、阿拉贝尔·卡拉夫和尼科尔·费莱尼，感谢他们的见解和创造。我也要深深地感谢玛杰里·瓦特、葆拉·洛佩斯、莎拉·爱德谢尔、艾莉森·斯滕伯格、理查德·比尔德、纳乔·麦博利奇、托尼·比克、塞琳娜·乌克乌玛、克里斯丁·布林斯顿、阿曼达教士和迈·利，感谢他们深思熟虑的建议。

我要特别感谢伦敦警察厅的杰弗里·莫纳亨，他在警察办案程序上给了我非常好的建议。还要特别感谢东密德兰法医病理学组的斯图亚特·汉密尔顿，裕廊集团健康中心的万利民，还有法医中心的莱斯利·金，他们提供了病理、心理学和药品检测方面的专业知识。

感谢我的审稿员和校对员，他们仔细审读了文稿，关注细节。特别要感谢芭芭拉·克拉克，简·塞利和莎拉·戴伊。我也要感谢布朗恩集团和国际创造管理公司的凯特·库珀、卢克·斯皮德、里奇·格林、杰克-史密斯·博赞基特、凯瑟琳·卓、希拉里·雅各布森。

还要感谢头条和小布朗公司的宣传和市场小组的成员：乔治娜·摩尔、米利·西沃德、乔·尤尔、塞布丽娜·卡拉汉和帕梅拉·布朗，我要为他们欢呼，表达我诚挚的谢意和敬意。同样，非常感谢野火公司的凯特·斯蒂芬森和艾拉·戈登，还有马尔霍兰的本·艾伦和尼基·格雷罗。

最后，我想要感谢我最热心的两位支持者：一位是一直相信我的李韩施，另一位则是我亲爱的未婚夫亚历山大 · 普列汉诺夫，他支持我一路走来（还给我提供了所有必要的消遣）。韩施、亚历山大，这本书献给你们。